그 길 끝을 기억해

그 길 끝을 기억해

조은강 지음

황소자리

카미노 프렌치 웨이 지도

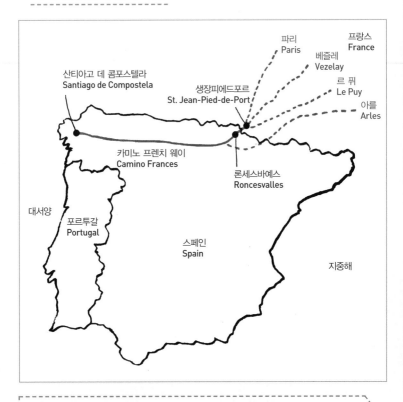

카미노 데 산티아고 Camino de Santiago 란?

11세기경부터 시작된 스페인 북부의 가톨릭 순례길. 생장피에드포르라는 프랑스 국경마을에서부터 피레네 산맥을 넘어 성 야고보의 무덤이 있는 스페인 서쪽 산티아고 데 콤포스텔라라는 도시까지 120여 개의 마을을 거치며 걸어가는 순례길을 말한다. 생장에서 출발하는 이 프렌치 웨이 이외에도 실버 루트 웨이, 오리지널 웨이, 노던 웨이, 포르투갈 웨이, 아루사 리아 루트, 잉글리쉬 루트, 피스테라 루트, 발렌시안 루트 등이 있다. 가는 도중 순례자는 알베르게라는 숙소에 저렴한 비용으로 하루 동안 묵을 수 있고 그때마다 받은 스탬프가 카미노를 걸었다는 증표가 된다.

그날, 카미노가 나에게 왔다

아무도 그날의 신음 소리를 듣지 못했다
모두 병들었는데 아무도 아프지 않았다
| 이성복, 〈그날〉 |

벌써 여러 해째, 삶은 서서히 어긋나고 여기저기 생채기를 남겼지만 나는 통증을 느끼지 못했다. 바싹 마른 조개껍질처럼 내 몸과 마음은 딱딱하게 굳어 있었다. 언제 바스러져도 이상할 게 없는 무감한 삶이었다.

학교를 졸업하고 사회인이 된 후, '지금 이곳'이 원하는 인간형이 되기 위해 나는 발버둥쳤다. 행복을 얻기 위해서는 한눈 팔지 말고 열심히 앞만 보며 달려야 한다는 말을 의심하지 않았고, 내게 일터를 제공해주는 사람들에게 기꺼이 내 청춘을 바쳤다.

그런데 이상했다. 원인을 알 수 없는 권태와 불안, 우울과 의심이 언제부터인가 번갈아 나를 공격했다. 이 정도면 세상이 내게 요구하는 모든 걸 가졌다는 판단이 들었을 때조차 나는 평화롭게 웃지 못했다.

뭐가 어떻게 잘못된 것일까. 먹먹한 두려움 속에서 나는 울었다. 많은 걸 내게 달라고 한 적 없었다. 그저 이 숨 막히는 현실의 선로에서 잠깐 내려서서 소박하게 웃을 수 있는 건강함이 필요했을 뿐이다.

'대가를 치를 각오만 되어 있다면 어떤 길을 가도 두려울 게 없다'던 친구의 말이 떠올랐다. 이 상태로는 어느 쪽으로든 더 나아가기 힘든 지금, 어떤 대가를 치르더라도 나는 이 병의 원인과 치유법을 찾아나서야 했다.

그때 카미노가 나에게 왔다. 휴일 밤 우연히 켜둔 TV에선 놀라운 광경이 펼쳐졌다. 드넓은 밀밭을 홀로 걸어가는 여행자의 이미지에 나는 강렬히 매료되었다. 가톨릭 성인 야고보의 무덤을 향해 걷는다는 이 순례 길은 평범한 사람들에게 힘을 불어넣어주는 길이라고 했다. 긴 시간 굳어 있던 내 영혼에 파문이 일었다. 나는 카미노를 꿈꾸기 시작했다.

질투심 많은 애인처럼 회사는 연인의 변심을 가장 먼저 알아채고 복수를 했다. 내가 매일같이 카미노를 꿈꾸게 된 지 불과 2주 만에 다니던 회사가 문을 닫은 것이다. 나는 별안간 실직자가 되었다. 모처럼 삶의 희망을 찾은 사람에게 찬물이 끼얹어진 셈이었다. 그때 내가 카미노에 홀려 있던 것을 알고 있던 유일한 분, 이주향 교수님은 그러니까 지금이 카미노에 갈 때라고 하셨다. 자기 앞의 생을 믿고 크게 한 걸음 내디디라고. 눈만 감으면 그림처럼 펼쳐지던 밀밭 길도 속삭였다. 어서 오라고, 이 길은 너를 위한 길이라고.

일년 내내 야근을 하고도, 하루아침에 해고 통지서를 받은 인생이었다. 예측불허의 변덕스런 삶에서 막연한 미래에 저당잡히며 사는 건 이걸로 충분했다. 이제 그만하기로 했다.

"괜찮겠어? 혼자, 그 먼 곳에?"

떠나기 전, 가족들은 진심으로 걱정을 했다. 그 걱정이 실은 먼 여행길보다 내 불확실한 미래를 향한 것임은 나도 알고 있었다. 너 앞으로 어떻게 할래? 앞으로 어떻게 살 건데?

나는 눈 앞이 캄캄할 때마다 나 자신에게 해주던 말로 답할 수밖에 없었다.

"만약 내일 내가 죽는다면, 오늘 나는 내가 하고 싶은 일을 할 거야. 내가 지금 하고 싶은 일은 거기 가는 거야."

카미노를 알게 된 지 정확히 4개월 후인 5월 초의 어느날, 항상 바쁘게 회사로 달려가던 바로 그 시간에 나는 내 몸뚱이만한 배낭을 메고 인천공항으로 향했다. 나는 걷기로 한 것이다, 카미노를. 평범한 사람들에게 힘을 주고 새로운 삶을 살게 해준다는 길, 그리하여 마침내 내 안의 신성을 발견하게 해준 바로 그 길, 카미노를.

| 차례 |

세 번째 속삭임

때론 혼자서 가야 해요

마지막 속삭임 당신 앞의 생을 믿어요

부록

카미노의
첫 번째
속삭임

어서와요,
여긴 당신을 위한 길이에요.

01 알베르게 식당에서 보낸 악몽 같은 첫날밤

파리, 비어리츠, 생장피에드포르

오, 나의 영혼이여.
불멸의 생을 열망하지 말고 가능의 영역을 탕진하라!
| 팽다아르, 제3의 축가에서 〈시지프의 신화〉 |

"고마워요. 안녕히 가세요!"

"무슨 일 있으면 전화해요! 알랭 드롱은 이만 갑니다!"

알랭 할아버지는 손을 흔들며 낡은 르노 승용차에 올라탔다. 나도 웃으며 손을 흔들었다. 알랭 할아버지는 나를 생장피에드포르saint-jean-pied-de-port에 내려주고 그렇게 떠났다. 그의 차가 시야에서 사라지자, 나는 입가에서 미소를 거두고 안도의 숨을 내쉬었다. 아무리 생각해도 그는 가브리엘 천사는 아니었다.

그날 아침 일찍 나는 파리의 몽파르나스 역에서 바욘Bayonne 행 TGV 열차를 탔다. 거기서 작은 기차로 갈아타고 프랑스 국경마을, 생장피에드포르에 도착하는 것이 대다수 페레그리노Peregrino: 스페인어로 카미노를 걷는 순례자를 뜻함들이 카미노를 시작하는 방법이었다. 물론 나도 그렇게 할 예정이었다. 그런데 기차 옆 좌석에 앉아 나와 짧은 영어로 이야기를 주고받던, 인쇄업을 하신다는 알랭 할아버지가 자신의 자동차로 생장피에드포르까지 태워다주겠다는 제안을 하셨다. 한국에서 오느라 힘들지 않았느냐, 내가 사는 비어리츠Biarritz에서 생장피에드포르는 그리 멀지 않다, 오늘은 일요일이라 별다른 스케줄도 없다, 라며. 카미노를 시작한다는 사실로 한껏 들떠 있던 내겐 그럴싸한 제안이었다. 이 낯선 양반도 나의 카미노를 축하해주는구나! 이건 좋은 징조야! 기차만 타고 가기엔 심심했는데 다른 도시까지 덤으로 구경할 수 있다니, 나쁘지 않아!

일말의 의구심과 불안감은 애써 무시해버린 채 나는 대답했다.

"좋아요! 그러지요!"

나는 태연하게 바욘이 아닌 비어리츠에 내렸다. 나폴레옹이 조세핀을 위해 지었다는 호텔이 있을 정도로 유명한 휴양지라는 이곳의 해변 정경은 신기하게도 언젠가 내 꿈에 나왔던 풍경과 흡사했다. 꿈에서 그 바다는 정확히 '프랑스 해변'이라는 이름표를 달고 있었다. 그런 개인적인 감상에 친절을 베푸신 분에 대한 예의를 더해 나는 '여기는 정말 환상적인 곳'이라고 과장될 정도로 칭찬하고 감탄했다.

사람들에게 이렇게 과도한 아양과 예의를 보이는 슬픈 습관은 오랜 사회생활에서 비롯된 것이다. '나는 당신에게 적의가 없다, 나는 당신이 좋다'라는 신호를 보내 일단 상대를 내 편으로 만드는 것이 세련된 사회인의 자세라고 믿었으니까. 게다가 상대는 나이 많으신 할아버지 아닌가. 연장자에게 예의를 갖추어야 한다는 강박관념까지 가세했다. 그러나 그게 화를 불렀다.

　알랭 할아버지가 갑자기 "그럼 오늘은 우리 집에서 자고, 생장피에드
포르는 내일 아침에 가는 게 어떻겠느냐!"고 하신 것이다. 깜짝 놀라 고
개를 저었더니, "노 프로블렘, 아이 엠 싱글!"이라고 하신다. 오순도순한
가족이 환영하는 모습이 아니라면 이런 할아버지와 단둘이 집에서 뭘 한
담. 그제야 프랑스 남자들은 아무리 나이가 들어도 스스로를 남자로 의
식하며 산다는 말이 생각났다. 흰머리와 불룩 나온 배 때문에 내가 너무
방심했나보다. 나는 애써 놀란 가슴을 진정시키며 시계를 가리켰다.

　"고맙긴 하지만, 일정상 전 오늘 꼭 생장피에드포르에 가야 해요. 시간
이 없네요. 자, 서두릅시다!"

　내 태도가 그분을 오해하게 만들었다면, 그 오해를 푸는 것도 내 태도
여야 했다. 나는 자동차로 달려가서 문고리를 잡고 재촉했다. 여차하면
열쇠를 뺏어 내가 직접 운전할 기세였다. 그제야 알랭 할아버지는 멋쩍
게 다시 차를 몰기 시작했고 둘 사이에 감돌던 어색함은 알랭 드롱 운운
하는 썰렁한 농담과 아다모의 샹송을 함께 부르는 것으로 무마하며 생장
피에드포르에 도착했다.

　첫날부터 삼천포로 빠질 뻔한 내 카미노여! 코엘료의 《순례자》에서는
집시의 모습으로 등장했던 악마가 내겐 알랭 할아버지로 변해 찾아온 걸
까. '이봐, 뭐가 그리 급해? 이 아름다운 프랑스 해변에서 좀 놀다가지
그래, 응? 이래봬도 난 싱글남이라구!' 하면서.

　첫 시험을 그렇게 무사히 통과했으니 사방에서 팡파르가 울려퍼지고
이제 나는 행복하고 당당해야 했다. 그런데 이상했다. 그가 떠나고 나자,

페레그리노들은 카미노를 마친 후 피스테라에서 바다를 본다. 나는 카미노를 시작하기 전 이곳에서 미리 바다를 보았다. 프랑스 서해안의 휴양지, 비어리츠.

혼자 버려진 듯 쓸쓸해졌다. 그가 자기 집에서 자고 가라는 말을 했을 때의 쭈뼛했던 기분보다 더 몹쓸 막막함이었다. 그건 생장피에드포르가 내 예상과 전혀 다른 분위기였기 때문이었으리라.

사람이든 장소든 미리 어떤 기대를 갖는 것은 좋지 않다. 아무 생각을 않거나 차라리 최악을 각오하는 편이 낫다. 그런데 생장피에드포르에 대해 나는 기대를 넘어 어떤 환상 같은 것을 갖고 있었다. 내 머릿속엔 마을에 들어서면 순례자 사무실만 '번쩍' 눈에 띄고 주민 모두가 페레그리노만 환영하는 스머프 마을의 이미지가 가득했지만, 생장의 현실은 그렇지 않았다. 관광객도 많고 번화한 곳이었다. 모처럼 쉬려고 조용한 곳을 골라 휴가를 떠났더니 재개발이 되어 있는 황당한 느낌이랄까. 더욱 나쁜 것은 나 같은 페레그리노가 한 명도 보이지 않았다는 것! 다들 어디에 있는 거야?

인파 속을 한참 헤맨 후에야 사진에서 보았던 그 순례자 사무실을 찾아냈다. 가까스로 정식 페레그리노가 되는 관문에 들어섰다. 2유로를 내

설레는 가슴으로 저 길을 통과하는 순간, 카미노가 시작된다. 피레네로 이어지는 생장피에드포르의 골목길.

고 받은 하얀색 크레덴시알credential: 순례자 여권. 페레그리노가 카미노 내내 소지해야 하는 것으로 여기에 스탬프를 받는다에 이름, 주소, 국적 등을 적어넣자 자원봉사자 할아버지는 "요즘 한국인이 많이 오는구려." 하면서 첫 번째 스탬프를 꽝 하고 찍어주었다. 앞으로 찾아갈 모든 알베르게에서도 이런 스탬프를 받게 되리라. 카미노의 즐거움에는 마을마다 다른 이 예쁜 스탬프도 한 몫 한다. 내가 크레덴시알을 챙겨 일어서자 할아버지는 벽에 걸린 지도를 가리키며 피레네 길에 대한 설명을 해주었다.

"론세스바예스까지 가는 길은 두 가지가 있어요. 오른쪽 길은 평탄하지만 볼거리가 없고, 왼쪽 길은 힘들지만 아주 아름다워요. 무슨 말인지 알겠죠?"

그럼 당연히 왼쪽 길로 가야지. 이 얘기를 듣고도 오른쪽 길로 가는 사람이 있을까. '아름답다'는 말을 하기 전에 그가 '왼쪽 길은 험하고 힘들다'는 말도 했다는 사실은 곧 잊어버렸다. 할아버지를 따라 골목 끝에 있는 작은 알베르게로 갔고 나는 이층침대 3개가 들어 있는 방의 구석 이층

생장피에드포르의 순례자 사무실. 아침 7시부터 12시까지, 오후 1시 반부터 8시 반까지, 밤 9시 반부터 10시 반까지 일년 내내 페레그리노를 반긴다.

침대 위쪽을 배정받았다. 할아버지는 식당과 화장실까지 안내하면서 이곳이 그리 불편하지는 않을 것이라고 동양에서 온 이방인을 완벽하게 안심시켰다. 그래서 이때까지는 몰랐다. 내가 이곳에서 사상 최악의 밤을 보내게 되리라는 것을.

　마을 구경을 하고 내일 먹을 자두와 물을 산 뒤, 침낭을 들고 이층침대 위에 올라왔을 때에야 상황이 파악되었다. 벽에는 10년쯤 묵은 듯한 거미줄이 길게 드리워졌고 침대 위에는 커버조차 벗겨진 낡은 스펀지 덩어리가 베개랍시고 놓여 있었다. 아무리 시골구석의 알베르게지만 이럴 수가! 관리자의 손길이 한 번도 닿은 적이 없는 것 같았다. 난감해하고 있는데 어디선가 나타난 다른 페레그리노들이 후다닥 각자 침대로 들어가더니 말도 없이 순식간에 불을 꺼버렸다. 나는 깜깜한 어둠 속에서 구입한 후 한 번도 꺼내보지 않았던 침낭을 묵묵히 펼쳤다. '당신은 어디에서 오셨나요?' '우리 즐거운 카미노 걸어요.' 뭐 이런 담소와 축복 속에 첫날

밤을 보낼 거라 기대했는데, 역시 섣부른 기대는 금물이었다. 차라리 최악의 상황에 대비했어야 했다. 방독면이나 귀마개 같은 것으로 말이다.

누군가의 지독한 땀 냄새가 방안 가득 차올랐다. 누군가의 코 고는 소리와 그 코고는 소리를 나무라는 소리도 이어졌다. 이렇게 어수선한 가운데 돈과 여권이 든 작은 가방을 베개 삼아 나도 억지로 눈을 붙여보았다. 얼마 못 잔 것 같은데 요의가 느껴졌다. 참을 수 없는 상황에 이르러 더듬더듬 침대를 내려와 문을 찾았는데 웬일인지 문은 꿈쩍도 안 했다. '거기서 뭐하는 거야?'라는 벼락이 떨어질 것 같아 마음을 졸이고 있을 때, 한 아주머니가 일어나 독일어로 뭔가 이야기하시며 무려 세 개나 되는 잠금쇠를 풀어주셨다.

그렇게 방을 탈출하여 급한 볼일을 해결하고 나니 이제 겨우 새벽 2시 반. 참으로 절망적인 시간이었다. 하지만 민폐를 끼치며 다시 저 지저분한 침대로 돌아가고 싶지는 않았다. 맞은편에 있는 식당 문을 살짝 밀어보았다. 다행히 열렸다. 나는 들어가 불을 켜고 아침식사용 버터와 잼이 놓인 식탁에 엎드렸다.

그러고 보니 여기 오기 전 나는 이토록 난처한 상황이 생길 거라고 한 번도 상상하지 못했다. 춥고, 막막하고, 난감하고……. 이렇게 될 줄 알고 알랭 할아버지는 그런 제의를 한 것일까? 그의 집이 여기보다는 나았을까? 아니 오늘은 그냥 어딜 가든 불편하고 힘든 밤을 보내야 하는 운명이었던 걸까? 나를 여기까지 이끌었던 내 안의 낙천성은 하루를 채 보내기도 전에 와르르 무너졌다. 대신 그 자리에는 두려움과 후회가 순식간에 밀고 들어왔다. 카미노를 걷겠다는 계획 전체를 좌초시킬지 모를 그 감정들과 밤새 싸우며, 나는 카미노의 첫날을 알베르게 식당에서 뜬눈으로 맞이했다.

02 누가 내게 피레네를 넘으라고 했나

피레네 산맥, 론세스바예스

네가 인간 안에서 신을 보지 못한다면,
결코 다른 어디에서도 신을 보지 못할 것이다.
| 아라비아 속담 |

태어나서 가장 간절하게 기다린 아침이 왔다. 아침 6시가 되자 호스피탈레로Hospitalrero: 알베르게의 관리자인 할머니가 지팡이를 짚으며 식당 문을 열고 등장하셨다. 그녀는 내가 왜 이른 아침부터 식탁에 널브러져 있는지는 궁금하지 않은 듯했다.

"봉주르!"

나도 '봉주르' 하고 인사를 했다. 부엌으로 들어갔던 할머니는 잠시 후 얼굴을 길게 빼더니 내게 손가락을 까딱까딱해 보였다. 무슨 일인가 다가가니 가스레인지 위에 우유 한 냄비와 커피 한 냄비가 끓고 있었다.

"카페? 카페오레?"

'카페오레'라고 하자 할머니는 사발에 우유 한 국자, 커피 한 국자를 덜어주셨다. 카페의 나라 프랑스에서 양은냄비에 데워 국자로 퍼담은 사발커피를 마시게 될 줄은 몰랐다. 밍밍하고 싱거운, 소금이라도 쳐서 마셔야 할 것 같은 카페오레. 그래도 새벽 추위에 시달린 내게 그 따뜻한 사발커피는 참 고마운 음식이었다. 썰어놓은 바게트와 함께 카페오레를 달게 마시고 있자니 낯익은 얼굴이 식당 안으로 들어섰다. 팬티바람으로 일어나 잠긴 문을 열어준 독일 아주머니였다.

"아까는 잠을 깨워서 미안했어요!"

내 말에 그분은 내 팔을 어루만지며 '천만에, 괜찮다'며 옆에 앉았고 그분의 일행인 다른 독일 아주머니, 호주 아주머니, 대머리 독일 청년 등도 줄줄이 같은 테이블에 모여들었다. 지난밤에는 다들 무뢰한에 냉혹한 이방인들처럼 여겨졌는데 아침에 보니 그냥 선량하고 순박한 사람들이다. 첫날밤의 신고식이 왜 내게만 그리도 혹독했던 것일까. 내 안을 둘러싼 벽과 가시가 너무 견고한 탓일까.

7시, 드디어 배낭을 메고 길을 나섰다. 머리 위로 새소리가 들렸고 비록 추위에 떨며 잠은 못 잤지만, 몸도 마음도 날아갈 듯 상쾌했다.

드디어 첫 번째 갈림길 앞에 섰다. 평소 지도를 잘 보는 편이었고, 두 갈래 길 중 내가 갈 길은 왼쪽길이라고 결심했기에 갈림길에서 바로 왼쪽으로 접어들 참이었다. 그때 뒤에서 누군가 '봉주르!' 하며 나를 불렀다. 키가 큰 금발 여성이 그 길이 아니라며 오른쪽 길로 가야 한다고 했다. 알고보니 갈림길은 아직 나오지도 않았다.

스위스에서 왔다는 프레니(47세)는 내가 엉뚱한 방향으로 갈 때마다 바른 길로 인도해주었다. 출판사 직원이라는 그녀는 코엘료의 책, 독일 코미디언 하페 케르켈링이 쓴 책, 셸리 맥그리언의 책도 다 봤으며, 알프스에서 등산으로 연습도 했고 짐을 줄이기 위해 옷도 최소한으로 가져왔다고 했다. 철인 3종경기에라도 출전한 듯 완벽히 세팅된 그녀는 그야말로 '준비된 페레그리노'였다.

그에 비해 나는 걷는 연습을 한 것도 아니고, 가이드 책도 없다. 카미노에 오기 전 4개월 간 내가 한 것은 그저 카미노 여행기를 읽으며 '얼마나 즐거울까' 장밋빛 상상을 하는 일뿐이었다. 준비물조차 발품 팔지 않고 인터넷으로 샀을 정도다. 모처럼 친구가 등산을 가자고 해도 이런저런 핑계로 피했다. '닥치면 어떻게든 되겠지, 어차피 질리게 걸을 텐데 왜 미리 고생을 해?'하는 심보로. 그 벌을 이제 받을 차례였다. 얼마 가지 않아 '준비되지 않은' 이 동양인 페레그리노는 엄청난 고통과 맞닥뜨렸다. 출발한 지 30분도 안 되었는데 감당하기 힘들 정도로 숨이 차기 시작했다. 평소 전혀 걷지 않던 사람이 자기보다 다리가 두 배나 긴 여자와 '영어로' 이야기를 나누며 보폭을 맞춘다는 것이 무리였다. 그동안 존재하는지조차 몰랐던 '심장'이라는 장기가 '사실은 나 여기 있었어!'라며 날뛰고 있었다. 점점 걸음은 느려지고 말조차 할 수 없는 상태가 되었다. 프레니에게 먼저 가라고 손짓을 한 후 나는 길옆에 주저앉았다. 그리고 처음으로 근본적인 질문을 던졌다.

왜 카미노에 왔지?

아무래도 내가 미쳤었나보다. 같은 비용으로 그냥 편하게 관광이나 다닐 것을 왜 이 고생을 하러 여기에 왔던가. 피레네의 풍경은 '이게 현실이야? 정말 내가 여기 와 있는 거야?'라고 몇 번이나 되뇔 만큼 눈부셨지

발 걸음을 뗄 때마다 갈증과 통증이 번갈아 나를 공격했다. 속수무책의 상황 앞에서 나는 무작정 퍼질러 앉아 먼 산을 바라보았다. 내가 힘겨워하든 말든 피레네의 정경은 눈부시게 아름다웠다. 죽어가는 사람 앞에서도 미소 짓는 차가운 악마처럼.

만 이 아름다운 길을 걷는 건 죽기보다 싫었다.

"한국에서 오셨어요?"

돌아보니 한국인 청년이었다. 반가웠다. 영어로 이야기하는 것보다는 훨씬 나을 것 같았다. 그러나 이것도 오래 가지 않았다. 누군가와 이야기하며 걷는 것은 즐겁지만 보폭이 맞지 않으면 서로에게 전혀 도움이 안 된다. 성큼성큼 힘 있게 걷는 그와 나는 금방 거리가 벌어졌다. 한참 뒤에서 오던 금발머리 청년 일행도 쑥쑥 걸어서 저 앞으로 멀어졌다. 점점 자신감이 사라져갔다. 그리고 다시 후회가 몰려왔다.

괜히 왔다!

중간에 다른 곳으로 갈 수도 없고, 지나가는 차를 잡아타도 안 되고, 무조건 론세스바예스까지 27킬로미터를 아무런 쉼터도 휴게실도 없이 걸어야 하는 것이다. 게다가 이 길은 45도 각도로 서서히 높아지며 굽이굽이 돌아서 올라가는 길이다.

아, 이를 어째. 도저히 피할 곳이 없다. 내가 왜 이런 최악의 상황에 제 발로 들어왔을까. 아무리 충동적인 성격이라고 해도 최소한 내가 책임질 만한 일만 해왔었는데, 역시 체력으로 버티는 일은 내게 무리. 만약 화장실이라도 급해지면 어떡하나. 여기엔 화장실은커녕 몸을 숨길 큰 나무조차 없는데……. 아니 물통의 물도 모자라 찔끔찔끔 아껴 마셔야 할 정도니 화장실 걱정도 사치다. 그 전에 나는 갈증으로 쓰러져버릴 게 분명하다. 먹을 것도 모자란다. 아, 왜 어제 빵을 사지 않았을까. 배고파. 배고파. 배고파.

10분 걷고 20분 쉬는 식으로 가다가 결국 나는 중턱에서 퍼질러 앉아버렸다. 그때 내 뒤에서 걸어오던 한 외국 여성이 나를 보고 걱정스럽게 물었다.

"Are you OK?"

검은 곱슬머리에 선글라스를 쓴 그녀는 큰 덩치 못지 않게 큰 배낭을 메고 있었다. 저렇게 큰 배낭을 메고도 열심히 걷는데, 내가 못 걸을 이유는 없었다. 나는 다시 힘을 내서 걷기로 했다. 그리고 얼마 가지 않아 그녀와 나란히 걷게 되었다. 둘 다 달팽이보다 조금 빠른 속도였다. 간신히 서로 보폭이 맞는 사람을 찾은 셈이었다.

그녀는 브라질 상파울루 주 산토스가 고향이라는 안토니엘라(29세)였다. 브라질에서는 극장에서 일하던 연극배우였지만 현재는 엄마가 있는 스위스에서 살고 있다고 했다. 그녀는 발을 헛디딜 때마다 '오빠!'라는 감탄사를 내뱉어 나를 놀라게 했고, 브라질 사람이면 당연하게 좋아할 커피나, 축구, 코엘료를 좋아하지 않는다고 해서 나를 더 놀라게 했다.

특히 코엘료라니.

그의 책 때문에 카미노에 오는 사람들이 많았기에 나는 의아했다. 좀 전에도 나는 스위스의 프레니와 코엘료 이야기를 했었다.

"어릴 땐 좋아했는데… 이젠 아니야. 그리고 그 사람이 쓴 《11분》이란 소설 때문에 브라질 여자들의 이미지가 나빠졌거든."

그러고 보니 《11분》에서는 스위스에서 몸을 파는 브라질 창녀의 이야기가 나온다. 스위스에서 살고 있는 그녀가 '브라질에서 왔다'고 국적을 말할 때마다 사람들이 어떤 시선으로 볼지 상상이 갔다. 세계적인 소설가가 정작 고국의 여성 독자에게는 밉상이 되어버리다니!

"많은 사람들이 브라질 여자는 다 헤프다고 생각해. 삼바축제 때 관광객 앞에서 요란하게 춤을 춘다거나 브래지어를 벗어던지거나 하는 여자들을 보고 말이지. 하지만 그건 분위기에 취한 일부 극소수의 여자들이 보이는 잠깐의 해프닝일 뿐이라고. 항상 그렇거나 모두가 그런 것은 절대로 아닌데 말이야!"

독일 코미디언 하페 케르켈링의 카미노 여행기를 봐도 남미 여자들은 아예 '쓸 만한' 남자를 만나기 위해 이 카미노에 온다는 것이다. 그럴 수도 있겠지. 하지만 내가 만난 브라질 사람들은 카미노에서 가장 소탈하고 인간미 넘치는 이들이었다. 그런 좋은 이미지를 만드는 데에는 안토니엘라의 힘이 가장 컸다.

나처럼 힘들게 걷던 안토니엘라는 그 와중에도 계속 '아, 예쁘다' 하며 카메라를 꺼내어 하늘, 구름, 양떼들 그리고 날아가는 새들까지 다 사진에 담았다. 아무리 지쳐도 그녀는 여유를 잃지 않았다. 브라질이나 스위스에도 이런 풍경이 있지 않느냐고 묻는 내게 안토니엘라는 말했다.

"그렇긴 해. 하지만 세계 어느 곳이나 조금씩 다른 아름다움이 있다고 생각해. 여기는 정말 환상적이야. 물론 한국도 그렇겠지?"

한참을 갔지만 목적지는 금방 나타나지 않았다. 지도를 그릴 때 종이가 모자라 실제 거리보다 짧게 대충 그린 걸까. 길고 긴 오르막길이 끝나고 마침내 내리막길에 접어들었지만 한 번도 사람이 지나가지 않은 것처럼 숲은 울창했다.

"론세스바예스가 있기는 한 걸까? 이 길이 맞는 걸까?"

피곤에 지친 나는 또다시 회의와 의심에 사로잡혔다. 안토니엘라는 까르르 웃으며 '그러게 말이야!' 하고 맞장구쳤다.

"아무래도 안 되겠다. 론세스바예스는 없어. 우리가 속은 거야. 자, 되돌아가자!"

나는 안토니엘라의 소매를 잡아끌었다. 그리고 울부짖었다.

"난 내가 세상에서 가장 미워하는 사람에게 이 길을 가라고 권할 거야! 꼭 그럴 거야!"

그건 진심이었다. 한국으로 돌아가면 내가 골탕 먹이고 싶은 사람에게 이렇게 말해주고 싶었다. '아, 피레네 산맥? 정말 멋있어. 거기를 꼭 걸어서 넘어가봐. 차로 달려서는 알 수 없는 진정한 아름다움이 있어!' 내가 느낀 이 고통을 그들이 고스란히 맛보고 나면 속이 좀 풀릴 것 같았다. 그리고 여기를 넘었던 사람들이 아무렇지 않게 글을 쓴 것에 대해서도 용서하기 힘든 분노를 느꼈다.

왜 죽을 듯이 힘들다고 하지 않은 거야? 모든 사람이 등산과 운동으로

누군가는 목숨 걸고 이 길을 걸었음을 십자가 묘는 증명하고 있다(왼쪽 위). 오래된 카미노 안내석(오른쪽 위).

프랑스에서 스페인으로 넘어가는 길이자, 일상을 벗어나 신성의 세계로 접어드는 길. 이곳에 들어서는 순간 누구나 산티아고를 향해 걷는 영혼의 순례자가 된다.

체력을 단련하지는 않잖아. 게다가 등산할 때 누가 8킬로그램이 넘는 배낭을 메고 하겠어? 나 같은 사람도 있단 말이야! 웬만하면 가지 말라고 왜 경고하지 않은 거야!

한 시간만 걸어도 '많이 걸었다' 며 헉헉대던 사람이 아침 7시에 출발해서 8시간 넘게 무거운 배낭을 지고 비탈진 산길을 걷고 있으니 그럴 만도 했다. 급기야 기력을 완전히 소진하고 자신감마저 상실한 표정이 되었을 때 안토니엘라가 내게 말했다.

"나는 교회나 성당에는 나가지 않지만 모든 것에 신이 있다고 믿어. 저 나무, 저 꽃, 저 돌, 저 새, 모든 것에 신이 있어. 그걸 느껴봐. 주변의 모든 것들이 네게 용기를 주고 있어. 넌 강해! 넌 할 수 있어! 우리는 강하다구. 우리는 꼭 론세스바예스에 갈 수 있어!"

그리고 볼에 힘을 주어 홀쭉해진 표정을 지으며 말했다.

"산티아고에 도착할 때쯤이면 이렇게 날씬해져서 멋진 남자친구도 생길 거야!"

그러고 보니 살아오면서 나는 한 번도 내 몸에 대해 자신하질 못했다. 어린 시절 신장염으로 입원해서 치료받은 기억 하나로 막연히 '나는 몸이 약해' 라고 철썩같이 믿었다. 게다가 정신력으로 몸의 한계를 버틴다는 건 생각해본 적도 없었다. 늘 몸을 무시하고 방치했으며, 망가지는 길로만 안내해왔다.

넌 약하잖아. 넌 게으르잖아. 네가 여길 걸어서 넘을 수 있겠어? 네가 할 수 있겠어?

이제 처음으로 내 몸에게 '너는 할 수 있어!' 라고 신뢰를 주어야 할 때였다. 그러지 않는 한 이 길을 넘을 수 없었다. 이 순간 필요한 건 오직 내 자신에 대한 믿음 하나뿐이었다.

잠시 후 우리 앞에 중요한 이정표인 이파네타 교회Chapelle d' ibaneta가 나타났다. 이윽고 '정말 존재하는 곳일까' 의심했던 론세스바예스에 도착했다. 땀에 흠뻑 젖은 채 순례자 사무실에 들어서자마자 우리는 실성한 사람처럼 웃어댔고 사무실 직원은 '그래, 그럴 법도 하다'는 표정으로 우리를 바라보았다.

아, 정말 론세스바예스가 이곳에 있었네! 우리는 제대로 찾아왔어!

학창시절 엄마는 종종 대문을 이중으로 잠근 채 외출하시곤 했다. 내게는 그 이중의 열쇠 중 한 개밖에 없었으므로 집에 돌아와도 안으로 들어갈 수가 없었다. 엄마, 제발 이중으로 잠그지 마. 나는 부탁했다. 하지만 매번 엄마에게는 집을 안전하게 지키는 일이 더 중요했다. 다른 친구들은 모두 집안으로 들어간 시각, 나는 대문 앞에 쭈그리고 앉아 무작정 엄마가 나타나기를 기다려야 했다. 이후 집으로 돌아가는 길은 내게 상당히 불확실한 길이 되어버렸다. 재수가 좋으면 들어가지만, 못 들어갈 수도 있었으니까. 집안에 있는 것이 지독히도 갑갑했던 엄마와 어쨌든 집으로 돌아가야만 했던 막내딸의 이 딜레마는 꽤 오래 지속되었고, 나는 누군가 간절히 바라더라도 요지부동으로 지켜지지 않는 약속이 있다는 것을 알게 되었다.

20대 후반의 나를 사랑의 이름으로 휘두르던 사람도 그랬다. 제발, 내게 연락 좀 해. 나는 그의 앞에서 이 낯간지러운 부탁을 해야 했다. 심지어

번잡스럽던 생장피에드포르와 달리 도도하고 엄숙한 중세 도시 같은 위용을 내뿜던 론세스바예스. 길고 긴 시간 피레네 산맥을 넘어온 내게 그곳은 마치 구원의 약속처럼 다가왔다.

나는 눈물까지 뚝뚝 흘리고 있었다. 눈물을 흘려야 이 약속이 지켜질 것이라고 내 딴에는 궁리했지만, 약속은 끝내 지켜지지 않았다. 지켜지지 않는 약속 앞에서 인간이란 얼마나 무기력한지 이미 겪을 대로 겪은 내게 굳건한 믿음은 오히려 지독히도 낯선 것이었다. 론세스바예스가 그 자리에 있다는 사실이 그래서 내게는 더 감격이었나보다.

　지친 몸을 질질 끌고 침대를 배정받기 위해 숙소로 갔다. 120명이 한 방에 묵는다는 그 유명한 알베르게. 생각보다 평화롭고 아늑한 분위기였다. 아치형 천정은 고풍스럽고 아름답기까지 했다. 호스피탈레로 아저씨는 '나이 드신 분들이 아랫침대에 쉬시도록 가능하면 윗침대를 썼으면 좋겠다'고 하셨지만 나는 '저도 보기보다 나이 많아요'라고 속으로 중얼거리며 아랫침대에 짐을 풀었다. 생장의 알베르게에서 한밤중 화장실에 가기 위해 치러야 했던 그 엄청난 경험을 되풀이하고 싶지 않았다. 게다가 사다리 없는 이층침대에는 어떻게 올라가야 할지 알 수 없었다. 착한 안토니엘라만 불평 없이 내 옆의 이층침대를 골랐다.

배낭을 풀고 등산화를 벗은 뒤, 실내에서 신을 샌들을 꺼내 갈아신었다. 그걸 신고 샤워니, 빨래니 하면서 돌아다니고 있자니 여자 호스피탈레로인 마를리싸가 내게 다가왔다. 그녀는 내 샌들을 가리키며 고개를 절레절레 흔들었다.

"그 샌들은 곤란해요. 4유로짜리 슬리퍼 파니까 그거 신어요!"

"괜찮아요, 이거 신을래요."

"높은 구두를 신지 않아도 당신은 충분히 아름다워요."

"고맙긴 하지만, 전 이것도 편해요."

나는 계속 그녀의 말을 건성으로 받아들였다. 내가 신은 샌들은 내 딴엔 낮은 신발이랍시고 가져왔지만 하이힐 마니아답게 3센티 정도의 굽이 있었다. 스포츠샌들을 새로 사는 건 낭비 같아서 그리고 어차피 걷고 난 다음 쉴 때 신을 거니까 상관없을 거라고 생각했다. 마를리싸가 권하는 게다짝 같은 슬리퍼는 내가 가장 불편해하는 신발이다. 그걸 왜 4유로씩이나 주고 일부러 사야 한단 말인가. 그러나 이 실랑이는 곧 막을 내리고 말았다. 마를리싸가 갑자기 헤드락을 걸듯 내 목에 팔을 감아 조르며 이렇게 말했던 것이다.

"만약 그 샌들을 신고 새벽에 돌아다니면, 덩치 큰 남자가 시끄럽다고 이렇게 목을 조를지도 몰라요!"

키가 작은 나는 실제보다 커 보이고 싶은 욕망이 강하다. 항상 내 발에 신겨져 있는 하이힐이 그 증거물이었다. 심지어 운동화마저 굽이 있는 걸 신었다. 마를리싸가 아니었더라면 나는 카미노 내내 이 굽 높은 샌들로 버렸을 것이다. 하지만 어쩌랴. 남에게 피해를 준다는데. 그녀 말대로 피곤한 이 카미노 여정 중 이른 새벽이나 밤중에 딸깍딸깍 신발 소리를 내면서 걸어다니면 산티아고는커녕 론세스바예스에서 쥐도 새도 모르게 카미노를 끝내게 될지도 모른다. 마를리싸의 완력이 무서워서가 아니라, 그녀의 끈질긴 충고에 담긴 여러 의미를 깨닫고 나는 항복을 외쳤다.

"오케이! 오케이! 슬리퍼 신을게요!"

나는 곧장 노란색 슬리퍼를 사서 갈아신었고, 이후 이 슬리퍼는 카미노 내내 나의 휴식시간과 함께 했다. 내가 슬리퍼를 신은 것을 본 마를리싸는 '대단한 변화'라며 이것은 기념사진을 찍어 남겨두어야 한다고 했다. 우리는 샌들과 슬리퍼 사진을 클로즈업해서 찍고, 다시 슬리퍼를 바꿔신은 모습으로 또 사진을 찍었다. 마를리싸는 눈을 찡긋하며 내게 말했다.

"이 샌들은 기념으로 지하실에 보관해둘게요. 이의 없죠?"

고작 3센티미터를 내려왔을 뿐인데 마음이 이상하게 편해졌다. 마를리싸가 내게서 벗겨낸 건 한 켤레의 신발이 아니라, 나를 휘감고 있던 두터운 강박이었던 것이다.

혹시라도 론세스바예스 지하 1층에 놓인 굽 있는 샌들을 만나면 한 번 더 살펴주시길. 멋 부리기에 목숨 걸었던 한 여자가 참회한 흔적이니까.

03 진짜 페레그리노가 된다는 것
주비리

> 길은 어디에도 없다. 앞쪽으로는 진로가 없고 뒤쪽으로는 퇴로가 없다.
> 길은 다만 밀고 나가는 그 순간에만 있을 뿐이다.
> | 김훈, 《자전거 여행》 |

론세스바예스 알베르게는 새벽 6시에 일제히 점등한다. 무려 120명이 한 방에서 자는 곳이라 밤새 코고는 소리가 시끄럽다는 얘기를 들었지만 나는 아주 달게 자고 일어났다. 아무렴, 생장의 그 좁은 방이나 식당에서 엎드려 잘 때보다는 훨씬 나았다. 준비를 마치고 나니 6시 50분. 등산화를 신고 있는데 어제 나의 파트너였던 안토니엘라는 브라질에서 온 또 다른 카미노 친구, 이나 부부와 함께 레스토랑이 문을 여는 8시까지 기다렸다가 아침밥을 먹고 가겠다고 했다.

"그럼 나는 먼저 출발할게."

8시까지 기다렸다 출발하는 것은 너무 느긋하고 게으르다는 느낌이 들었다. 다음 목적지인 주비리Zubiri에서 만나기로 하고 혼자 일어섰다. 그때 길을 나서려는 나를 마를리싸가 불러세웠다.

"어제는 미안했어요. 하지만 여기는 카미노니까 그런 거예요. 당신의 생활로 돌아갔을 때, 당신 마음대로 높은 구두를 신어도 좋아요. 당신은 당신이니까요."

나는 고개를 끄덕이며 그녀와 포옹했다.

"그런 말하지 않아도 이해해요, 마를리싸."

매일 매일이 출발인 이곳, 론세스바예스. 설렘을 간직한 채 도착하는 사람들을 맞이하여 다시 그들에게 희망을 북돋워주며 떠나보내는 곳. 그 설렘과 희망이 다치지 않도록 그리고 부디 산티아고까지 무사히 도착할 수 있도록 그녀는 이 철딱서니 없는 페레그리노를 세심하게 돌봐주었고 꼭 필요한 충고를 해준 것이다. 나는 그게 진심으로 고마웠다.

나는 당당하게 지름길이 아닌 큰 길로 나섰다. 피레네 산맥과 달리 평지라는 사실 그리고 가게들이 있는 마을을 통과한다는 사실이 나를 자만하게 했다.

피레네 산맥도 넘었는데 뭐는 못하겠어. 어떤 길도 그보다 힘들지는 않을 거야!

피레네 산맥은 내가 상상할 수 있는 가장 힘든 길의 상징이었다. 그 길을 걸었으니 이제 다른 모든 길이 상대적으로 쉬울 거라고 생각했다. 하지만 아니었다.

일단 아침을 안 먹은 것이 문제였다. 알베르게 지하에 놓인 바게트와 잼과 커피를 나는 '웬 과자부스러기야?' 하고 지나쳤던 것이다. 파리 호텔의 아침식사처럼 풍성한 식탁 따위는 기대하지 말고 그 과자부스러기

카미노를 지도 없이 혼자서도 걸을 수 있는 것은 이 카미노 표식들 덕분이다. 카미노의 방향을 알려주는 조개 마크와 노란 화살표.

라도 먹었어야 했는데 말이다.

정신은 점점 혼미해지고 다리는 후들거렸다. 간신히 세 번째 마을인 비스카렛Viscarret에 도착했을 때에야 열린 바를 찾아냈고 콜라와 또띠아계란오믈렛 보카디요바게트로 만든 샌드위치를 먹을 수 있었다.

요기를 한 후 다시 길을 나서니 이번엔 발바닥이 아팠다. 물집이 여러 개 생긴 데다 안 쓰던 근육을 오래 쓴 탓이었다. 한국에서라면 하루 27킬로미터를 걸은 다음날엔 여기저기 찜질을 하며 푹 쉬어주었을 거다. 하지만 여기서는 그럴 수가 없다. 어제의 고통에 오늘의 고통이 새로 더해진다. 배낭은 왜 이리 무거워졌는지……. 먹다 남긴 보카디요 반쪽을 더 넣었을 뿐인데 돌덩이라도 들어 있는 듯 어깨를 짓눌렀다. 카미노를 걸으면서 누구는 인생과 자아를 돌아본다고 했지만, 내 머릿속에서는 이 생각만이 맴돌았다.

'아, 배낭이 너무 무겁다!'

그리고 또 한 가지, '혼자만의 공간'이 간절해졌다. 늘 혼자 지내는 게 익숙했던 내게 알베르게에서 많은 사람들과 공간을 나누는 일은 그 자체로 곤욕이었다. 잠깐이라도 타인의 시선, 냄새, 소리로부터 자유롭고 싶었다. 오늘은 무조건 알베르게 대신 싱글룸을 찾기로 했다.

그러기 위해선 피레네 산맥과는 또 다른 형태의 난코스를 거쳐야 했다. 오늘 걷는 코스는 길이 좁고 양쪽으로 나무들이 빽빽해서 가다가 중간에 쉴 수가 없었다. 내가 쉬겠다고 멈춰버리면 뒤에서 줄줄이 오는 사람들의 통로를 막아버리는 셈이 되니까. 결국 뒷사람들에게 쫓기는 기분으로 허겁지겁 걸어 어쩌면 첫날보다 더 힘들게 주비리에 도착했다.

그런데 바로 내 앞에서 걷던 노인 부부가 왼쪽 길의 화살표를 계속 따라걷는 것이었다. 너무 지쳐서 판단력이 흐려진 나는 '아, 알베르게가 저쪽에 있나보다' 하고 다시 그들을 따라 오솔길로 접어들었다. 비록 호텔의 싱글룸을 잡을 예정이어도 알베르게의 스탬프는 받아야겠다는 생각, 호텔을 잡아도 알베르게 근처에서 잡겠다는 그런 의지였다. 그런데 한참 가다보니 다음 목적지인 라라쏘냐Larrasoana의 표지판이 보이는 게 아닌가.

안 돼! 이건 아니야!

오늘 내 체력으로 이렇게 많이 가면 안 되는 것이었다. 나는 부랴부랴 왔던 길을 되돌아가기 시작했다. 가까스로 주비리로 갔더니 사설 알베르게는 이미 다 찼단다. 어차피 싱글룸을 찾고 있던 터라 무거운 몸을 질질 끌고 근처 호텔로 가서 가격을 물었더니 무려 55유로! 의외의 고가에 입을 딱 벌리자 호텔 주인은 마을 입구에 '펜션'이 있다며 귀띔해주었다.

마을 입구로 돌아가 펜션의 벨을 누르자 안경 쓴 커트머리의 주인 아주머니가 나왔다. 싱글룸은 아예 없고, 그나마 비어 있는 방은 침대가 무

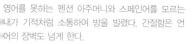

영어를 못하는 펜션 아주머니와 스페인어를 모르는 내가 기적처럼 소통하여 방을 빌렸다. 간절함은 언어의 장벽도 넘게 한다.

려 3개나 되는 28유로 짜리 넓은 방이었다. 선택의 여지가 없어서 할 수 없이 고개를 끄덕이자 아주머니는 친구들을 더 불러와도 된다고 하며 열쇠를 내게 쥐어주고 나갔다.

혼자만의 공간으로 들어서자 긴장이 풀렸는지 배낭을 꺼내 정리하려다가 말고 나는 가운데 침대 위에 벌렁 쓰러지고 말았다. 요 며칠 문화적, 육체적, 정신적 충격이 너무 컸다. 엄청난 자극들 속에 무방비로 노출되었고 내 안의 모든 게 뒤죽박죽 헝클어졌다. 구체적인 시나리오를 상상한 건 아니지만, 예상대로 진행된 일이 하나도 없었다. 내가 컴퓨터라면 재부팅을 해야 할 시점이었다. 전원을 끄고, 열을 식힌 후, 재정비에 들어가야 했다. 나는 기절하듯 쓰러진 채 순식간에 깊은 잠에 빠져들었다.

한참 자고 난 다음에야 비로소 상황이 파악되었다. 침대가 부족해서 쟁탈전이 벌어진다는 이 카미노에서 3인용 방을 혼자 차지하다니! 아무래도 남는 두 침대가 아까웠다. 아주머니 말대로 다른 친구들을 데려와야겠다는 생각이 들었다.

그토록 간절하게 싱글룸을 찾았던 이유는 잊어버린 채, 나는 사람들에게 침대를 나눠줄 생각으로 밖에 나가 삐끼처럼 골목길을 서성거렸다. 사설 알베르게 앞으로 한국에서 온 남자들 네 명이 나타났다. 그중 한 명은 피레네 산맥에서 만났던 청년이었다. 그들은 사설 알베르게에 침대가 없다고 하자 무척 난감해했다.

하지만 아무리 내가 침대 부자라고 해도 이 남자들과 같이 방을 쓸 수는 없지 않은가. 가슴 아프지만 그들을 시설이 엉망이라는 공립 알베르게로 보낸 후 나는 주비리에서 만나기로 했던 안토니엘라를 기다렸다. 마을 입구의 다리에서, 길에서, 공립 알베르게 앞에서. 하지만 그녀의 모습은 끝내 보이지 않았다. 결국 펜션으로 돌아와 세 침대 중 가운데 침대에 침낭을 폈고, 최선을 다해 친구를 기다렸기에 그다지 미안하지 않은 기분으로 간절했던 혼자만의 시간을 보냈다.

04 하늘이 맺어준 친구, 안토니엘라

아레

내가 상상한 대로인 것은 아무것도 없었다.
| 알랭 드 보통, 《여행의 기술》 |

　밤새 비가 내렸는지, 길이 촉촉이 젖어 있었다. 이른 새벽 창가에 서서 천천히 배낭을 정리하고 있노라니 창밖으로 이른 아침부터 길을 나서는 페레그리노들이 보였다. 가로등이 켜진 어두운 골목에서 배낭을 단단히 조여매고 등산화 신은 발을 툭툭 털더니, 지팡이 소리를 내며 하나둘씩 길을 걸어간다. 그 모습이 묘하게 아름다워 보였다. 그리고 나도 빨리 저 길로 나서고 싶어졌다.

　많은 사람들이 걷기의 효용에 대해 이야기한다. 육체적인 건강은 물론 정신적으로도 우울증이나 무기력을 해소하는 방법이라고 극찬하기도 한다. 하지만 카미노는 가벼운 산책과는 근본적으로 다른 '하드 코어'의 걷기다. 고작 이틀 걸었을 뿐인데 내 발은 이미 물집투성이요, 종아리엔 알통이 단단하게 생겨버렸다. 하루 이틀 더 쉬거나, 아예 카미노를 중단하겠다고 선언해도 무리 없을 상황이었다. 그런데 그런 고통을 무색하게 하는 '설렘'이 자꾸 가슴에서 끓어오른다. 걷지 않고는 견딜 수 없는 의욕이 용솟음친다. 벌써 걷기의 매력에 빠져든 것일까. 아니면 카미노 길 위에 가득 차 있던 특유의 '걷기' 바이러스에 걸린 것일까. 어제 싱글룸을 간절히 찾던 그 에너지와 비슷한 파워의 에너지가 다시 걷기를 원하고 있었다. 마치 시동 걸린 엔진이 부릉부릉거리듯이 자꾸 근질거리는 몸의 충동을 참지 못하고 나는 서둘러 펜션을 뛰쳐나왔다. 길은 밤새 내린 비로 아름답게 반짝였다.

다행이었다. '적응'과 '부적응'의 갈림길에서 나는 '적응' 쪽으로 확 기울었다.

화살표를 따라 한참을 걷는데 문득 눈앞의 오르막 산길 중턱에 한 대머리 아저씨가 쭈그리고 앉아 있는 게 보였다. 엉거주춤한 자세가 좀 수상했다. 아무래도 큰일을 보는 자세였다. 서양 사람들은 참 대담하다고 생각하며, 나는 최대한 천천히 다가갔다. 내가 코앞까지 접근해가자 그 아저씨는 황급히 배낭을 메고 후다닥 도망쳐버렸다. 도대체 뭘 하고 있었던 걸까 하고 그 자리를 보았더니, 이런! 아저씨는 돌맹이로 하트 모양을 만들고 있었다. 카미노를 걷다보면 종종 이러한 하트, 화살표, 십자가 등등의 카미노 예술을 볼 수 있다. 누가 이런 것을 만들어놓는 걸까 궁금했는데 주인공은 저토록 '평범한 사람들'이었다. 비록 대머리의 늙수그레한 아저씨였지만 그 마음이 너무 예뻐, 나는 카메라를 꺼내 사진을 찍었다. 그 뒤로도 이런 돌맹이 하트를 발견하면 꼭 사진을 찍었다. 그것만

앞서 간 사람들의 정성과 격려가 담긴 돌 하트만 보면 새로운 힘이 솟았다. 카미노의 예술, 하트 컬렉션.

이 그들의 정성에 대한 보답 같았다.

그렇게 길을 걷노라니 지금껏 단 한 번도 일년 중 가장 아름다운 계절인 5월에 한가로운 여행을 즐긴 적이 없었다는 것을 깨달았다. 학교에 다니거나 회사에 다니거나 늘 어딘가에 매여 있었던 것이다.

혹시나 다른 직장을 구하지 못해 장기간 백수로 지낼까봐 늘 새 직장에 출근할 날짜를 정해놓고 그만두었기에 사회생활 18년 동안 내가 가진 휴가는 기껏해야 일년에 일주일 내외였다. 카미노에서 만난 외국인들에게 이 이야기를 하면 그들은 모두 깜짝 놀라 뒤로 넘어가는 제스처를 했다. 그렇게 맹목적으로 일과 회사에 매달렸던 날들이 내게 의미 있고 행복한 시간이었을까. 사람들은 내게 말했다.

"누가 자기 입맛에 딱 맞는 일만 하겠니."

하지만 그 일들은 입맛에 안 맞는 정도가 아니라 생각만 해도 심장이 벌렁거리고 입에 침이 말랐다.

광고대행사에서 일할 때였다. 언제나 일은 급하게 진행되었고 한번은 나보다 한참 어린 클라이언트로부터 '왜 제 시간에 시안을 가져오지 않았느냐'는 호통을 들었다. 다른 외주처의 실수였지만 그는 이렇게 말했다. '나 같으면 당신처럼 그렇게 느긋하게 일하지 않았을 것이다! 외주처에 그냥 맡기는 게 아니라 그곳에 가서 밤새 지켜보고 있었을 것이다!'

그의 날선 비난에 나는 "잠깐만요." 하고 화장실로 달려가 짧게, 그러나 북받치게 울었다. 최선의 노력이 '느긋하고 나태한 것'으로 졸지에 매도되었지만 아무 말도 할 수 없는 처지였다. 억울함 따위는 일의 진행과 아무 상관이 없었다.

홍보대행사에서는 휴일에도 아무 때나 울리는 클라이언트의 전화로 노이로제에 걸리기도 했다. 벨 소리만 들리면 가슴이 쿵쿵 뛰지만 그럼에도 불구하고 빨리 전화를 받아야만 하는 강박. 불규칙한 하혈이나 두통, 각종 두드러기 증상은 사무실 직원들 모두가 가진 당연한 것이었다.

그렇게 일하면서 우리들은 모두 '열심히 살고 있다'고 믿었다. 혼미해지는 정신을 붙잡으며 밤새워 일할수록, 행사장을 향해 신호등을 위반해서까지 빨리 뛰어갈수록, 늦은 시간 단란주점에서 목이 아프도록 노래하고 연거푸 술잔을 기울일수록 행복은 가까이 오는 것이라고 믿었다. 결국 그 누구도 행복의 얼굴은 보지 못했지만.

회사에서는 한 사람의 인생 전부를 원한다. 회사를 위해 골프장을 다니고 회사를 위해 알맞은 사람과 결혼하고 회사를 위해 지역사회에 봉사하기를 바란다. 성공하는 건 이런 사람들이다.
|스터즈 터클, 《누구나 하고 싶어하지만 모두들 하기 싫어하고 아무나 하지 못하는, 일》|

그런 생활에 내 소중한 시간을 쏟아부었다는 것에 대한 보상심리로 일 년에 한 번 있는 짧은 휴가기간에 탈출하듯 여행을 다녀온 뒤엔 오래도록 후유증에 시달리기도 했다. 몸에 맞지 않는 갑옷을 다시 입는 일이 너무 힘들었다. 언제부터인가는 나도 행복해질 수 있다는 믿음이 사라졌다. 나는 이 아래에 있고, 행복은 저 위에서 팔짱끼고 웃으며 나를 내려다보는 것만 같았다.

못된 시어머니 같은 클라이언트도, 불편한 접대문화도 없던 지난번 직장은 긴 방황을 끝낸 내가 오래 머물 수 있는 회사라고 믿었다. 모처럼 맘에 맞는 사람들과 일하며 지친 심신을 다독여주고 싶었는데 갑자기 그날이 닥쳐왔다. 상사가 조용히 나를 회의실로 불렀다. 회사의 대표가 바뀌게 되었으며 직원들이 정리된다고. 그 첫 번째 대상이 나라고. 회사의 새로운 대표는 나를 만나보지도 않고 이력서만으로 해고를 결정했다. 연봉과 나이가 문제였다.

'전 생활비를 줄 남편도 없고, 모아놓은 돈도 없단 말이에요!' 라고 말하고 싶었지만, 그러지 못했다. 그 자리에서는 덤덤히 모든 것을 받아들였다.

다음날, 아무도 출근하지 않은 주말 아침에 혼자 사무실에 나가 짐을 챙겼다. 언제 그렇게 물건들을 가져다 놓았는지 짐 보따리는 양손으로 들 수 없을 정도였다. 그만큼 내가 이 회사에 애착이 많았나 싶어 스스로도 놀랐다. 그날 눈물을 흘렸는지는 기억이 나지 않지만, 나중에 누군가 그날 이후의 내 안부를 물으며 가벼운 농담을 했을 때, 나는 그 사람에 대해 마음의 문을 닫아버렸다. 사람이 자기 일을 하루아침에 잃어버리는 상황은 결코 가벼운 게 아니었으니까.

세상에서 가장 지혜로운 말은 '이것도 곧 지나간다' 라는 말이라고 한다. 결국 그 일도 지나갔고, 나는 지금 내가 꿈에 그리던 길에 서 있다. 잃은 것이 있으면 얻는 것이 있듯이, 나는 밥벌이를 잃는 대신 '카미노를 걷고 싶다' 던 꿈을 이루게 되었다. 비싼 대가를 치르고 마주한 하늘과 길은 다행히도 그 값어치만큼 충분히 아름다웠다.

그런데 불현듯 안 좋은 느낌이 왔다. 앗, 그날이구나. 여자의 날. 상쾌하게 날아갈 것 같던 아침의 기분은 어느새 사라지고 빨리 아무 데라도 주저앉고 싶어졌다. 나는 얼른 알베르게 안내표를 들여다보며 가장 가까운 알베르게가 있는 마을을 찾았다. 그곳은 바로 아레Arre Villava였다. 예정대로라면 오늘은 팜플로나Pamplona까지 가는 게 정상이었지만, 도저히 그럴 수 없었다. 내가 아레라는 마을에 도착한 시간은 12시 50분. 알베르게의 문은 잠겨 있었고 오픈 시간은 2시란다. 일단은 바에서 기다려야 했다. 바를 찾아 힘겹게 걸어가는데 피레네 산맥에서, 또 어제 주비리에서 보았던 한국인 청년을 만났다. 이름을 모르니 이제 이 청년을 K라고 하자.

　"팜플로나로 가시는 거죠?"

　K의 질문에 나는 절망적으로 도리질을 했다.

　"아뇨. 오늘은 여기서 쉴 거예요. 알베르게가 아직 안 열어서 일단 바에 가 있으려고요."

　"웬만하면 팜플로나로 가시지……."

　카미노에서 만난 한국 사람들은 대부분 엄격한 계획을 세운 뒤 그 일정을 꼬박꼬박 지키며 강행군을 한다. 그도 마찬가지였다.

　"아뇨, 아뇨. 난 못가요."

　차마 구체적인 이유는 말하지 못했다.

　"참, 그 브라질 친구가 어제 찾던데요?"

　어젯밤, 그는 안토니엘라를 주비리의 바에서 우연히 만나 같이 저녁까지 먹었다는 것이었다. 나만큼 걷기 힘들어하는 카미노의 내 분신이여. 다행히 그녀도 주비리까지는 왔구나 싶어 안심했다. 하지만 우리가 다시 만날 수 있을까? 내가 이렇게 예정과 다르게 걷고 있으니 말이다. 그때는 도저히 알 수 없었다.

　나는 근처 바에 가서 집채만한 배낭을 내려놓고 쉬다가 시간에 맞추어 알베르게로 향했다. 입구의 벤치에 한 아저씨가 혼자 앉아 있었다. 책을 읽는 옆모습이 딱 안소니 퀸이었다. 잠시 후 눈빛이 유난히 투명한 호스피탈레로가 나왔다. 그를 따라 깨끗하게 잘 꾸며진 작은 교회 같은 사무실로 들어가자 상냥하고 밝은 얼굴로 그가 입을 열었다. 느낌상 프랑스어였다. 영어를 할 줄 아느냐고 물었지만 그는 고개를 절레절레 흔들었다. 가까스로 장부에 국적과 이름을 적고 6유로를 내자 호스피탈레로는 나를 데리고 나와서 아까의 그 안소니 퀸을 손짓으로 불렀다. 그러자 안소니 퀸은 얼른 내 배낭을 받아서 대신 메더니, 어눌한 영어로 'I am Peter. I can speak English. Follow me.' 하고는 앞장서서 걷는 것이었다. 어딘지 귀족 출신 같은 호스피탈레로 아저씨의 인상과 안소니 퀸의 예사롭지 않은 행동. 여기서부터 내 오해가 시작되었다.

　음, 알베르게에 집사가 다 있네. 아저씨가 영어를 못하니까 영어를 하는 집사를 두었구나.

　그가 하필이면 안소니 퀸을 닮은 것이 문제였다. 안소니 퀸에게는 여러 편의 출연작이 있음에도 불구하고 나는 굳이 〈노트르담의 꼽추〉를 떠올리고 있었다. 주교의 심복, 콰지모도인 안소니 퀸을. 게다가 내가 진흙투성이의 등산화를 벗자, 안소니 퀸은 자신이 닦아오겠다며 들고가서 금방 깨끗하게 만들어왔다. 그때 나는 확신했다.

　그래. 집사가 맞아. 저 호스피탈레로가 개인적으로 고용한 집사!

나는 어느새 그의 친절을 당연하게 생각하여, 고맙다는 말도 제대로 하지 않았다. 내 침대를 배정받으며 실내를 둘러보았을 때, 대각선 방향의 구석 침대에 침낭이 풀어져 있는 게 보였지만 설마 그것이 안소니 퀸의 침대일 거라고는 생각하지 못했다.

일단 양말 등을 빨아서 빨랫줄에 널어놓고 자판기에서 카페 콘 레체 한 잔을 뽑아 정원 의자에 앉았다. 느긋하게 쉬고 있자니 누군가 내 이름을 크게 불렀다. 돌아보니 브라질의 그녀, 안토니엘라가 걸어 들어오고 있었다.

"앗! 안토니엘라!"

"네가 왜 여기 있는 거야?"

이날 대부분의 사람들은 어떻게 해서든 팜플로나로 가는 게 정상이었다. 하지만 안토니엘라는 역시 나와 같은 보폭과 리듬을 가진 사람이었다. 서둘러서 팜플로나까지 갈 생각이 없었던 거다. 나는 반가워서 어린 아이처럼 펄펄 뛰었다.

카미노에서는 가까운 유럽 지역이 아닌 이상 시차문제, 비용문제, 충전 문제 등등으로 핸드폰을 쓴다는 게 쉽지 않다. 그러니 아무리 마음이 맞는 친구라고 해도 일단 헤어지면 다시 만나기 어렵다. 이렇게 우연이 맺어주는 방법 외에는.

우리는 신이 나서 같이 점심을 먹으러 나갔고, 식사 후에는 슈퍼마켓에 가서 저녁거리와 아침거리 장을 보고 엽서를 사기도 했다. 안토니엘라는 걱정하는 엄마나 친구들에게만이 아니라 자기 자신에게도 좋아하

나 홀로 〈노트르담의 꼽추〉 이야기 속에 빠져 지냈던 아레의 알베르게(위). 팜플로나로 가는 길목에 불과했던 아레가 내게는 운명의 정거장이었다. 안토니엘라라는 친구를 다시 얻었으니까.

는 글이나 노래 가사를 써서 엽서를 보낸다고 했다.

내가 안토니엘라를 그렇게 반가워했던 이유는 피레네의 고통을 함께 나눈 정도 있었지만, 이렇듯 소녀 같은 감성이 좋아서였다. 좋은 것, 예쁜 것, 귀여운 것, 아름다운 것에 탐닉하고 열중하는 모습이 사랑스러웠다. 그리고 하나 더, 그녀의 영어는 유난히 귀에 쏙쏙 들어왔다. 어려운 단어 대신 쉬운 말을 골라서 썼고, 연극배우 출신이라 그런지 목소리가 크고 발음이 명확해서 무슨 말을 하는지 알아듣기가 쉬웠다. 내가 한 말이 이해되지 않을 때엔 반드시 '무슨 말인지 모르겠다, 다시 이야기해달라'고 하며 내 이야기에 진지하게 귀를 기울였다. 친구가 되려면 이렇게 여러 가지 조건이 맞아야 한다.

알베르게로 돌아오는 길에는 어제 길에서 헤어졌다던 이나 부부와 마주쳤다. 이날 저녁식사는 이 브라질 사람들 그러니까 이나 부부, 카미노를 두 번째 걷는다는 40대의 유송, 안토니엘라와 함께 했다. 그중 영어를 하는 사람은 안토니엘라뿐이지만 그다지 불편하거나 어색하지는 않았다.

카미노에서는 영어 외에도 스페인어, 독일어, 프랑스어, 브라질어 등 각 나라 말을 귀가 따갑도록 듣게 된다. 사랑을 나누기엔 프랑스어가 좋고, 기도를 하기에는 스페인어가 좋고, 노래하기에는 이탈리아어가 좋다고 하지만 그냥 수다를 떠는 데엔 브라질어가 제일 듣기 좋았다. 빠르고 리듬감 있는 브라질어는 내용을 모르고 들어도 덩달아 유쾌해졌다.

나는 그들에게 대한민국 국민이면 다 아는 브라질어가 있다고 했다. 그들은 '그게 뭔데?' 하고 호기심이 가득 찬 눈으로 물었고 나는 엄지손가락을 치켜세우며 말했다.

“따봉!”

어느 오렌지주스 회사의 CF 때문에 유명해졌다는 얘기는 안토니엘라가 통역해주었고 모두들 나를 따라 엄지손가락을 치켜세우며 즐거워했다. 전직 간호사였고 퇴직 기념으로 여행에 나섰다는 이나는 식사 후 내 손목에 녹색 끈을 하나 묶어주었다. ‘Bom Fim(봉핑)’ 이라는 글씨가 씌어진 이 끈을 묶으며 세 가지 소원을 빌면 끈이 저절로 끊어지는 그때, 세 가지 소원도 다 이루어진단다.

“정말 소원이 이루어져요?”

내가 묻자 이나는 고개를 끄덕였다. 자신의 세 가지 소원도 다 이루어졌다며. 나는 떨리는 마음으로 얼른 소원을 빌었다.

밤 10시. 사설 알베르게는 대개 공립 알베르게보다 취침시간이 늦다. 여기도 10시가 취침시간이다. 침낭에 들어가 누우니, 저 멀리 대각선 구석에서 안소니 퀸이 자신의 침낭에 들어가는 것이 보였다. 그를 바라보며 나는 또 생각했다.

이 알베르게는 집사가 손님들과 같이 자는구나. 자면서도 우리를 감시하려나보다.

한 번의 오해는 끝까지 모든 것을 곡해시킨다.

나중에 알았지만 귀족같던 호스피탈레로 아저씨는 수사님이었고, 안소니 퀸은 그냥 이곳에서 이틀을 머문 페레그리노였다. 알베르게에서는 개인사정으로 이틀을 머물 경우, 두 번째 날에는 다른 사람들을 위해 봉사를 한다. 안소니 퀸도 그런 자신의 역할에 충실했던 것뿐이었다. 안소니 퀸 아저씨, 죄송해요.

때론 목적지가 제 발로 다가온다

팜플로나, 시주르메노

우리가 여기 지상에 온 것은 빈둥거리며 지내기 위해서다.
누구든 조금이라도 다른 소리를 하는 사람의 말은 듣지 말라.
| 커트 보네거트, 《타임 퀘이크》 |

아침에 일어나보니 오른쪽 발목이 잔뜩 부어올라 시큰거리며 아팠다. 이렇게 많이 걸은 적이 없던 내게는 참으로 생소한 통증이었다. 어쩔 수 없이 당분간은 부지런을 떨지 않기로 했다. 언제나 가장 중요한 것은 몸의 컨디션이다.

오늘의 목표는 팜플로나를 거쳐 시주르메노Cizur Menor까지 불과 8.4킬로미터다. 그 정도면 무리 없이 갈 듯싶었다. 그리고 혼자 가는 것보다는 안토니엘라 일행과 함께 가는 게 재미있을 것 같아 그들과 같이 느긋하게 출발했다.

그런데 유송의 배낭이 유난히 늘어져 있는 것을 보고 저마다 한 마디씩하며 고쳐 메주는 데 30분, 이나가 집에 있는 아이들에게 전화를 거는 데 20분, 안토니엘라가 카메라 메모리칩을 사는 데 한 시간이 걸렸다. 걸을 만하면 멈추고, 걸을 만하면 멈추는 상황이 반복되었다.

아, 브라질 사람들은 정말 느긋하구나!

'빨리빨리'와 '조급증'의 화신인 한국인이 브라질 사람들과 일행이 되었다는 것 자체가 문제였을까. 나는 답답한 마음을 억누르며 양치기 개가 양떼를 몰듯, 그들이 제발 걸음을 멈추지 않도록 앞장섰다가 뒤에서 몰기도 하며 걸었다.

그러나 팜플로나에 도착한 후에도 다시 안토니엘라의 고집으로 PC방에서 메일을 체크하면서 30여 분을 보냈고, 그 다음엔 안토니엘라가 우체국을 찾아 사라지는 바람에 또 한 시간을 길에서 보내야 했다. 똑같이 느긋한 사람들인 이나 부부와 유송조차 손들고 먼저 떠나려고 하던 무렵에야 안토니엘라가 나타났다. 우체국에 사람들이 너무 많았다나.

기다림과 배고픔에 지친 우리는 일단 식당에서 점심식사를 하기로 했다. 나는 그동안 부족했던 야채를 보충하기 위해 샐러드와 라자냐를 주문했다. 그리고 음료는 물 대신 와인을 시켜보았다. 어떻게 물과 와인이 같은 가격인지 이해할 수 없지만 술을 먹지 못하는 나도 공연히 신이 났다. 이렇게 맛있는 식사를 하며 긴장을 늦추다보니, 슬슬 전체 일정이니 계획 따위가 별로 중요하지 않아졌다. 조금 천천히 가면 어떠리. 새털처럼 많은 게 시간 아닌가. 그러다 '내가 어떻게 이 스페인 식당에 생판 모르던 브라질 사람들과 같이 앉아 있는 건가' 하는 생각이 번뜩 들었다.

불과 4개월 전만 해도 난 카미노라는 게 있는지조차 몰랐다. 이렇게 낯선 외국 사람들과 같이 걸을 거라고 생각했던가? 나는 사교적인 성격도 아니고, 친구를 만드는 일이 카미노의 목적도 아니었다. 원래의 나라

삶은 예측한 대로 진행되지 않는다. 그리고 어쩌면 그게 우리 삶을 기적으로 이끄는 지렛대일지도 모른다. 홀짝홀짝 와인을 마시면서 나는 곁에 있는 사람들을 하나하나 내 눈 속에, 마음 속에 담았다.

면 주야장천 혼자 걷는 게 더 어울렸다. 〈시인의 마을〉이라는 노래에 나오는 가사처럼, 일몰의 고갯길을 넘어가는 고행의 수도승처럼 말이다. 결국 세상일은 내가 상상하지 못한 방향으로 흘러간다. 내가 모르는 어떤 힘이 세상을 그렇게 움직인다.

인생은 아직 풀어보지 못한 선물상자 같은 것, 그 안에서 무엇이 나올지는 아무도 모르는 것이다. 카미노는 그 상상하지 못했던 선물을 툭툭 던져주는 길이었다. 놀랍게도, 이날 오후 시주르메노를 향해 가면서 안토니엘라도 비슷한 이야기를 꺼냈다.

"난 한 번도 다른 사람과 같이 카미노를 걸을 거라고는 생각 못했어. 누구를 만난다고 해도 유럽 사람들일 거라고 생각했어. 그런데 코리안 프렌드와 함께 걷다니! 정말 상상도 못했던 일이야."

식사 후 이나 부부와 유송은 팜플로나에서 하룻밤 머무르기로 했고, 나와 안토니엘라는 시주르메노를 향해 떠나기로 했다. 사실 팜플로나는 카미노 여정 중 처음 본 큰 도시지만 내게는 유럽의 다른 도시와 별다를

따스한 햇살에 빨래를 말리는 한가로운 알베르게의 시간. 목적지를 향해 걸을 땐 잊고 있던 여유가 이때 다시 살아난다.

바가 없었다. 그냥 빨리 이곳을 벗어나 넓은 하늘, 나무와 풀이 있는 길을 걸어서 작고 아기자기한 시골 마을로 가고 싶었다.

시주르메노까지는 4.7킬로미터. 안토니엘라는 "얼마나 걸릴까?" 하고 내게 물었고, 나는 "두 시간!"이라고 대답했다. 내 걸음으로는 한 시간 반이지만 안토니엘라의 속도를 고려하면 두 시간이 걸릴 것이라고 예상했기 때문이다. 안토니엘라의 배낭은 여자가 메기에는 너무 크고 무겁다. 침낭도 내 것보다 세 배는 크다. 안 그래도 느린 걸음인데 그런 배낭을 메고 있으니 빨리 걸을래야 걸을 수가 없다.

이제 우리는 신호등을 건너고 번화가를 가로질러야 한다. 도시 길은 산길보다 훨씬 고역이다. 세련되고 예쁜 옷을 입은 도시 여자들에 비해 배낭 메고 지팡이 들고 땀에 젖은 등산복 차림으로 걷는 우리의 모습은 초라하고 우스꽝스러울 게 분명하니까. 게다가 스페인 여자들은 유난히 예쁘고 패션 감각도 뛰어나다. 돌아보면 김태희가, 코앞에는 이효리가 서 있다. 같은 여자로서 이렇게 아름다운 여자들 사이를 추레하게 걷는 것은

보통 알베르게에서는 보기 힘든 싱글 베드가 놓인 특별 공간. '내 침낭은 꼭 네 침낭의 엄마 같다' 는 안토니엘라의 말에 나는 손뼉 치며 웃었다.

정말 못할 짓이었다. 천생 여자인 안토니엘라도 이런 상황을 괴로워했다.

"아, 난 원래 원피스 드레스만 입고 살았는데 이런 모습으로 다니다니! 아, 치마 입고 싶어! 산티아고 도착하면 난 제일 먼저 원피스를 사서 입을 거야!"

안토니엘라는 작은 마녀처럼 걸으면서 계속 "하느님, 제 이야기 들리세요? 시주르메노를 그냥 우리 앞에 가져다주시면 안 될까요? 그냥 픽 던져주세요! 네?" 하고 장난스런 기도를 했다. 그렇게 길을 걷다가 문득 고개를 들어보니 'Cizur Menor' 라는 표지판이 보였다.

"안토니엘라! 여기가 시주르메노인가봐!"

"설마! 그럴 리가!"

안토니엘라는 못미더워하며 지나가던 사람에게 '여기가 정말 시주르메노냐' 고 물었고 그는 그렇다고 했다. 정말 기적이 이루어졌다. 고작 한 시간 만에 시주르메노가 우리 앞으로 다가와준 것이다. 알베르게에서도 우리는 나란히 놓인 두 개의 침대를 배정받을 수 있었다. 이층침대도 아닌 그냥 침대를! 역시, 하느님은 고생하는 두 여자가 안쓰러우셨던 것이었다.

우리는 하루 중 중요한 일과인 샤워와 빨래를 하기 위해 정원으로 나가다가 또 다른 선물을 맞이했다. 바로 이나 부부와 유송이었다! 그들도 우리를 보며 활짝 웃었다. 그들은 팜플로나가 별로 볼 게 없어서 이곳으로 왔다고 말하지만, 실은 우리가 없으니까 심심해서 따라온 게 분명하다며 안토니엘라는 즐거워했다.

그날 저녁도 이나 부부, 유송과 같이 식사를 했다. 그리고 이 자리에서 나는 그들에게 고백했다. 실은 한 달 간 브라질어를 배운 적이 있다고. 2년 전, 나는 잠깐 데이트했던 브라질 남자 때문에 특별 가정교사를 초빙해 브라질어를 배웠고 포르투갈어 사전도 세 개나 가지고 있었다. 사람 자체보다는 먼 이국의 문화에 솔깃했던 거지만.

"앗! 그럼 그동안 우리가 한 이야기를 몰래 엿들은 거야?"

이나가 깜짝 놀라며 "이럴 수가!" 하고 장난스럽게 흥분했다. 하지만 내가 기억하는 말은 전 국민이 아는 '따봉' 뿐. 그의 영어도 나의 브라질어도 전혀 늘지 않아 의사소통은 벽에 부딪혔고 한 달 간 배운 브라질어 실력은 그 남자와 헤어진 후 금방 사라져버렸다. 나는 이나가 흥분할 만큼 몰래 브라질어를 이해할 수준이나 되었으면 좋겠다는 생각을 하며 먼 산만 바라볼 수밖에!

카미노의
두 번째
속삭임

당신의 꿈은
어디에 있나요?

06 벌판 위에서 만난 황금빛 기적
우테르가, 에우나테, 시라퀴

안심해 친구야, 폭풍은 잠잠해질 거야
그냥 자신에게 진실해, 모든 게 잘 될 거야
맘을 편하게 가져 친구야, 눈물을 닦아
오늘 밤 마법이 일어나고 있어. 라벤더 색 하늘 저 높이
| Mocca, Do what you wanna do |

눈을 뜨니 아침이다. 어제는 무척 피곤해서 빨래 건조를 기다린다는 안토니엘라를 놔두고 잠깐 침대에 눕는다는 게 그대로 잠들어버렸다. 건조기를 쓰려는 사람들이 많아서 순번을 기다려야 했던 것이다. 하지만 나는 여기에 와서까지 빨래니, 건조니 그런 것에 신경쓰는 게 귀찮았다. 어차피 깔끔하게 지낼 수는 없으니 대충대충 하자고 생각했다. 그런데 결과를 보니 그게 아니었다. 두세 번 건조기에 돌린 안토니엘라의 양말과 옷은 뽀송뽀송, 대충 빨랫줄에 널어 말렸던 내 양말과 수건은 여전히 축축했다. 결국 배낭에 둘 다 옷핀으로 매달고 다녀야 했다.

이날의 목적지는 16.5킬로미터 떨어진 오바노스Obanos였다.

9시경 알베르게를 나서니 하늘에서는 비가 내리고 있었다. 준비해온 우비를 배낭에서 꺼내입고 안토니엘라, 이나 부부, 유송 등 다섯 명이 함

께 걷기 시작했다. 그런데 계속 나 혼자 뒤에 처졌다. 그런 나를 유심히 보던 유송이 진지하게 충고했다.

"지팡이를 짚는 게 좋겠어요."

그리고 보니 지팡이가 없는 사람은 나뿐이었다. 안토니엘라는 지팡이를 빌려주며 얼마나 편한지 직접 체험해보라고 했다. 지팡이를 짚어보니 정말 체중이 나뉘어 실려 훨씬 걷기가 좋았다. 특히 진흙길이나 돌길에서 넘어지는 것을 방지해주었다. '귀찮을 거다' '무거울 거다' 하며 무시했던 지팡이를 반드시 마련해야겠다고 그제야 결심했다. 어느 순간 이나 부부와 유송은 저 멀리 앞서 사라지고, 안토니엘라만 남아 거북이처럼 기어가는 나와 보조를 맞춰주었다.

페르돈 언덕을 앞에 두고, 힘겹게 오르막길을 오를 때였다. 안토니엘라가 문득 작은 소리로 말했다.

"저 사람 멋있지?"

"누구?"

두리번거리며 뒤를 보자, 하늘색 셔츠를 입은 금발 청년이 우리 뒤에서 올라오고 있었다. 그동안은 '아저씨'나 '할아버지'만 많이 보았지, 저렇게 상큼한 '청년'은 거의 눈에 띄지 않았었다. 장난기가 발동한 나는 안토니엘라의 사진을 찍는 척하며 프레임 속에 그를 함께 담아주었다. 청년은 부지런히 걸어서 우리 쪽으로 다가왔고 '하이!' 하고 인사를 했다.

안토니엘라는 원래 누군가 옆으로 지나가면 먼저 인사하고 말을 붙이는 적극적인 성격이다. 그런데 웬일인지 그 앞에서는 수줍어하며 말을 아끼는 게 아닌가. 여자는 전세계 어디나 다 똑같다는 생각이 들어 웃음

바람조차 쉬어가는 페르돈 언덕. 페레그리노들은 모두 이곳을 쉽게 떠나지 못한다. 긴 오르막의 끝인 이곳에서라면 휴식을 핑계로 그리운 얼굴들을 마음껏 그리워할 수 있다.

을 참을 수가 없었다.

　호주의 골드코스트에서 왔다는 사이먼은 우리보다 늦게 생장피에드포르에서 출발했다고 했다. 그러나 얼마 가지 않아 그는 우리를 앞지르더니 씩씩하게 저 멀리 사라져버렸다.

　어느덧 우리는 기사들의 청동 동상이 세워져 있는 페르돈 정상alto de perdon에 도착했다. 걷다보면 유난히 느낌이 좋은 곳이 있는데 여기가 그런 곳이었다. 금방 떠나고 싶지 않았다. 아랫마을을 바라보며 그렇게 하염없이 길가에 앉아 있는데 옆에 앉은 아저씨가 문득 상자에 담긴 땅콩, 호두 등의 견과류를 내게 권했다. 이곳에 오기 전 나는 스스로 건강하지 않다고 생각했기에 열심히 건강식을 찾아 먹었다. 이런 견과류도 매일 필수적으로 섭취해야 하는 품목에 포함돼 있었다. 그런데, 왠지 전혀 먹고 싶지 않았다. 나는 웃으며 사양하고 그냥 물만 한 모금 마시며 저 아래의 길을 내려다보았다. 평안함, 만족감, 성취감을 동시에 만끽하면서.

　언덕길을 내려가니 우테르가Uterga가 나왔다. 레스토랑을 겸하고 있는 이곳의 알베르게에서 우리는 점심을 먹기로 했다. 그런데 메뉴에서 흰쌀밥arroz을 본 안토니엘라가 "와우, 밥이다!" 하며 반가워했다. 브라질 사람들도 밥이 주식인 줄은 몰랐기에 나는 안토니엘라의 반응이 신기했다.

"너네도 밥을 먹는구나!"

"그럼! 우리 집은 매일 밥 먹어. 그리고 난 밥을 빵보다 더 좋아해."

그녀는 토마토소스 위에 계란프라이를 얹은 이 쌀요리를 무척 신나게 먹었다. 나 역시 비록 김치도, 깍두기도, 국물도 없었지만 간만에 '고향 냄새' 물씬 나는 즐거운 식사를 할 수 있었다. 그렇게 속을 든든히 채우고 식당을 나서다가 카운터 옆에서 팔고 있던 갈색 지팡이도 한 개 샀다. 배도 채웠겠다, 지팡이도 생겼겠다, 이젠 얼마든지 걸을 수 있겠다는 자신이 붙었다. 그때 안토니엘라가 조심스럽게 말을 꺼냈다.

"오바노스로 가기 전에 에우나테Eunate라는 곳이 있어. 난 거기 가보고 싶은데, 네 생각은 어때?"

에우나테? 처음 듣는 지명이었다.

"내 블로그 이웃이 만약 카미노를 간다면 꼭 들러보라고 해서 유튜브Utube.com에서 동영상을 봤는데 멋있더라. 근데 우리가 그곳에 머물 수 있을지는 모르겠어. 오바노스 근처라고는 하는데 다른 시설은 없이 그냥 작은 교회만 있다고 하니까."

"다른 게 아무것도 없고 그냥 교회만 있대?"

"응. 그러니까 갔다가 다시 마을로 돌아와야 하는데 시간이 많이 걸릴 것 같아서 걱정이야."

"그래도 가보고 싶으면 가봐야지. 일단 가자."

배도 부르고, 지팡이도 있는데 무엇이 걱정이랴! 내 안에 있던 낙천성과 모험가 기질이 또 발동했다. 초등학생 시절엔 친구들과 일부러 흉가를 찾아다닌 적도 있었는데, 아름다운 교회를 찾아가는 일이 왜 싫겠는가. 정해진 루트만 가는 것은 솔직히 지루하다. 안토니엘라의 갑작스런 제안이 오히려 나는 반가웠다.

그러나 길을 찾기는 쉽지 않았다. 오바노스 근처에서 한 마을에 도달했지만 시계를 보니 4시경. 스페인을 지배하는 가장 강력한 법칙, 시에스타 중이었다. 에우나테로 가는 방향을 물어보려고 해도 길에는 사람이 단 한 명도 없었다.

유령의 도시 같은 마을을 돌아다니다가 간신히 집에서 나오는 한 할아버지를 발견했다. 스페인어를 할 줄 아는 안토니엘라가 일단 오바노스로 가는 방향을 물었다. 할아버지는 오른쪽을 가리켰다. 다음엔 에우나테의 위치를 물었다. 할아버지는 왼쪽을 가리켰다. 우리가 한숨을 쉬자 할아버지가 말씀하셨다.

"여기에서 에우나테까지는 왕복 4킬로미터 거리지만 에우나테에서 오바노스까지 곧바로 가는 길이 있어. 그리고 에우나테에도 알베르게가 있고."

"좋아! 가는 거야!" 하고 나는 안토니엘라를 부추겼다. 다만 그곳 알베르게에 대해서는 아무런 기대도 하지 않았다.

그런 곳의 알베르게라면 낡은 창고 같은 곳이겠지. 교회만 보고 얼른 떠나야지.

약 40분을 걷고 나니 드디어 우리 앞에 에우나테가 나타났다. 황량한 벌판 위에 올려진 황갈색의 작은 교회 하나. 무척 소박하고 원초적이면서도 비현실적인 느낌이었다. 마을과 동떨어진, 이 한적한 곳에 왜 이 교회는 홀로 서 있을까. 그 자체가 한 편의 시 같고, 꿈 같고, 노래 같았다.

주변을 둘러보다가 교회 안으로 들어가니 제단 위에는 금관을 쓴 독특한 모습의 성모자상이 있었고, 앞자리에서 두 남자가 머리를 숙인 채 경건히 기도를 하고 있었다. 나도 모르게 얼른 배낭을 푼 뒤 조용히 자리에 앉았고, 안토니엘라도 내 옆에 아무 말 없이 앉았다.

교회나 성당에 발을 끊은 지 오래된 나는 이런 곳에 왔다고 바로 기도를 올리거나 묵상에 빠지거나 하지는 못한다. 다만 내 마음이 움직이는 대로 해야겠다 싶었다. 그냥 그 자리에 편안하게 앉고 싶었고, 배낭을 내려놓듯이 마음을 내려놓고 싶었다. 그렇게 하염없이 앉아 있는 동안 먼저 와 있던 두 남자가 성모자상 앞에서 무릎을 구부려 인사하고 나갔고, 곧이어 한 무리의 학생과 교사가 들어왔다. 교사는 이 교회에 대해 아이들에게 설명하기 시작했다. 고요와 정적이 깨진 것이 아쉬웠지만, 저들이 나갈 때까지 기다리기로 했다. 얼마나 오래 걸리든 상관 없었다. 어쩌면 내가 늘 원해왔던 건 바로 이런 조용한 평화였을지도 모른다. 즐거움이나 쾌락 이전에 존재하는 가장 고요한 상태. 무념무상의 상태. 니체는 '가장 침묵했던 순간이 가장 엄청난 경험'이 될 수 있다고 했던가. 그걸 평소에는 몰랐다. 그걸 모르고 나는 늘 적극적인 즐거움만 추구했다. 이런 평화야말로 가장 큰 기쁨이자 행복이라는 사실은 이곳에서 처음 깨달았다. 나는 옆에 있던 안토니엘라에게 말했다.

"안토니엘라, 고마워. 나를 여기에 데려와줘서."

그러자 안토니엘라도 말했다.

"나야말로! 같이 와줘서 정말 고마워!"

우리는 누가 먼저랄 것도 없이 서로를 꼭 끌어안았다. 이런 일은 여행 중 처음이었고 상상도 못했던 일이었다.

밖으로 나와서도 나는 차마 발이 안 떨어졌다. 주변을 계속 둘러보고 싶었다. 그런데 바로 옆에 교회와 같은 색깔을 한 건물이 보였다. 다가가 무심코 건물 뒤쪽으로 가보았더니 한 여자가 벤치에 앉아 있었다. 그녀는 우리와 눈이 마주치자 환하게 웃으며 "올라!" 하고 인사했다. 옷차림을 보니 그녀 역시 페레그리노 같았다. "여기가 알베르게인가요?"라고 묻자, 그녀는 그렇다고 한다. 이런! 내가 상상했던, 낡은 헛간 같은 알베르게와는 거리가 먼 건물이었다. 역시나 기대를 하면 최악이 오고, 기대를 안 하니 이런 멋진 곳이 나타난다. 나는 그녀에게 가장 중요한 문제를 물었다.

"여기에서 밥도 먹을 수 있을까요?"

시간은 어느덧 저녁 6시에 육박하고 있었다. 밥을 먹을 수 없다면 서둘러 다른 알베르게로 떠나야 한다. 그러자 그녀는 호스피탈레로에게 물어보겠다며 안으로 들어갔고 잠시 후 한 아저씨가 걸어나왔다. 동화 《알프스 소녀 하이디》에 나오는 할아버지처럼 하얀 머리에 하얀 수염, 파란색 체크무늬 셔츠를 입은 아저씨였다. 그는 조금도 웃지 않는 무뚝뚝하고 까다로운 표정으로 뒷짐을 진 채 우리를 묵묵히 바라보았다. 그 무엇보다 먹는 것이 중요한 우리는 "알베르게에서 밥을 해주는 경우는 없었잖아." "주변에 식당도 없어." "침대는 있겠지만, 밥은 어떻게 해?" 하며 둘이서 한참을 속닥거렸다. 그러자 우리 얘기를 듣고 있던 그가 갑자기 입을 열었다.

"I can make you dinner and breakfast!"

저녁뿐만이 아니라 아침식사까지 만들어주신다고? 딱 우리가 바라던 대로였다! 우리는 그 말에 좋아서 펄쩍 뛰며 곧바로 여기서 묵겠다고 했다. 그 순간, 뒷짐을 푸는 그의 손에 쥐어진 야채조각 묻은 요리칼이 보였다. 무뚝뚝한 표정 뒤에 숨겨진 요리칼이라니! 그는 저녁식사 준비를 하다 말고 뛰어나왔던 것이다. 그를 따라 안으로 들어간 식당에는 컬러풀한 각종 그릇들이 일렬로 정리되어 있고 구석구석 카미노와 관련된 장식품으로 예쁘게 꾸며져 있었다. 스스로 프랑스인이며 이름은 장Jean이라고 소개한 그는 내 이름과 국적을 말하자 서툰 영어로 '한국에서 온 사람들이 몇 명 있었다' 며 방명록에 한글로 적힌 글들을 보여주었고 몇 번이나 내 이름을 되뇌며 발음 연습을 했다. 무섭기까지 했던 첫인상과는 전혀 달랐다. 그는 이런 말도 했다.

"After dinner, the pilgrims have to wash the dishes."

밥은 자신이 만들어주지만, 설거지는 '당신들' 이 하라는 것이다. 이것은 인터넷에서도 검색되는, 장 아저씨의 철칙이다. 그는 앞장서서 화장실과 세탁실 그리고 방을 안내해주었고 비록 침대는 없지만 매트리스를 두 개씩 겹쳐 직접 깔아주었다. 그리고 기숙사 사감처럼 "식사는 7시에!"라고 말하고는 다시 부엌으로 돌아갔다. 그가 나가자마자 안토니엘라는 펄쩍 뛰면서 말했다.

어둠이 낳은 파랑과 노랑. 그림보다 더 예쁜 에우나테 알베르게의 밤 풍경.

"아! 이런 곳일 줄은 상상도 못했어! 정말 멋져!"

이날 저녁식탁에 모인 사람들은 우리 외에 독일에서 온 우타(알베르게 앞에서 우리를 맞이했던 여자) 부부 그리고 스위스에서 온 청년 루카스뿐으로 알베르게에 머문 이래 가장 단출했다. 어차피 이 알베르게의 수용인 원은 7명뿐이었다.

모두 식탁에 앉자, 장은 놀랍게도 내게 대표로 식사기도를 올려달라고 했다. 나는 내 귀를 의심했지만 모두 나를 바라보고 있었다. 지금껏 한 번도 다른 사람들 앞에서 기도를 해본 적 없는 내가, 성당에 발을 끊은 지 오래인 내가 대표로 식사기도를 한다니. 하지만 왠지 이 자리에서라면 그래도 될 것 같았다. 에우나테, 내가 과거에 무슨 짓을 했더라도 다 이해하고 받아줄 것 같은 푸근한 곳. 더구나 이 사람들은 한국어를 모른다. 조금 말이 꼬이더라도 알 턱이 없다. 나는 뻔뻔하게 한국어로 기도를 올렸다.

"오늘 우리에게 허락하신 맛있는 음식에 감사드리며, 이 자리에 있는 모든 사람이 건강하게 카미노를 끝까지 마칠 수 있도록 도와주십시오.

아멘."

장이 정성껏 마련한 우리의 저녁 메뉴는 연둣빛 콩 수프, 치즈가 들어간 리조토 그리고 각종 채소볶음이었다. 특히 장은 내게 리조토를 가리키며 많이 먹으라고 격려해주었다. 점심에 이어 연달아 '쌀요리'를 먹다니! 행운이 넘치는 날이었다. 그러나 가장 압권은 역시 디저트! 푸딩 위에 얹어진 조그만 화살표를 보는 순간, 웃음이 터져 나왔다.

이렇게 예쁘고 맛있는 저녁을 먹었으니 설거지 정도는 자발적으로 우리 차지였다. 설거지를 마치자 장은 지나가는 말처럼 교회에 가고 싶지 않느냐고 물었고 우리는 "네!" 하고 벌떡 일어났다. 우타 부부, 루카스도 기다렸다는 듯 따라나섰다.

그는 어둠 속을 걸어 잠긴 교회의 문을 열었고 촛불을 여섯 개 켜더니 하나씩 나누어주었다. 촛불을 들고 자리에 앉자 또 각 나라에 맞게 영어, 독일어, 포르투갈어 등의 기도문을 나누어준 뒤 번갈아 읽도록 했다.

마지막에는 장이 직접 〈아베 마리아〉를 불렀다. 머리 하얀 아저씨의 목소리라고는 도저히 믿어지지 않을 미성이었다. 진짜 천사가 내려와서 노래를 하고 있는 것은 아닐까. 이 순간이 정말 현실일까. 가슴이 콩닥콩닥 뛰며 소름이 돋았다.

그렇게 설레는 가슴으로 앉아 있는데, 옆에서 울음소리가 들렸다. 안토니엘라가 울고 있었다. 혼전임신으로 교회에서 결혼하지 못한 부모님 때문에 안토니엘라는 세례를 받지 못했다고 한다. 그래서 교적도 없고 교회에서 결혼할 수도 없다고 했다. 하지만 그런 그녀를 받아주는 교회

에우나테 알베르게의 트레이드마크, 화살표 푸딩과 누군가 방명록에 그려놓은 장 아저씨의 초상화(위).
에우나테의 저녁식탁에 모인 사람들. 왼쪽에서 세 번째 흰머리 아저씨가 장, 오른쪽 끝이 안토니엘라다.

가 여기에 있었다. 사제도, 미사도 없지만 신성이 살아 있는 교회, 바로 이 에우나테. 이 교회는 세속적 조건을 뛰어넘어 모든 인간을 넉넉하게 포용하고 있었다. 안토니엘라의 눈물이 무엇을 의미하는지 나는 알 것 같았다. 길 잃은 양이 마침내 집을 찾은 것이었다.

그 조용한 의식을 마치고, 방으로 돌아와서 모두 침낭에 들어가자 우타가 말했다.

"자, 이제 불을 꺼도 되죠? 혹시 우리 남편이 코를 골아도 양해해주세요. 굿나잇."

불을 끄자, 또다시 모두의 입에서 감탄사가 터져나왔다. 천장 가득 야광별이 빛나고 있었다. 이 아름다운 알베르게에서 어쩔 수 없이 나는 한참 동안 잠을 이루지 못하고 뒤척여야 했다.

에우나테의 아침이 밝았다. 눈을 뜨자마자 식당으로 가보니 장은 보이지 않는데 이후 어떤 알베르게에서도 볼 수 없었던 풍성한 아침식탁이 벌써 차려져 있었다. 게다가 각자의 접시 위에는 에우나테 성모자상의 사진이 들어간 카드가 두 장씩 올려져 있었다. 그중 한 카드에는 이런 글이 씌어 있었다.

더 멀리
더 멀리 가라.
이쯤이면 도착했다고 생각되더라도
멈추지 말라.

언제나 앞으로 나아가라.

반드시 새로운 길이 나타날 것이니

"장은 원래 프랑스 사람이고, 수학교사였대요. 그런데 카미노를 네 번 걷고 난 뒤 모든 것을 정리하고 여기로 와서 호스피탈레로가 되었다는군요. 저 교회도 관리하고 알베르게를 운영하며 지내는 거죠. 어제는 장의 기분이 좀 안 좋았죠? 관광객들이 교회 근처에서 음식을 먹으며 시끄럽게 떠들었나봐요. 그래서 여기는 피크닉 오는 곳이 아니라고 타일러서 기껏 한 팀을 돌려보냈더니, 곧바로 또 한 팀이 왔대요. 그는 알베르게에 묵는 손님도 아무나 받지 않아요. 시끄럽게 떠드는 사람들, 가볍게 놀러온 사람들은 그냥 돌려보낸다고 해요. 입구에 알베르게 간판이나 표지가 없는 것도 그런 이유래요."

장과 오래 이야기를 나누었던 우타는 장에 대해 이런 이야기를 들려주었다.

그랬구나. 까탈스러워 보이던 첫인상에는 그런 사연이 담겨 있었구나. 다행히 우리는 심사기준에 합격했구나.

단 하루 같이 있었을 뿐이고, 긴 이야기를 나누지 않았음에도, 그는 보이지 않는 공기를 통해 감동을 전해주는 사람이었다. 마지막으로 장과 교회 앞에서 기념촬영을 하고 작별인사로 긴 포옹을 한 뒤 안토니엘라와 나는 다시 길을 나섰다.

그런데 막 길을 떠나려는 찰나, 카미노의 조크가 시작되었다. 바로 안

"Oh, my beautiful dirty shoes!"

안토니엘라의 말처럼, 진흙과 땀에 젖을수록 우리 신발은 점점 더 아름다워지고 편해졌다.

아름다움이란, 어쩌면 눈으로 '측정 가능한' 것인지도 모르겠다. 하지만 아름답지 않은 것이 아름다운 것으로 변하는 순간도 엄연히 존재한다. 함께 보낸 시간과 추억이 덧씌운 '의미' 때문이다.

그런 아름다움은 결코 눈으로는 알아볼 수 없다.

토니엘라가 첫눈에 반했던 남자, 호주에서 온 사이먼이 헐레벌떡 에우나테 알베르게 앞에 나타난 것이다. 마치 하늘에서 온 택배처럼, 그는 밑도 끝도 없이 뚝 떨어졌다.

"아니, 당신이 여기 웬일이에요?"

"에우나테 교회 보려고 왔죠. 그런데 아직 문을 안 열었네요."

"10시에 연다고 하던데… 기다리실 건가요?"

"아뇨, 그냥 가죠. 뭐."

우리 셋은 함께 걷기 시작했다. 처음 보았을 때 우리를 추월해서 앞질러 갔을 만큼 유난히 박력 있게 걷던 사이먼은 그새 무릎을 다쳤다며 몹시 힘들어했다. 카미노 초반 빨리 걷는 사람은 며칠 가지 않아 이렇게 어딘가 다치고 망가져 금세 뒷사람들에게 따라잡힌다. 역시 카미노는 달리는 길이 아니라 걷는 길이다. 사이먼은 정말 안쓰러울 정도로 자주 멈추어 쉬었다. 그는 무릎이 칼로 찌르는 것처럼 쑤신다고 했다. 카미노에서 가장 천천히 걷는 사람들인 안토니엘라와 내가 뒤를 돌봐줄 정도라니! 지팡이를 장만한 뒤에 가장 펄펄 나는 사람은 바로 나였다. 배낭이 무거운 안토니엘라와 무릎이 아픈 사이먼을 몇 번이나 돌아보며 가까스로 도착한 곳은 시라퀴Ciraqui!

내가 준비한 자료에서는 이곳에 가장 멋진 알베르게가 있다고 했다. 그러나 막상 들어가보니 벽에 이런저런 그림이 그려져 있어서 '예뻐 보이는' 알베르게일 뿐이었다. 에우나테 때문에 이제 알베르게가 그냥 예쁘고 깨끗한 정도로는 성에 차지 않게 되어버렸다. 어떤 곳이 멋지다면 그곳에 멋진 사람이 있기 때문이고, 어떤 곳이 시시하다면 그곳에 시시

한 사람이 있기 때문일 것이다. 미안한 말이지만 시라퀴 알베르게 아주머니의 친절에서는 아무런 빛을 발견할 수 없었다. 성당에서도 마찬가지였다.

이날 저녁, 에우나테의 여운을 다시 느껴보기 위해 안토니엘라, 사이먼과 함께 나는 시라퀴 성당의 저녁 미사에 참여했다. 신부님은 미사 후 페레그리노들을 앞으로 불러모아서 개별 블레싱도 주관해주었다. 그러나 그곳을 나왔을 때, 안토니엘라와 나는 서로 마주보며 동시에 고개를 절레절레 흔들었다.

"이상해. 어제 같은 감동이 없어."

"그러게. 아무렇지도 않아."

성당 곳곳을 장식하고 있던 눈부시게 화려한 황금색 장식, 거대한 성상 그리고 질 좋은 종이에 인쇄된 영어, 독일어, 프랑스어 등의 기도문도 허허벌판 위 에우나테 교회의 독야청청한 아름다움과 비교하기엔 역부족이었다.

07 당신의 꿈은 어디에 있는가?
죽기 전에 오늘을 살아라
에스테야, 아예기

> 우리 인생은 그릇이고 그릇은 두 가지 쓰임새가 있다.
> 하나는 담는 것이고, 하나는 쏟는 것이다.
> | 노아 벤샤, 《빵장수 야곱》 |

어제 시라퀴의 저녁식사 테이블에서 한 오스트리아 남자는 〈Saint Jacques-La Mecque〉라는 영화 이야기를 해주었다.

워커홀릭인 비즈니스맨 장남, 소심한 교사인 딸 그리고 주정뱅이 건달인 막내아들. 사이 나쁜 이 삼남매에게 어느날 어머니의 사망 소식이 전해진다. 그들은 거액의 유산을 상속받게 되었는데, 단 유산을 받으려면 어머니의 유언을 지켜야만 한다. 바로 '삼남매가 함께 카미노를 걸어야 한다'는 것! 어쩔 수 없이 함께 카미노를 걷기 시작한 이들은 끝없이 의견충돌을 일으키며 먼 길을 함께 간다. 그렇게 티격태격하면서도 결국 가족 간의 사랑과 정을 깨달으며 산티아고에 도착하게 되고 그곳에서는 죽은 줄로만 알았던 어머니가 살아서 그들을 반기고 있었다던가.

함께 카미노를 걷는다는 것은 이렇듯 쉬운 일이 아니다. 상대에게 속도를 맞추기 위해서는 때로 기다리기도 하고, 종종걸음을 쳐서 따라가기도 해야 한다. 많은 배려가 필요한 것이다.

그래서인지 어제 우리의 각별한 배려와 호위를 받으며 같이 왔던 사이먼이 어느 틈에 먼저 떠난 것을 알았을 때, 안토니엘라는 많이 실망한 듯했다. 그는 자신의 아픈 무릎 때문에 민폐를 끼치는 게 미안해서 그랬을 수도 있지만 말이다.

우리 둘도 노란 화살표를 찾아 다시 길을 나섰다. 그러다 문득 안토니엘라는 내게 한국 노래 하나를 불러달라고 했다. 만만한 것은 역시 〈아리랑〉. 나는 노래를 부르기 시작했다.

"아리랑 아리랑 아라리요. 아리랑 고개를 넘어간다. 나를 버리고 가시는 님은 십 리도 못가서 발병난다."

안토니엘라는 멜로디가 좋다며, 가사는 무슨 뜻이냐고 물었다. 나는 무심코 대답했다.

"사랑하던 남자가 여자를 두고 떠난 거야. 그래서 여자가 그렇게 나를 버리고 가면 멀리 못 가서 발병날 거라고 원망하는 내용이지!"

이야기 하고보니 딱 안토니엘라와 사이먼의 이야기가 아닌가! 안토니엘라는 배를 잡고 웃었다.

"내 이야기네!"

그녀도 금방 〈아리랑〉을 따라 부르기 시작했다. 착한 안토니엘라는 사이먼이 '발병' 나기를 바라지는 않았겠지만, 이렇게 노래하며 길을 걸으니 훨씬 힘이 솟고 즐거워졌다. 그러나 우리의 감성을 장악하고 있던 것은 여전히 에우나테였다. 안토니엘라가 먼저 말했다.

에우나테 이후로 외딴 곳에 홀로 서 있는 교회만 보면 가슴이 설렌다.

"에우나테의 성모자상 기억나지? 다른 성모마리아하고 다르게 아주 강하고 단호해 보이지 않았어?"

"그러게. 검은 머리, 갈색 눈에 금관까지, 어쩐지 동양의 불상^{佛像}같은 느낌이었어."

"견학 온 학생들에게 교사가 하는 이야기를 들었는데, 그 교회는 누가, 언제, 왜 만들었는지 아무도 모른대. 언제부터인가 거기에 그렇게 존재하고 있는 거지."

"분명한 건, 그 안에 들어서는 순간 왠지 마음이 너무 편안하고 행복했다는 거야. 정말 아름다운 교회야."

"아, 카미노가 끝나면 난 그곳에 꼭 다시 갈 거야. 그리고 결혼을 하게 된다면 그곳에서 하고 싶어!"

"장도 그 교회의 아름다움에 반해서 머무르고 있는 거겠지?"

"아니, 어쩌면 장은 사람이 아니라 가브리엘 천사일지도 몰라. 우리가 안녕, 하고 돌아선 순간 날개를 펴고 훨훨 날아갔을 거야."

며칠 후 에우나테의 장은 내 꿈에 나타났다. 가브리엘 천사의 모습은

두 다리 대신 두 바퀴로 카미노를 종주하는 사람들.

아니었고, 한국의 한 성당에 사제로 부임하게 되었다는 것이었다. 그에
게 나는 몇 번이나 '정말이요? 정말이요?' 라고 되물으며 좋아했다. 그가
있다는 성당으로 들어가면서 꿈은 곧 깨었지만 기뻤던 마음만큼은 생생
했다. 그가 주관하는 평화롭고 아름다운 미사에 매일 참여할 수만 있다
면 그보다 더 큰 행복은 없을 것 같았다.

　점심 무렵 우리는 에스테야Estella에 도착했다. 안토니엘라는 페르돈 언
덕 근처에서 헤어진 이나 부부가 어디쯤 갔는지 궁금하다며 인터넷으로
메일을 확인해야겠다고 했다. 알베르게에 들어가 메일을 열어보니 이나
부부는 우리보다 하루 정도 앞서가 있는 상태였다. 이런 식이면 다시 만
나기 어렵다. 그들에게 일부러 한 곳에 멈추어 기다리라고 할 수는 없으
니까. 그때 또 사이먼이 나타났다. 여기에서 이틀 동안 묵을 예정이라고
말하던 그는 금세 "그럼, 난 밥 먹으러 간다!" 하고 가버렸다. 안토니엘
라는 그의 뒤통수를 바라보며 내게 말했다.

　"사이먼은 우리를 점심식사에 초대했어야 해! 어떻게 혼자 가버릴 수
있어?"

어쩌면 안토니엘라는 사이먼을 이 알베르게에서 볼지도 모른다는 생각으로 굳이 여기서 인터넷을 사용한 것인지도 몰랐다. 하지만 어쩌랴. 여전히 사이먼은 혼자 있고 싶어하는 눈치다.

우리는 근처 바에 가서 '페레그리노 메뉴'를 주문했다. 웨이트리스는 일요일에도 나와서 일하는 게 귀찮아 죽겠다는 태도였다. 서둘러 식사를 마치고 그곳을 나오자마자 화살표를 잃어버린 우리는 마을을 한 바퀴나 돌았다. 그렇게 돌면서 지켜본 에스테야는 여기저기 공사 중인, 산만하고 우울한 도시였다. 사이먼은 왜 이곳에서 이틀이나 머물겠다는 걸까? 나는 한시라도 빨리 이 도시를 빠져나가고 싶었다. 다행히 안토니엘라도 작은 마녀처럼 "이곳에서는 나쁜 기운이 느껴져!"라며 걸음을 재촉했다. 그러던 중 우리는 누군가 벽에 써놓은 낙서를 발견했다.

'Donde estan tus sueños? vivelos antes de morir.'

안토니엘라의 해석에 의하면 '당신의 꿈은 어디에 있는가? 죽기 전에 오늘을 살아라!' 라는 뜻이란다. 삭막하고 어지러운 에스테야에서 그래도 좋은 글귀를 건졌다는 생각에 나는 힘이 솟았다. 그래, 죽기 전에 오늘을, 내 꿈을 살아야지!

우리는 다음 마을인 아예기Ayegui에 도착했다. 아예기의 알베르게 현관에 들어서자마자 잔뜩 흐렸던 하늘에서 빗방울이 떨어지기 시작했다. 이곳은 체육관 시설을 개조해서 만든 알베르게였다. 마치 올림픽에 참가한 선수가 된 기분으로 샤워와 빨래를 마치고 침대에 앉아 짐을 정리하고 있는데 건너편 침대에 모인 젊은이들이 자꾸 내 쪽을 바라보는 게 느껴졌다. 알베르게 생활을 한 지 벌써 일주일째지만 이렇게 이상한 동물 보는 듯한 불편한 시선을 받은 것은 처음이라 영 기분이 이상했다.

내가 뭘 잘못했나? 뭔가 잘못 입었나? 내 어디가 이상한가?

그중 몇 명은 점심에 와인을 잔뜩 먹고 취한 상태라는 어느 아저씨의 귀띔에 나는 완전히 기가 꺾였다. 젊은 아이들의 객기에 희생당하기 전에 피해 있자는 생각으로 로비에서 인터넷을 하기로 했다. 샤워와 빨래를 마친 안토니엘라가 다가왔고 자신의 블로그에 있는 엄마 사진을 보여주었다. 흑발인 안토니엘라와 달리 그녀의 엄마는 금발 머리의 세련된 여성이었다.

"우와! 엄마 미인이시다!"

그러자 안토니엘라는, 엄마는 아빠와 이혼하고 포르투갈 남자와 결혼해서 스위스에 사는 것이고, 아빠는 다른 브라질 여성과 결혼해서 살고 있다는 이야기를 해주었다. 나는 그저 그녀의 엄마가 돈을 벌기 위해 스위스에서 살고 있는 줄 알았는데, 두 분이 헤어지셨다는 말을 듣고 나니 안토니엘라가 안쓰러워졌다. 아무리 만남과 헤어짐이 쉽다는 서양 사람이라고 해도 헤어지는 일에 어찌 아픔이 따르지 않을까. 게다가 안토니엘라는 나보다 한참 어리지 않은가. 문득, 안토니엘라가 상처 입기 전에 나의 일정과 계획을 미리 알려주어야겠다는 생각이 들었다.

나는 무조건 6월 11일에는 산티아고에서 비행기를 타야 한다. 최대한 천천히 카미노를 걸을 생각이라는 안토니엘라와는 입장이 다르다. 카미노 루트가 아닌, 산토 도밍고 데 실로스Santo domingo de silos에도 가야 한다. 부르고스 남쪽에 있는 작은 마을, 모든 미사를 그레고리안 성가로 집전하는 성당이 있다는 산토 도밍고 데 실로스는 카미노를 준비하며 스페인 관광안내서를 보다가 알게 되었다. 단 몇 줄로 소개되었을 뿐이지만 왜 그랬는지 꼭 그곳에 가야겠다는 생각이 머릿속을 가득 메웠다. 수사들이 부르는 아름다운 그레고리안 성가를 내 귀로 직접 듣고 싶었다. 언제 스페인에 다시 올지 모르는데 이 기회를 놓칠 수 없잖은가.

그러니 카미노만을 계획했고 누구보다 여유 있게 걷는 안토니엘라와 언제까지나 같이 걸을 수는 없다. 나는 저녁식사 후 각자의 침대에 앉아 일기를 쓰는 시간에 내 일정에 대해 털어놓았다.

"안토니엘라, 너랑 같이 걷는 게 나는 정말 즐겁고 행복해. 네 도움을 받은 것을 생각하면 얼마나 고마운지 몰라. 하지만 나는 6월 11일 전에는 산티아고에 도착해야 해."

"그런 거야? 하긴, 안 그래도 그런 생각했었어. 넌 멀리서 왔고, 비용이나 시간이 문제가 될 거라고."

"내 계획은 일단 부르고스에 도착하면 산토 도밍고 데 실로스라는 곳으로 가는 거야. 거기에서 지내다가 다시 카미노로 돌아오는 건데, 산티아고에 들어가는 일정을 맞추려면 아마 중간에 버스도 타야 할 거야."

"산토 도밍고 데 실로스? 아, 나도 가고 싶어. 하지만 나는 버스 타는 건 싫어. 끝까지 천천히 걷고 싶어."

"한 번 정도는 타도 되잖아. 한 번도 안 돼? 한 번도?"

나는 언니답지 않게 응석을 부려보았다. 그러나 결코 안토니엘라가 자기 신념을 꺾고 내 일정에 맞추는 것은 바라지 않았다. 안토니엘라는 현명한 답변을 해주었다.

"버스 타는 문제는 좀더 생각해볼게. 그래도 일단 부르고스까지는 나와 같이 갈 수 있는 거지?"

당신의 꿈은 어디 있는가? 서랍 깊숙이 있는가,
아니면 이미 쓰레기통으로 버려졌는가….

"응. 물론이지."

그 다음의 구체적인 계획은 더이상 나도 말할 수가 없었다. 카미노에서 누가 앞일을 장담할 수 있단 말인가. 다만, 내가 안토니엘라의 카미노 여정을 방해할 수 없듯이, 안토니엘라도 나의 일정을 바꿀 수 없었다. 그저 같이 걷는 동안, 서로에게 최선을 다하는 수밖에.

"그래, 네 일정대로 해. 대신 두고봐. 내년에 너는 브라질에서 살고 있을 거야!"

작은 마녀, 안토니엘라는 이런 저주(?)를 내게 던지고는 침낭으로 숨어버렸다.

08 6개 대륙에서 카미노로 모이는 이유
로자르코스

전혀 정리되지 않은 황량한 땅 위에 고무공을 굴려서 예측할 수 없는
불가사의한 파장으로 제멋대로 튕겨나가는 것, 여행은 그런 것이리라.
| 신야 후지와라, 《인도방랑》 |

    카미노에 오기 전부터 '과연 내 발이 이 긴 행군을 견뎌낼 수 있을 것
인가' 하는 걱정이 있었는데, 역시나 양쪽 발가락 전체에 물집이 생겼고
발바닥에도 통증이 느껴졌다. 오른쪽 발목의 이상한 뻐근함은 여행이 끝
난 후에도 꽤 오래 남아 있었다. 하루 1킬로미터도 안 걷던 사람이 매일
20킬로미터 내외를 걸었으니 어찌 충격이 없었겠는가. 실제로 10킬로미
터쯤을 걷고 나면 그 다음에는 통증을 잊기 위해 걷는 거나 다름없었다.
고통은 걸을 때 차라리 덜 느껴졌으니까. 하지만 견딜 만했다. 그리고 어
느새 그런 고통은 내 몸의 일부분인양 당연한 것이 되었다. 길만 아름다
우면 걸을 수 있었다.

    배낭의 무게도 그렇다. 둘째 날, 내게 있어 심각한 화두였던 무거운 배
낭은 더이상 문제가 안 되었다. 옷이나 수건은 좀더 챙겨왔어도 좋았을

뻔했다. 이건 아마도 지팡이의 힘이리라. 첫날부터 지팡이를 짚었더라면 피레네 산행이 그렇게 지옥 같지는 않았을 것이다.

다만 매번 아쉬운 것은 스페인식 아침식사다. 너무 간단하다. 미리 치즈, 햄, 과일 등을 준비하지 않는 한 알베르게에서 제공되는 것은 카페 콘 레체와 러스크, 아니면 잘게 썬 바게트뿐이다. 심지어 호텔에서조차 크루아상과 커피만 나온다. 이렇게 가볍게 먹고 두 시간 이상을 걷다보면 늘 내 머릿속엔 한 가지 생각만 맴돈다. '문을 연 바는 어디 있을까?' 안토니엘라와 나는 아예 'First Breakfast' 'Second Breakfast'라는 말을 만들었다.

아예기의 알베르게에서도 역시 러스크와 커피뿐인 부실한 첫 번째 아침을 먹은 후 길을 나섰다. 이날 우리가 기대한 것은 바로 이라체 수도원의 포도주! 수도꼭지에서 무료로 포도주가 제공되는 곳이다. 술을 즐기는 사람은 아니지만 그래도 이라체 수도원의 포도주를 맛보는 것은 기대되는 의식이었다. 그런데 이게 웬일. 이미 와 있던 몇 명의 페레그리노들이 더이상 포도주가 나오지 않는다고 하는 게 아닌가.

"왜 벌써 포도주가 없는 거지?"

누군가 말했다.

"다들 병 가득 담아가니까 그렇지!"

우리가 맛볼 수 있던 것은 똑똑 떨어지던 몇 방울뿐이었다. 안토니엘라의 기도가 또 시작되었다.

"좋아! 내가 하느님께 한마디 하지. 하느님, 이제 우리에게 아주 깨끗한 화장실과 맛있는 음식이 있는 예쁜 바를 보내주세요!"

역시나 안토니엘라의 기도를 들으신 하느님은 적당한 위치에 적당히 예쁜 바를 보내주셨다. 그곳에서 우리는 새로운 페레그리노를 만났다. 50대로 보이는 그는 캐나다에서 온 레이라고 했다. 붙임성 있는 안토니엘라는 어느새 그의 명함까지 챙겼고 얼떨결에 나도 그의 명함을 받았다.

그런데 보카디요와 카페 콘 레체를 사서 자리에 앉자마자 나를 향해 날아오는 불길한 시선이 있었다. 어제 아예기의 알베르게에서부터 나를 노려보던 젊은이들 중 한 명이었다.

멀쩡한 페레그리노를 알베르게에 고용된 집사로 몰아갔던 나의 극단적 상상력은 이제 그를 '인종차별단체에 가입한 젊은 행동대원'으로 만들었다. 나쁜 것은 조용히 피하자는 생각으로 나는 애써 그의 시선을 피하며 두 번째 아침을 먹고 일어섰다. 그새 비가 내리고 있었다. 길을 가다보니 어느 순간 그 눈매 사나운 청년과 나란히 걷게 되었다. 안토니엘라는 그에게 또 아무렇지 않게 말을 걸었다.

"안녕? 넌 어디에서 왔니?"

"응. 난 독일에서 온 마커스야."

알고보니 마커스는 뮌닉^{Munich: 우리에겐 '뮌헨'으로 익숙한데 그들은 굳이 영어식으로 '뮤닉'이라고 발음한다} 대학에서 비즈니스를 공부하는 대학생으로 그저 100킬로그램이 넘는 체중을 감량해볼까 해서 카미노에 왔단다. 인종차별을 주창하기 위해서가 아니고 체중감량을 위해 카미노에 온 애송이 청년을 내가 그렇게 무서워했다니, 나는 겸연쩍어졌다. 그래서 그에게 솔직히 물었다.

"근데 어제는 왜 그렇게 나를 쳐다본 거니? 무섭게 스리~."

"저렇게 어린 아가씨가 왜 카미노에 왔을까 그리고 어떻게 브라질 아

걷는 데 급급하면 풍경이 안 보이고, 풍경에 취하면 목적지에 늦게 되는 카미노의 딜레마. 우리의 인생과 너무도 닮았다. 그러나 웃고 울고 상처 입고 위로받는 그 길 위에서 우리의 인생은 점차 완성되어간다.

가씨와 둘이 친구일까, 그냥 그런 게 궁금해서."

하긴 160센티미터가 채 안 되는 키에 화장기도 없는 밋밋한 맨얼굴의 동양인 여자 나이를 정확히 가늠하기는 무리였으리라. 마커스에게 내 나이를 사실대로 말해주자 그는 경이로운 눈으로 "정말? 정말?" 하며 못 미더워했다. 이후에도 다른 사람들을 만나면 그는 내 나이를 한번 맞춰보라며 그들에게 퀴즈를 내곤 했다.

"근데 내가 그렇게 무서워 보여?"

마커스의 말에 배우 출신인 안토니엘라가 그의 표정을 똑같이 흉내내보였다. 눈살을 잔뜩 찌푸리고 멀리 쏘아보기. 그러자 마커스는 처음으로 깔깔 웃으며 말했다.

"아, 문제 있네. 표정 관리 좀 해야겠는걸!"

새로운 일행 마커스와 같이 로자르코스Los Arcos까지 가는 길은 다시 끝없이 펼쳐진 밀밭길이었다. 중간에 쉼터도, 바도 없이 12.4킬로미터를 걷는 것이다.

비와 땀에 흠뻑 젖은 채 로자르코스의 사립 알베르게에 도착하니 알베르게의 벽에 반가운 한글이 보였다. '환영합니다.'

오스트리아 출신 여자 세 명이 만든 이 알베르게는 규모는 작지만 인터넷이나 커피자판기, 세탁기, 빨래건조기, 도시락용 보카디요 등 있을 건 다 있는 곳이었다. 게다가, 사이먼까지 있었다. 사이먼은 우리에게 눈인사를 하고는 인터넷을 하러 가버렸다. 우리가 배정받은 침대에서 짐을 푸는데 이번엔 아까 바에서 보았던 캐나다 아저씨 레이가 다가왔다.

"아이구, 여기 오셨구먼!"

로자르코스의 이 알베르게에 들어서자마자 반가운 우리말 '환영합니다' 가 나를 환영했다. 여성들이 운영하는 알베르게답게 게시판에 각종 정보가 아기자기하게 적혀 있다.

그는 다시 만난 기념으로, 우리 둘 다에게 발마사지를 해주겠다고 제안했다. 회사 CEO라는 분인데, 이게 웬 친절한 서비스인가 싶어서 안토니엘라와 나는 기꺼이 그러겠다고 응낙했다. 카미노는 모든 사람들을 선량하고 겸손하게 만드는 모양이라고 생각하며. 안토니엘라와 나는 샤워를 한 뒤, 레이 사장님의 발마사지를 받았다. 그런데 마사지를 끝낸 그는 이런 말을 했다.

"내가 왜 마사지를 해주는지 알아요?"

우리가 눈동자를 굴리며 생각하고 있자니 그가 대답했다.

"그래야 나를 잊지 못할 거 아니오?"

자신을 기억시키기 위해 군이 마사지를 해준다? 왜 그렇게 해서까지 자신을 기억시켜야 할까. 순수한 봉사심이길 기대했는데 실망이었다. 그는 자신의 탁월한 홍보능력을 과시하고 싶었겠지만 알베르게 각 침대마다 놓인 그의 명함을 보면서 나는 카미노에 와서까지 개인 홍보에 지나치게 열중하는 그가 안쓰러웠다. 그냥 편안하게 '인간 레이'로 지내면 어

아시아 대표로 참석한 6개 대륙의 식사 장면.

때서! 어느새 나는 그가 건네준, 스팸메일 같은 명함을 4등분으로 접고 있었다. 세상 끝에 가더라도 사람은 자기 틀에서 벗어나지 못하는 모양이다.

저녁 시간이 되자 다들 어슬렁어슬렁 알베르게 현관으로 나왔고 레이, 안토니엘라, 마커스, 사이먼 그리고 남아공에서 왔다는 한 청년(그는 이후에도 여러 번 보았으나 끝내 이름은 기억할 수 없었다)과 같이 동네 레스토랑에서 식사를 했다. 그런데 각자 나라를 소개하고 이름을 이야기하다보니 우연찮게 아시아(한국), 유럽(독일), 오세아니아(호주), 아프리카(남아공), 북미(캐나다), 남미(브라질) 등 여섯 개 대륙이 다 모인 셈이 되었다. 그러자 누군가 외쳤다.

"6개 대륙의 식사로군!"

적어도 이 순간만큼은 세계가 평화로웠다.

식사 후에는 자연스럽게 사이먼, 안토니엘라와 같이 동네를 산책하게 되었다.

그때 사이먼이 처음으로 자기 이야기를 털어놓았다. 골드코스트의 사회사업단체에서 일하던 그는 작년 초 아내로부터 이혼 제의를 받았고, 지난 연말 결국 이혼을 했단다. 30대 후반인 그는 아내가 두 아이를 두고도 다른 남자와 사랑에 빠져서 이혼을 요구해온 것에 대해 아직 용서하지 못했고 감정을 정리하기 위해서는 시간이 필요하다고 했다. 그래서 카미노 뒤에도 일년 간은 배낭여행을 할 계획이라 아예 모든 것을 정리하고 떠나왔단다. 20킬로그램에 육박하는 그의 배낭에는 무려 일년치 물건들이 담겨 있었던 것이다. 그는 말했다. 이제 다시 사랑할 자신도 없고 여자를 믿기도 어렵다고. 그는 자신을 이해할 수 있겠느냐는 말을 몇 번이나 반복했다.

카미노 내내 알아듣기 힘들었던 호주 영어였지만 이때만큼은 귀에 쏙쏙 들어왔다. 사이먼이 그동안 보였던 유별난 행동들이 이제야 이해되었다. 미친 듯이 빠르게 걸었다가, 한 곳에 이틀씩이나 머물렀다가, 혼자 사라졌다가, 갑자기 술 먹자고 조르던 일들. 30대 후반까지 지켜온 모든 것을 놓아버리고 온 그가 어떻게 제정신으로 지낼 수 있었겠는가. 그를 보면서 어쩔 수 없이 내 안에 깊이 잠겨 있던 기억도 수면으로 떠올랐다.

서로에게 더이상 실망을 주지 말자며 돌아설 때만 해도 나는 괜찮을 줄 알았다. 제발 내 곁을 떠나달라고 애원한 쪽은 나였으니까. 그런데 그게 그렇지가 않았다. 인생에서 가장 중요한 어떤 시기가 실패의 기억으로 남게 된다는 것은 누구에게든 큰 상처였다. 내가 뭘 잘못했기에 이런 일이 일어나야 하는지 억울했고, 혼자 견뎌내기 힘들었다. 나는 생전 처음 정신과 의사를 찾았고, 전혀 감정이입이 안 되었음에도 불구하고 그 의사 앞에서 매시간 통곡으로 상담을 마쳤다. 상대가 귀담아 들건 말건, 그때 나도 외치고 있었던 것이다. 나를 이해할 수 있겠느냐고.

그런데 나와 전혀 다른 인간이라고 생각했던 사람에게서 같은 정서를 발견하고 나니 기분이 묘했다. 아, 사람은 다 비슷한 거로구나. 피부색이 다르고 성별이 달라도 사랑하고, 상처받고, 아파하는 건 다 똑같구나.

아무도 그냥 카미노에 오지는 않는다. 상처를 잊기 위해서든, 몸무게를 줄이기 위해서든, 잃어버린 자신을 찾기 위해서든, 반드시 그 길에 오는 데엔 이유가 있다. '아름다운 풍경' 운운했던 내게도 이유가 있었을 것이다. 낯선 길 위에 버려두고 싶은 것들이, 그걸 버린 뒤 채워오고 싶은 것들이 이곳에 있었기에 모든 걸 제쳐두고 달려왔을 것이다.

영화 〈얼지 마, 죽지 마, 부활할 거야〉를 보면서도 느꼈지만 백인이 추레한 모습을 하고 있으면 왠지 더 없어 보이고, 더 불쌍해 보인다. 이날 사이먼의 구부정한 뒷모습도 유난히 안쓰러웠다. 하지만 저 뒷모습을 무엇으로 위로할 수 있을까. 나는 애꿎은 안토니엘라의 등짝을 밀며 '그와 한 바퀴 더 돌고 오라'고 한 뒤 혼자 알베르게로 돌아왔다.

걱정은 내일의 슬픔을 덜어주는 것이 아니라 오늘의 힘을 앗아간다.
| 코라 덴 붐 |

로자르코스에서 비아나Viana로 가는 길은 유난히 아름다웠다. 구름 한
점 없이 탁 트인 하늘과 일직선으로 쭉 뻗은 길. 이런 길을 걷다보면 저
절로 "아, 행복해!" 하는 말이 터져나온다. 굳이 안토니엘라가 부탁하지
않아도 노래가 나왔다. 이날은 길의 콘셉트에 맞게 정훈희의 〈꽃길〉을
불렀다.

피레네 산맥을 넘을 때는 몰랐다. 내가 이렇게 행복에 겨워 노래 부르
며 길을 걸을 줄. 저 파란 하늘 때문일까, 아니면 오르막도 내리막도 아
닌 쭉 뻗은 평탄한 길 때문일까, 아니면 이 길을 지나간 사람들이 심어놓
은 긍정 에너지 때문일까. 걷기만 하는데, 왜 이렇게 행복할까. 동쪽에서
서쪽으로 걷는다는 것도 천만다행이다. 항상 해가 뒤에서 따라오니 눈이
부시지 않고 우리 그림자를 보며 걸을 수 있다.

끝이 보이지 않는 길을 안토니엘라와 함께 노래 부르며 걷다가 공동묘지를 만났다. 죽은 사람이 누워 있는 동안 산 사람은 걷는다. 담벼락 하나를 사이에 두고.

그제야 이 길의 끝에서 기다리고 있을 성 야고보에 대해 감사한 마음이 들었다. 그의 유해가 반대로 스페인 동해안에서 발견되었더라면 이 강렬한 스페인 태양에 페레그리노들의 눈은 무사하지 못했으리라.

안토니엘라는 이유 없이 싱글거리며 즐거워하는 나에게 어제 사이먼 이 한 이야기를 다시 꺼냈다.

"정말 안됐어. 그렇게 상처가 큰 줄은 몰랐어."

"그러게. 하지만 설마 너 그를 동정하는 건 아니지? 동정과 사랑은 분명 달라. 그리고… 그의 코를 봐. 좀 이상하지 않니?"

사이먼은 하늘색 눈에 밝은 금발을 가진 백인남성으로 얼핏 보면 샤프한 미남이다. 그런데 자세히 보면 코의 아랫부분, 즉 코털이 난 부분이 밖으로 노출되어 있다. 나는 그게 늘 거슬렸다.

"하하하! 나도 알아. 그렇지만 나는 늘 그의 아름다운 푸른 눈에 집중하거든!"

아름다운 눈에 집중하는 안토니엘라와 우스운 코에 집착하는 나. 내가 상대의 좋은 점보다 안 좋은 점을 찾아내는 데 익숙한 건 아닐까? 갑자기 아차 싶었다.

"농담이야. 내가 보기에도 사이먼은 참 좋은 사람이야. 다만 지금 그에게는 생각할 시간이 필요하다는 거지."

사랑도 사랑이지만 우리에겐 두 번째 아침도 중요했다. 챙겨온 보카디요가 있으니 커피를 마실 수 있는 곳이면 되는데 산솔^{San Sol}이라는 동네에는 아무리 돌아다녀도 바가 없었다. 마침 창문을 열고 밖을 내다보는 마을 주민에게 다시 물었지만, 역시나 이곳에 바는 없단다.

"이 사람들은 도대체 뭘 먹고 사는 걸까!"

할 수 없이 다음 마을까지 가서 간신히 바를 찾아냈고 나는 늘 그랬듯이 카페 콘 레체를 주문했다. 스페인의 이 커피는 정말 최고다. 커피의 향긋함과 우유의 부드러움이 이상적으로 조화된 환상의 커피다. 한국에 돌아와서도 가장 그리웠던 이 카페 콘 레체가 내게는 카미노를 걷게 하는 당근이었다.

그렇게 길을 가는데 나보다 약간 뒤처져 오던 안토니엘라가 누군가에게 "올라!" 하고 인사를 한다. 돌아보니 검은머리의 동양인 남자다. 혹시나 싶어 "한국에서 오셨어요?"라고 하자 그가 "네!" 하는 것이었다. 정말 간만에 보는 한국인이다! 영어 때문에 혀에서 쥐가 날 지경이었던 나는 신나게 말을 걸었다.

혼자 오셨어요? 언제 출발하셨어요? 오늘은 어디서 오는 길이에요?

사실 그런 게 그리 궁금하지는 않았다. 대부분 비슷한 사정이고 그걸 안다고 달라질 것도 없다. 다만 한국말을 발음하는 자체가 달콤했다. 단어들이 가진 의미가 새록새록 정겨웠다. 그러고 보니 생각나는 일이 있었다.

약 10여 년 전 독일 로텐부르크의 한 선물가게에 들어갔을 때였다. 우리 일행이 한국어를 주고받는 것을 들은 한국인 점원이 "어머, 한국에서 오셨어요?" 하더니 우리 앞에서 왈칵 눈물을 쏟았다. 긴 얘기도 못하고, 교대시간이 되어 먼저 가게를 떠나면서도 그녀는 손수건으로 계속 눈물을 훔쳤다. 10년 넘게 독일에 살면서 3~4년 만에 처음 한국인을 보고 반가웠다는 그녀의 심정이 솔직히 그때는 잘 이해되지 않았다. 친구도 가족도 아닌데 뭐가 그리 반가울까. 그런데 카미노에 온 지 불과 일주일 만에 나는 한국인, 한국어를 몸서리치게 반가워하고 있었다.

대학생인 N군은 군대 가기 전 추억을 만들기 위해 배낭여행을 계획했다가 카미노를 알게 되어 온 것이란다. 나는 문득 안토니엘라가 늘 넘어질 뻔하거나 놀랄 때마다 '오빠!'라는 감탄사를 썼던 것을 떠올리고 안토니엘라에게 작은 소리로 "자, 오빠라고 해봐!" 속삭였다. 그녀는 기다렸다는 듯이 큰 소리로 "오빠!"라고 외쳤다. 아니나 다를까, N군은 깜짝 놀라 그녀를 돌아보았다. 그리고 당황해하며 영어로 말했다.

"저, 오빠 아니에요! 동생이에요!"

이렇게 장난도 치고 노래도 부르면서 즐겁게 비아나에 도착했다. 알베르게에 들어서니 또 낯익은 금발머리가 보였다. 사이먼! 안토니엘라는 내게 회심의 미소를 지어 보였다.

속얘기를 들어서인지 나도 이제는 사이먼의 뒤통수가 반가웠다.

이날 저녁 우리는 알베르게 앞의 한 레스토랑에 모였다. 멤버는 사이먼, 또 다른 호주 청년 니콜, 한국 청년 N, 로자르코스에서 같이 식사를 했던 남아공 청년, 안토니엘라 그리고 나였다. 음식은 맛있었고 분위기도 나쁘지 않았다. 그런데 시간이 흐를수록 점점 위화감이 느껴졌다. 다들 말을 많이 하고 있는데 무슨 이야긴지 파악이 안 되는 것이다. 특히 니콜과 사이먼이 대화를 할 때면 영어가 아닌 제 3의 언어 같았다. 지난 밤 내가 어떻게 사이먼의 이야기를 알아들었을까 싶을 정도로. 사막에서 입을 열면 모래나 파리 떼가 들어오니까 그걸 방지하기 위해 입을 오므리고 발음을 하던 습관 때문에 호주의 영어 발음이 알아듣기 어렵다던데, 아무래도 사이먼과 니콜이 같은 나라 사람이라 긴장을 풀고 편하게 이야기하는 모양이었다. 나만 느낀 게 아니었는지 안토니엘라가 말했다.

"좀 알아듣게 이야기해. 두 사람 영어 하는 거 맞아?"

고지식한 사이먼은 어이없어 하며 그제야 아주 천천히 이렇게 말했다.

"아이 사드, 하우 워즈 투다이? I said, how was today?"

그러나 여전히 Day를 '다이'로 말하는 사이먼의 발음은 난공불락이다. 식사 후 안토니엘라는 사이먼과 함께 동네 산책을 나갔고, 춥고 피곤한 나는 먼저 알베르게로 돌아왔다. 내가 할 일은 또 세탁과 건조. 세탁은 일찌감치 끝냈으나 건조기는 순번을 기다려야 했다.

그렇게 세탁실에 혼자 앉아 있자니 좀전의 활기는 사라지고 나도 모르게 축 가라앉았다. 그리고 불현듯 걱정이 몰려왔다. 과연 내가 산티아고에 제 날짜에 도착할 수 있을까.

아직 3분의 1도 못 왔는데 매일 걷는 양은 충분하지 않고, 중간에 가고 싶은 도시도 있고, 돌아갈 비행기 날짜는 정해져 있다. 도대체 무엇을 포기하고 무엇에 집중해야 하는 걸까.

안토니엘라는 걷는 과정을 즐기며 되도록 아주 늦게 산티아고에 도착하고 싶다고 했다. 하지만 나는 다르다. 하루하루 지출되는 경비를 생각하지 않을 수 없다. 하루 더 머물수록 그만큼 돈이 더 나가기 때문에 그런 낭비를 막기 위해 돌아가는 날짜를 박아둔 것이기도 했다. 내 예산과 일정에 맞는 길을 가려면 나 스스로 계획을 세우고 루트를 짜야 하는데, 도대체 언제부터 그리고 어디부터 혼자 걸어야 할지 막막했다. 그런 결정이 두려워 혼자 걷기 시작하는 날을 내가 자꾸 미루고 있는지도 몰랐다.

사실 끝까지 걸을 것이라는 확신도 없었다. 오죽하면 브라질의 이나가 내게 'Bon Fim'이라는 끈을 매줄 때 첫 번째 소원을 '산티아고에 도착하는 것'이라고 했을까. 어느 순간 몸도 지치고, 마음도 지루해져 그냥 다 포기하고 돌아갈 수도 있었다.

'이렇게 걷는 게 도대체 뭔데? 무슨 의미가 있는데?'

그렇게 마음 속 끈이 탁 끊어지면 나조차 나를 제어하지 못하리라. 나는 두려웠다. 내가 산티아고를 포기할까봐. 이렇게 어떤 목적을 향해 집요하게 나아가는 길이 자신 없기도 했다. 늘 내 일은 혼자 알아서 해왔지만 이 카미노만큼은 누군가 내게 이렇게 저렇게 하라고 정해주면 좋겠다는 생각이 간절했다.

만약, 제 날짜에 계획한 거리를 걷지 못하면 산티아고까지 급하게 버스로 이동하여 순례자 증명서도 못 받고 그냥 한국으로 돌아가게 될지도 몰랐다. 그 생각을 하자 너무 한심하고 실망스러워 눈물이 났다. 아침까지만 해도 행복에 겨워 춤추듯 걸었던 내가, 저녁에는 또 이렇게 울먹이고 있었다.

10 한밤의 대소동
로그로뇨

> 우리 눈에 막다른 골목이나 실수로 보이는 일들도
> 지나고 보면 반드시 거쳐야 할 일이었다.
> | 친닝 추 |

카미노가 가진 치유의 힘은 어디서 나올까.

나는 무엇보다 역마살을 가진 사람들에게 필요한 길이라는 생각을 했다. 세상에는 어떤 이유에서든 한 군데에 오래 정착하지 못하는 사람들이 있다. 그런 사람들이 매일 다른 사람들과 매일 다른 길을 걸어 매일 다른 잠자리에서 잔다면 그 자체가 역마살을 풀어주는 약이 되지 않을까. 그 옛날에도 어딘가를 떠돌아다니지 않으면 안 되는 피를 가진 사람들이 있었을 것이고, 그런 사람들이 죄책감 없이 자기 운명을 받아들이는 방법으로써 이 카미노를 개척한 것은 아니었을까.

매일 아침 일어나 침낭과 짐을 배낭에 넣고 나서는 일이 귀찮지 않은 것, 매일 다른 잠자리가 낯설거나 불편하지 않은 것(누군가 코를 골거나 냄새를 피우지 않는 한)을 보면 내게도 역마살이 있는 게 분명했다. '놓아두고 떠나는 행위'에 짜릿한 쾌감이 느껴질 때도 있었다. 내가 이따금 살아가는 일 자체를 숨막히게 답답해했던 것은 어쩌면 같은 공간 안에서 같은 행위를 반복한다는, 아주 단순한 것이 원인일 수도 있다. 카미노는 매일 떠나고, 매일 도착함으로써 '떠돌아다니고 싶은 영혼'을 치유한다. 내가 이런 이야기를 하자 안토니엘라도 수긍했다.

"맞아, 그런 것 같아. 그런 의미에서 호스피탈레로처럼 알베르게를 지키는 사람도 카미노를 걷는 사람과 같다고 생각해. 매일 새로운 사람들을 맞이하여 대접하고 또 떠나보내는 방법으로 떠돌아다닐 운명을 풀어내는 거지. 나는 카미노를 마치고 나면 호스피탈레로가 되고 싶어."

늘 새로운 길을 걷는 페레그리노와 매일 새로운 사람들을 맞이하는 호스피탈레로가 결국은 같다? 에우나테의 장이 네 번이나 카미노를 걷고 결국 호스피탈레로가 된 것도 그런 의미에서였을까. 안토니엘라의 이야기는 가끔씩 깜짝 놀랄 만큼 철학적이다.

오늘 우리의 목적지는 로그로뇨Logroño. 이곳까지 가는 도중 안토니엘라는 한 교회에 적힌 글을 보더니 "앗, 성 안토니우스다!"라고 외쳤다.

"성 안토니우스는 사랑의 성인이거든. 그래서 성 안토니우스에게 기도하면 사랑하는 사람이 생긴다는 전설이 있어. 그런데 한 여자가 성 안토니우스에게 기도를 열심히 했는데, 아무리 해도 애인이 안 생기는 거야. 그래서 화가 난 여자가 성 안토니우스의 성상을 창밖으로 던졌는데, 지나가던 남자가 그 성상에 맞아 쓰러졌대. 여자는 그 남자를 치료해주다가 사랑에 빠져 결혼하게 되었고, 결국 성 안토니우스의 전설이 이루어진 거지."

안토니엘라는 이런 말도 했다.

"사람은 매일 밤 죽었다가, 아침에 다시 태어나는 것 같아. 지난 밤 아무리 나쁜 일이 있었어도 아침에는 새로운 태양이 뜨잖아. 새로운 시간과 새로운 날이 주어졌으니 지난 일에 연연할 필요는 없는 거지. 매일 매일이 우리에겐 새로운 인생인 거야. 행복은 행복을 부르고, 불행은 불행을 부른다는 말도 나는 믿어. 그래서 우리는 매일 사소한 일에도 행복을 느끼고 감사하며 살아야 하는 거지."

매일 아침 화사한 햇살과 맑은 공기가 축복처럼 내려지는 카미노에서 안토니엘라가 들려주는 지혜로운 이야기들은 또 다른 축복이자 음악이었다. 언제나 긍정적인 이야기를 가슴에 준비하고 있는 안토니엘라와의 동행은 그래서 더욱 즐거웠다.

로그로뇨에 도착했지만 이른 시간이라 알베르게는 문을 열지 않았고 그 앞에 페레그리노들이 각자 배낭을 죽 늘어놓고 기다리고 있었다. 안토니엘라와 나도 배낭을 놓고 그 앞 벤치에 앉아 스페인의 태양을 즐겼다. 덕분에 얼굴에는 주근깨가 확 덮였고, 옷으로 덮이지 않은 부분은 본래의 색을 잃고 까맣게 변해버렸다. 스페인의 태양은 선크림도 통과해버리는 모양이었다. 하지만 어떠랴. 변색되는 내 모습이 나는 재미있기만 했다.

알베르게 문이 열리고 줄을 섰던 사람들이 들어가서 각자 침대를 배정받은 뒤, 우리는 점심을 먹으러 광장으로 나섰다. 저렴한 페레그리노 메

새들도 날아서 산티아고로 간다. 열기로 후끈 데워진 아스팔트길을 걷노라면 문득 저 새들이 부러워진다.

뉴로 배를 채우고 알베르게로 돌아와보니 반가운 얼굴 마커스가 있었다. 여전히 물집으로 고생한다면서도 열심히 걸어서 우리를 따라왔다는 게 대견했다. 우리 셋은 같이 동네 슈퍼마켓으로 가서 내일 아침거리를 샀다. 돌아오는 길엔 안토니엘라가 체중을 한번 재보아야겠다며 약국으로 들어갔다. 분명히 2~3킬로그램은 빠졌을 거라고 기대하면서. 그런데 줄기는커녕 더 늘었단다. 그렇다면 그녀와 함께 생활한 나 역시 같은 사정일 게 뻔했다. 나는 아예 재볼 생각도 안 하고 그곳을 나와버렸다. 하긴, 많이 걸으면 뭘 하나, 그 몇 배로 먹어대는데. 게다가 자기 직전까지, 9~10시까지도 초콜릿, 카페 콘 레체 등을 듬뿍듬뿍 먹어주니 사실 한국에서보다 설탕 섭취량이 훨씬 많다. 카미노와 다이어트는 무관함이 증명되었다.

저녁식사에는 마커스 외에 새로운 멤버가 끼어들었다. 호주에서 온 또다른 청년 마크였다. 안토니엘라와 생장피에드포르의 다음 숙소인 운토에서 같이 식사를 했고 론세스바예스에서도 잠깐 만났단다. 그는 "당신은 무엇을 하는 사람이냐?"는 내 질문에 이렇게 대답했다.

"걸어다니면서 이것저것 보는 사람이오."

알고보니 《How do you want the fire to leave you?》라는 제목의 시집을 낸 적이 있는 시인이란다. 다른 호주인과 달리 그의 발음은 비교적 귀에 잘 들어왔다. 그 점을 칭찬하자, 그는 다른 호주인들이 그런 식으로 발음하는 것은 상대방을 배려하지 않기 때문이라고 했다. 한마디로 멍청한Stupid 거라고!

안토니엘라가 약국에서 체중을 재었는데 카미노 오기 전보다 오히려 더 늘어서 실망했다는 이야기를 하자 그는 체중이 인쇄된 종이를 달라고 하더니 재떨이에 넣고는 라이터를 켰다. 순식간에 종이는 재로 변했다. 안토니엘라의 눈이 동그래지자 그는 마술사처럼 손을 펴더니 말했다.

"자, 이제 체중 따위는 잊어버려요. 그런 게 뭐가 중요해요?"

내게는 문득 '당신의 꿈은 무엇이냐' 고 물었고 나는 대답했다.

"여기저기 여행하는 거죠."

그러자 그는 또 이렇게 말했다.

"음, 그러니까 당신은 지금 당신의 꿈대로 살고 있는 거로군요!"

나중에 생각해보니 로자르코스의 알베르게에서 팔던 티셔츠에 이런 말이 적혀 있었다. 'Don't dream your life, live your dream.' 마크도 그 티셔츠를 본 게 분명했다.

즐거운 식사를 마치고 알베르게로 돌아온 우리는 정원에서 이야기를 하다가 밤 9시가 넘어서는 다른 사람들에게 방해가 되지 않도록 2층 식당으로 가서 문을 닫고 이야기를 나누었고 독일 여고생 두 명이 끼어들면서 얘기는 더 길어졌다. 밤 10시가 넘자 호스피탈레로 아주머니는 퇴근하면서 '내일 보자' 고 인사를 한 뒤 알베르게를 나갔다. 그런데 그로부터 얼마 후 베란다에서 담배를 피우던 마커스가 갑자기 소리를 지르며 안으로 뛰어 들어왔다.

"저기 사람이 있어요!"

무슨 일인가 싶어 모두들 우르르 나가보자 한 페레그리노가 대문 옆 담장 위에 올라가 앉아 있는 게 아닌가. 우리와 길에서 만났었고, 같이 식사도 했던 사람이다. 대문이 잠겨 있어 담을 넘어 들어오려 했는데 그게 여의치 않아 그렇게 오도 가도 못하게 되었다는 것이었다. 2층 베란다로 오기에는 거리가 멀고, 다시 밑으로 내려가자니 손으로 잡을 곳이 마땅치 않아 위험했다. 호스피탈레로 아주머니는 퇴근해버렸고, 내가 손전등을 들고 아래층으로 내려가 보았지만 현관문이 잠겨 있어 밖으로 나갈 수도 없었다. 모두 어떻게 해야 할지 몰라 우왕좌왕하고 있을 때, 안토니엘라가 베란다에 다리를 걸치더니 그를 향해 손을 내밀었다. 그것을 본 마커스도, 마크도, 나도 모두 위험하다고 말렸지만 그녀는 우리 손을 뿌리쳤다.

"시끄러워! 날 내버려둬!"

베란다 난간에 올라타서 두 발을 서로 꼬아 버티며, 그녀는 페레그리노의 손을 잡아주었고 그는 안토니엘라의 손에 의지해서 벽에 발을 디딘 후 무사히 베란다를 넘어 안으로 들어올 수 있었다. 휴, 아찔한 순간이었다. 상황이 정리되고 한숨을 돌리자, 안토니엘라는 모두 자기를 믿지 못하고 말리기만 했던 것에 대해 화를 냈다.

"내가 방법을 안다고 했잖아. 이런 상황을 겪어봤기 때문에 내가 어떻게 해야 하는지 알고 있었어. 두 팔이 자유로운 상태에서 균형만 잡을 수 있으면 위험하지 않아. 그런데 왜 나를 말리기만 하고 내 말을 안 믿는 거야! 난 그렇게 무모한 어린애가 아니야!"

흥분한 마커스도 항변했다.

"네가 다칠까봐 그런 거지. 그리고 난 인간의 목숨이 좌우되는 일에는 절대로 간여하고 싶지 않았어!"

마커스의 말에 덩치와 어울리지 않는 두려움이 묻어났다. 역시 인간의 담력은 성별이나 외모와는 전혀 관계가 없다.

나는 이 '위험천만한 사건의 주인공'인 그 페레그리노에게 왜 10시 넘어서 돌아왔느냐고 물었다. 그는 순진하게 대답했다.

"바에서 축구 보다가 늦었어요."

그러자 여태 흥분하고 있던 마커스가 솔깃해하며 물었다.

"축구? 어느 팀이 이겼어요?"

휴, 남자들이란. 카미노에서 그리고 이런 상황에서까지 축구라니. 축구에 관심 없는 우리 여자들은 더이상 앉아 있을 기운도 없어 식당을 떠나 잠자리로 갔다.

11 나는 지금 어디로 가고 있는 걸까
나바레테, 벤토사

> 당신이 얼마나 오랜 세월을 살았는지는 중요하지 않다.
> 그것들은 끝났다. 새날은 완전히 새로운 것이다.
> | 노먼 빈센트 필 |

　어젯밤의 그 '소동' 때문이었는지, 나는 일찌감치 잠에서 깨어났다. 언제 그런 일이 있었느냐는 듯 평화로운 알베르게 2층 식당에서 나는 안토니엘라에게 말했다.

　"역시 넌 아마존의 여인이야!"

　안토니엘라가 없었더라면 어제 일은 어떻게 정리되었을까. 아무리 생각해도 방법이 없다. 우리가 가진 가장 두꺼운 침낭을 그에게 던져주는 일밖에는. 안토니엘라는 말했다.

　"사실은 좀 피곤해서 일찍 자러 가고 싶었어. 계속 자러 가야지, 자러 가야지 생각을 하고 있었거든. 그런데 몸이 움직여지지 않더라. 그건 나도 신기하게 생각해."

　카미노에서는 왠지 그러고 싶어서 그런 것, 그냥 무심히 한 것이 우리를 옳은 길로 안내한다. 내가 짐을 싸고 떠날 준비를 하는 사이, 안토니엘라는 1층 로비에서 어제 그 사건의 주인공과 마주쳤다고 했다. 그는 무척 쑥스러워하며 고개를 숙이고 떠났단다. 그리고 이후 다시는 만날 수 없었다.

준비를 마치고 내려온 우리를 기다리고 있었던 사람은 카미노의 시인 마크였다.

그도 우리의 목적지인 벤토사Ventosa까지 간다며 함께 걷자고 했다. 그런데 그는 로그로뇨 시내를 빠져나갔을 무렵, 아침을 아직 먹지 못했다며 한 공원의 벤치에 멈추더니 배낭을 열어 커다란 빵덩이와 햄, 치즈, 피클 등을 꺼내 즉석에서 뚝딱뚝딱 샌드위치를 만들기 시작했다. 우리는 멈추어서 그의 그런 모습을 함께 지켜보았다. 두 손으로 들어야 할 만큼 푸짐한 샌드위치를 만들어낸 그는 한입 베어물더니 "오 마이 샌드위치!" 하며 행복해했다.

마크의 행동은 이렇게 하나하나가 드라마틱했다. 안토니엘라의 체중 증명표를 불로 태운 거라든지, 사진을 찍어도 테이블 위에 올라가 위에서 내려다보는 각도로 찍는다든지, 이메일 주소를 적을 때엔 달팽이처럼 원을 그리며 적는다든지, 배낭에 팬티까지 매달고 다닌다든지. 거기엔 안토니엘라가 '브래드 피트'를 닮았다고 하는 그의 외모도 한몫 했다. 그런 그를 안토니엘라는 또 넋을 잃은 채 보고 있었다. 하지만 그런 마크를 보는 것도 안토니엘라를 보는 것도 나는 불안했다. 짧은 시간이었지만 그동안 내 눈에 비친 마크는 가볍고 진실하지 않은 남자, 카미노의 어릿

광대에 불과했다. 그래서 나는 슬쩍 안토니엘라에게 경고했다.

"이 사람 너무 좋아하지 마. 언니인 내가 보기엔 별로야."

피가 뜨거운 안토니엘라가 사이먼 대신에 이 친구를 또 맘에 두는 듯해서였다.

나 역시 어렸을 때엔 마크처럼 끼가 많은 남자를 좋아했다. 그런 남자가 보여주는 다양한 재능에 감탄하며 마음을 빼앗겼다. 그런데 안토니엘라가 "저런 자유로운 남자가 멋지잖아."라고 하는 것에 정신이 번쩍 났다. 내겐 떠돌이 시인이라는 마크의 모습에서 어쩔 수 없이 떠오르는 이미지가 있었다.

예술가는 자유로워야 할 의무가 있다며 보통 연인의 관계를 기대하지 말라던 사람. 그의 자유는 특별히 여자관계에 치중되어 있었고 덕분에 나는 처음 보는 여자와 어색하게 만나 '누가 그를 가질 것인가'에 대해 의견을 나누어야 했다. 한 번 겪어도 불쾌할 그 일을 나는 두 번이나 겪었다.

"내가 물러날까요, 당신이 포기할 건가요?"

첫 번째 상황에서는 그녀가 내게 양보했고 두 번째 상황에서는 내가 물러났다. 두 번째 여자는 내게 지독했다. 굳이 그럴 필요까지는 없었는데 내게 상처를 주기 위해 그와의 잠자리 이야기까지 꺼냈다. 그만큼 애착이 큰 모양이라고 이해한 나는 그럼 당신이 가지세요, 라고 했다. 그런 일을 다시 겪지 않으려면 그를 영원히 떠나는 것밖에는 답이 없었다. '그 사람 때문에 애가 타고 중독되는 것이 사랑'이라는 착각에서 벗어난 것은 한참 뒤의 일이었다. 그런 만큼 내 고통은 오래갔다. 하지만 사람의 마

길고 긴 철조망 가득 나뭇가지로 만든 십자가가 꽂혀 있다. 수많은 사람들의 염원
과 소망이 가득한 이 길에서 나도 십자가를 만들어 꽂았다. 어떤 일에서든 참되며,
어떤 일에서든 정직하며, 어떤 일에서든 의로우며, 어떤 일에서든 순결하며, 어떤
일에서든 사랑스럽길 바랐지만… 나의 평화는 아직 오지 않았다.

음을 그렇게 휘두르는 것은 그 어떤 것으로 포장해도 사랑일 수가 없었
다. 그런 사랑 따위에 더이상 미련은 없었다. 다만 그때 억눌렀던 감정은
애꿎은 마크에게 정확히 투사되었다.

　"안토니엘라, 다시 생각해. 마크가 네 양말을 빌렸다면서? 왜 다른 사
람 양말을 빌려? 자기가 조금 불편해도 알아서 해결했어야지. 그리고 넌
그 사람 시집 제목이 이해가 가니? 난 뭔 말인지도 모르겠더라. 자기는
정말 알고 쓴 걸까 싶을 정도로……. 진짜 자유를 원해서 정착하길 거부
하는 사람도 있겠지만, 어떤 경우엔 단순히 무책임하기 때문일 수도 있
어. 내가 보기에 마크는 후자 쪽이야!"

　물론 이 말은 영어로 변하면서 많이 간결해지고 순화되었지만, 사실
이렇게까지 내가 누군가의 흉을 본 것은 마크가 유일했다. 그는 내 말을
증명이라도 하려는 듯, 양말도 빌려주고 샌드위치를 만들어먹을 때까지
기다려준 우리를 배반하고, 우리가 잠시 호수 정경에 취해 있는 사이 혼

자 열심히 걸어서 사라져버렸다. 그리고 나바레테^{Navarrete}의 어느 바에서 다른 두 명의 여자들과 노닥거리고 있는 모습으로 발견되었다. 더이상 안토니엘라에게 마크에 대한 흉을 볼 필요도 없었다. 자유로운 영혼, 마크는 태연하게 그 두 명의 여인과 함께 일어나며 우리에게 "벤토사에서 보자!" 하고 가버렸다. 안토니엘라는 심란한 표정으로 내 옆에서 콜라카오_{Colacao: 우유를 타서 마시는 코코아}만 마셔댔다.

잠시 후 우리보다 훨씬 느리게 걸어오던 마커스가 나타났다. 나는 선량하고 지혜로운 뚱보 마커스와 함께 걷는 게 훨씬 마음 편했다. 어젯밤의 언쟁 때문에 서먹서먹했던 안토니엘라와 마커스는 걸으면서 화해도 했다.

그런데 이때부터 마커스의 징크스가 시작되었다. 비! 생각해보니 처음 마커스와 걷던 날도 내내 비를 맞았었다. 그런데 그와 같이 걷기 시작하자마자 또 빗방울이 떨어진다. 나는 말했다.

"또 비가 오네. 이상해. 마커스와 같이 걸으면 비가 와."

이후에도 이 징크스는 반복되었다. 잠깐 오다 마는 게 아니라 줄기차게 내리는 비. 우리는 걸음을 멈추어 우비를 꺼내입고 지루한 길을 걸었다.

카미노의 비는 그야말로 채찍질이다. 비가 오면 하늘도 풍경도 보이지 않고, 시야가 좁아져서 정말 아무 생각 없이 목적지로만 달리게 된다.

안토니엘라와 마커스를 뒤에 두고, 나는 또 앞장서서 빠르게 벤토사로 달렸다. 안내표에는 4킬로미터 라고 적혀 있었지만 가도 가도 벤토사는 나오지 않았다. 느낌으로는 6킬로미터 이상 걸었다 싶었을 때 가까스로 벤토사의 입구에 도착했고, 길가에서 쉬고 있던 자전거 부대들이 내게 큰 소리로 환호해주었다. 그들에게도 벤토사는 생각보다 멀었던 모양이다.

저녁 무렵, 안토니엘라가 그 마크 일당이 옆방에 와 있다며, 같이 저녁식사를 하고 싶어한다고 전했다. 마크 일당 외에도 일본에서 온 유키코, 스웨덴에서 오신 할머니, 퀘벡에서 온 다른 두 아가씨 등 대부대가 기다리고 있었다. 우리는 마을 구석의 레스토랑에서 함께 저녁식사를 했다.

나이 많은 분이 있으면 그분 위주로 분위기가 흘러가는 우리나라와 달리, 이곳에서는 무조건 목소리 큰 사람이 상석에서 분위기를 주도했다. 그리고 그 역할은 시키지도 않았는데 마크의 일행 중 한 명인 캐나다 여자가 맡았다. 유난히 목소리가 크고 말이 많던 그녀는 다이어트를 한다며 홍차 한 잔만 홀짝거리면서 '된장녀' 같은 이야기만 늘어놓았다.

나도 모르게 '내 친구가 좋아하던 남자를 빼앗은 여자'라는 명에를 그녀에게 씌워버린 걸까. 그녀가 "I'm so magnificent(나는 정말 멋져)."라는 말이 각 나라 언어로 무엇인지 물어보며 신이 나 있을 때, 마크가 그 자리에 앉아 청일점으로서의 여유를 즐기고 있을 때, 안토니엘라가 바보처럼 침울한 표정을 짓고 있을 때, 문득 견딜 수 없는 기분이 들어 나는 슬쩍 혼자 밥값을 내고 알베르게로 돌아와버렸다.

점점 에우나테에서 겪은 카미노의 신비나 기적의 경험이 희석되는 느낌이었다. 사람들에게 지나친 관심을 가지면서 말이다. 사람들과의 관계나 일상의 구속에 치이지 않으며 자유롭게 지낼 것을 기대했는데 이런 식이면 카미노에 온 의미가 없다. 게다가 싫은 사람이 벌써 두 명이나 생겨버렸다. 마크와 그 캐나다 여자. 누군가를 좋아하고 의식하면서 좇아

작은 마을 벤토사를 돌며 발견한 낡은 성당. 낡고 오래된 것들에게 서서히 마음이 열려간다. 세월을 견디느라 수고했다고 말해주고 싶다.

가는 것도 문제지만, 이렇게 싫은 사람 때문에 마음의 평화가 깨지는 것은 더더욱 문제였다. 초심으로 돌아가야 했다.

나만의 카미노 루트를 정해야겠다는 결심이 비로소 섰다. 그 누구에게도 연연하지 않는, 나만의 카미노를. 홀로 자유롭게 걷는 것이 가장 평화로울 수 있겠다는 생각이 처음으로 찾아온 것이다. 카미노가 왜 자꾸 내 안의 상처와 콤플렉스를 건드리고 있는지 아직까지는 알 수 없었지만, 내 갈 길은 나 스스로 만들어나가는 수밖에 없다는 결론을 내리고 나니 마음이 편안해졌다.

나는 침대에 엎드려 일정을 짜기 시작했다. 잠시 후 안토니엘라가 들어와서 왜 먼저 갔느냐고 물었다. 대답 대신, 나는 내가 만든 일정표를 보여주고 '이대로 진행해야 할 것 같다'고 말했다. 3일 후 도착하는 벨로라도에서 부르고스까지 버스를 타는 일정이었다. 대신에 '이렇게만 하면 나도 산티아고에 입성할 수 있다'고 덧붙였다. 내가 산티아고에 갈 수 없을지도 모른다며 안타까워했던 것을 아는 안토니엘라는 씁쓸한 표정으로 말했다.

"그래, 알았어. 어쨌거나 벨로라도까지는 나와 함께 할 거지?"

그리고 아까 그 저녁식사 멤버들과 같이 맥주나 한 잔 하러 가자는 것이었다. 나는 웃으며 그냥 이대로 쉬고 싶다고 대답했다. 안토니엘라는 혼자 나가더니 채 한 시간도 안 되어 방으로 돌아왔고 기가 막힌다는 듯이 내게 말했다.

"와우! 무려 네 명의 여자가 마크와 키스하고 싶어해!"

여기서 네 명이란 안토니엘라를 뺀 숫자다.

나는 고개를 절레절레 흔들었다. 오! 제발 그만, 카미노의 어릿광대는 그만!

12 작은 행복으로도 충분하다
아조프라

내 친구는 완벽하지 않다. 나도 마찬가지다.
그래서 우리는 너무나 잘 맞는다.
| 알렉산더 포프 |

카미노로 가는 짐을 쌀 때, 청바지는 빼야 한다고들 한다. 무겁고 빨래하기 힘드니까. 그리고 한 가지 더. 냄새가 장난 아니다. 새벽 무렵 나는 고약한 냄새 때문에 잠이 깼다. 시큼하고 거북한 냄새. 기억을 더듬어보니 청바지를 오랫동안 빨지 않았거나, 빨아서 널었는데 덜 말랐을 때 나는 냄새였다. 눈을 떠보니 내 위에서 주무셨던 한 할아버지가 카미노에서는 그동안 볼 수 없었던 '청바지'를 입은 채 계속 돌아다니고 계셨다. 조금 기다리면 가시겠지 했지만, 그 분은 무려 한 시간 넘게 계속 왔다갔다만 하셨다. 그 사이 방안에는 청바지 썩는 냄새가 가득 찼다. 아직 추운 아침이지만 나는 창문을 활짝 열 수밖에 없었다.

그 냄새에 취해서 정신이 없었는지, 알베르게 현관 앞에서 등산화를 신으려고 보니 맨발이었다. 양말도 안 신고 등산화를 신으려고 하다니!

게다가 지팡이까지 놓고 나설 뻔했다. 그런데 길을 나서니 마커스의 힘인지, 비가 또 내리기 시작했다.

"마커스 때문이야! 마커스는 레인맨^{Rainman}이야!"

우리는 대놓고 마커스를 구박했고, 마커스는 체념한 듯 "그래, 나 때문이야." 하며 터벅터벅 걸었다. 하긴 자기가 생각해도 걸으면서 정말 비를 많이 맞았단다. 누군가의 티셔츠에 적힌 'No Pain, No Glory'라는 문구를 보고 우리는 'No Rain, No Marcus'라는 구호를 만들어내기도 했다.

어느덧 오늘 목적지인 아조프라^{Azofra}에 도착했다. 우리는 어느 알베르게로 갈까 고민하다가 배낭 없이 걸어다니는 한 페레그리노를 발견하여 '당신이 묵은 알베르게는 어떠냐'고 물었다. 그러자 그는 "Two beds."라고 말했다. 이층침대는 영어로 'bunk bed'다. 그렇다면 이 'Two beds'란 무슨 뜻일까. 알베르게 카운터에 도착해서야 그 의미를 알았다. 여기는 모든 방이 2인 1실이란다! 문을 열면 침대 2개가 좌우에 배치되어 있고 각자의 짐을 넣을 공간도 하나씩 있다. 공간 활용이 가장 합리적인 알베르게. 안토니엘라와 내가 같은 방에, 마커스는 벽을 두드리면 "네!" 하고 달려올 수 있는, 바로 옆방에 배정되었다.

카미노를 걸으면 참 사소한 일에 행복해진다. 날씨가 좋으면, 몸의 컨디션이 가벼우면, 기대했던 위치에서 바를 발견하면, 목적지에 일찍 도착하면, 알베르게가 생각보다 깨끗하거나 시설이 좋으면 기쁘고 행복하다. 덕분에 이 아조프라에서 또 한 번 행복했다. 그러나 다 좋을 수는 없는 모양이다.

샤워실에 가보니 안에서 웬 남자의 감탄사가 들렸다. 남자 샤워실로

개를 데리고 산책하는 도시 사람들과 뚱뚱한 배낭을 짊어진 안토니엘라와 마커스의 뒷모습이 묘하게 대비된다. 비록 가볍지 않은 짐이 어깨를 내리눌렀지만, 아름다운 풍경이 축복처럼 이어지는 길 위에서 우리는 많이 즐겁고 행복했다.

잘못 왔나 싶었지만, 알고보니 남녀공용이었다. 지금껏 남녀공용 샤워실은 사용한 적이 없었기에 잔뜩 긴장되는 마음으로 급하게 샤워를 하고 후다닥 옷을 입고 나오는데 언제 왔는지 문 밖에 팬티만 입은 반라의 남자들 세 명이 기다리고 있었다. 문고리에 잠금장치도 없었는데, 그들이 용케 문을 밀고 안을 확인하지 않은 게 다행이었다.

방으로 돌아와 빈둥거리다가 나는 문득 마커스가 늘 귀에 꽂고 다니는 엠피스리를 빼앗아 들어보았다. 나도 엠피스리가 있었지만, 충전기를 가져가지 않아 배터리가 바닥난 상태였다. 마커스는 자기가 가장 좋아하는 노래를 들려주겠다며 엠피스리를 뒤졌다.

"어떤 노랜데?"

"〈The Fields of Athenry〉라는 아일랜드 노래야."

나는 정확한 제목을 내 노트에 적어달라고 부탁했고, 그는 정성껏 노래 제목을 써주었다.

T.h.e. F.i.e.l.d.s. o.f. A.t.h.e.n.r.y.

그리고 수백 곡이 담긴 엠피스리에서 기어이 그 노래를 찾아내 내 귀에 이어폰을 꽂아주었다. 기타 선율이 잔잔하게 흐르는 포크송이었다.

"왜 하필 아일랜드 노래야?"

"아일랜드 사람들이 노래를 정말 잘하거든."

알고보니 마커스는 독일인이 아니라 폴란드인이란다. 네 살 때 부모님과 같이 폴란드에서 독일로 왔고 주유소에서 일하는 형과 사춘기 고등학생인 여동생이 있다고 했다. 폴란드 역시 슬픈 역사를 가진 민족이니, 아

누군가 일부러 갖다놓은 듯한 벌판 위의 소파 두 개. 오래 전 이 길을 걸었던 페레그리노들의 영혼이 앉아 이야기를 나누고 있는 것은 아닐까(왼쪽). 돌이 많은 지역을 통과할 때엔 카미노 예술도 점점 다양해지고 심오해진다(오른쪽).

일랜드 노래에서 애잔한 공감을 느꼈는지 모를 일이었다.

여동생과는 대화를 자주 하느냐고 묻자, 마커스는 잘해주려고 하는데 여동생이 별로 말을 하지 않는다고 했다. 그러자 안토니엘라가 이렇게 조언했다.

"생각 많고 마음이 복잡할 나이야. 만약 네가 동생을 야단치려고 하면 너에게 아무 말도 하지 않을 거야. 그러니 무조건 이야기를 들어줘. 그래야 너에게 마음을 열게 될 거야."

마커스가 고개를 끄덕거렸다. 독일, 아니 폴란드인과 브라질인과 한국인이 모여 '오빠와 여동생' 관계에 대해 이야기하는데 서로 공감하고 이해할 수 있다니! 국적이나 언어는 더이상 중요하지 않았다. 어느 순간 영어가 너무 거추장스러워지고 이들과 한국어로 이야기할 수 있을 것 같은 착각이 들었다. 안토니엘라도 몇 번이나 내게 브라질어로 말을 걸었다가 금방 사과하곤 했다.

"아차, 미안. 네가 브라질 사람이라고 착각했어!"

커피를 마시기 위해 1층 식당으로 내려갔더니, 마크는 자신의 일행이
된 두 여자를 위해 요리를 해주기로 했다며 슈퍼마켓에 간단다. 그러고
보니 우리는 보카디요를 제외하고는 한 번도 알베르게에서 요리를 해먹
은 적이 없었다.

"아, 우리도 요리했으면 좋겠다."

내가 이렇게 외치자, 안토니엘라는 "내가 요리해줄게." 하더니 앞장서
서 슈퍼마켓으로 향했다. 그러나 시골마을의 작은 슈퍼마켓에 넉넉한 재
료가 있을 리 만무했다. 안토니엘라는 큰소리친 것과 달리 인스턴트 스
파게티와 올리브, 옥수수 등으로 소박한 '옥수수 크림 스파게티'를 만들
어냈다.

"부엌에 사람들이 너무 오가니까 정신이 없었어. 난 '내 부엌'에서 요
리를 해야 하는데."

안토니엘라는 변명했지만 그래도 우리는 맛있게 먹었고 나는 기꺼이
설거지를 해주었다. 그런데 옆에서는 마크 일당인 두 여자가 각자 스파
게티를 만들고 있다. 마크가 요리를 해준다더니 어찌된 일일까. 내가 안
토니엘라에게 슬쩍 묻자, 안토니엘라는 어깨를 으쓱하며 말한다.

"아까 마크가 뭔가 만드는 것 같긴 했는데, 양이 부족했나봐."

다이어트 한다고 홍차 한 잔만 홀짝거릴 땐 언제고, 이제 와서 저녁밥
을 두 번이나 찾아 먹는 거야? 나는 마음껏 비웃어주었다.

식사 후 안토니엘라는 호스피탈레로의 제안이라며 이런 이야기를 했다.

"이 마을에 와인공장이 있대. 1유로만 내면 견학도 할 수 있고, 와인도 원하는 만큼 마실 수 있다는데, 가볼래?"

술 좋아하는 마커스가 같이 가자고 조른다. 팸플릿을 보니 돌로 만든 낮은 천정의 지하통로가 제법 중세의 느낌을 내면서 그럴싸하다. 고작 1 유로라는데 못갈 거 없지.

밤 9시가 넘어 예닐곱 명의 와인공장 견학생들은 우르르 호스피탈레로와 그의 조수를 따라 마을의 와인공장으로 걸어갔다. 그곳에서 호스피탈레로는 와인을 어떻게 만들고 포장하고 저장하는지 숙련된 조교처럼 설명하였으나, 역시 100퍼센트 스페인어다. 어쨌건 그 안에 있는 동안엔 커다란 와인통에서 화이트 와인과 레드 와인을 수도꼭지처럼 틀어서 계속 마실 수 있으니 남자 페레그리노들은 희희낙락하며 계속 잔을 가져다 댔다. 전혀 입을 안댈 수는 없어서 한 모금씩만 마셔보았는데 어느새 내 얼굴은 뜨겁게 달아올라 있었다. 고작 그 몇 방울에 취한 나는 옆방에 와인과 함께 먹을 수 있는 바비큐를 준비해두었다는 달콤한 유혹을 뿌리치고 알베르게로 돌아와 뻗어버렸다.

13 카미노의 매너리즘
산토 도밍고 데 라 칼자다, 그라뇽

우리의 노력에 대한 가장 값진 보석은 노력 끝에 얻게 되는 무엇이 아니라
그 과정에서 만들어지는 우리 자신의 모습이다.
| 존 러스킨 |

너무 추워서 잠이 깼다. 왜 이렇게 추울까. 한 번도 내 침낭에 불만을
가진 적이 없었고 심지어 한국에 돌아가서도 이 포근하고 따뜻한 오리털
침낭에서 자고 싶다고 생각할 정도였는데. 눈을 뜨고 한참 머리를 굴렸
다. 어처구니 없게도 창문이 열려 있었다. 스페인의 아침은 늘 춥다. 아
무리 한낮의 햇살이 뜨거웠다 하더라도 추위는 늘 어딘가에 잘 저장되었
다가, 아침마다 배달되는 우유처럼 '신선하게' 다시 나타난다. 그런데
창문을 열어놓고 자다니. 와인 두 모금에 취해서 잠이 들었던 나처럼, 안
토니엘라 역시 와인에 취해서 그랬단다.

오늘 걷는 길은 유난히 아름답다. 화창한 하늘과 푸른 들과 노랗게 뻗
은 길. 카메라를 집어넣을 겨를 없이 계속해서 사진을 찍었다. 안토니엘

121

라는 이게 다 마커스 덕분이라고 했다. 속이 좋지 않다며 우리에게 먼저 떠나라고 해준 마커스. 그와 같이 걸었더라면 또 비가 왔을 거다. 가여운 레인맨, 마커스. 우리는 비가 쏟아지는 구름 하나가 늘 마커스의 머리 위에 떠 있는 만화를 상상하며 한참 웃어댔다.

어린아이와 같은 마음이어야 천국에 간다는 말이 있다. 카미노를 걸으며 가장 행복한 순간은 이렇게 유치한 상상을 하며 눈앞의 풍경을 즐길 때다. 특히 산토 도밍고 데 라 칼자다Santo domingo de la calzada까지 가는 길은 유난히 아름다웠다. 매일 길을 걷다보니 어느새 영화 〈아이다호〉에서의 리버 피닉스처럼 스스로 길의 감식가가 된 듯했다. 무척 좋은 기분이 드는 곳이 있고, 유독 지루하고 음산하거나 우울한 곳도 있다. 이 길에는 따뜻하고 긍정적인 기운이 가득했다. 그 행복한 느낌을 만끽하기 위해 몇 번이나 멈추었는지 모른다.

그렇게 풍요로운 마음으로 걸어서 산토 도밍고 데 라 칼자다에 도착했다. 하지만 첫 번째 보이는 알베르게로 들어서니 이미 자리가 다 찼단다. 스탬프만 받고 돌아섰는데, 양쪽에 건물이 늘어선 좁은 길이 이어진다. 문득 답답한 느낌이 들었다. 큰 도시 특유의 복잡함과 산만함이 거북했다고 할까. 유난히 아름답고 사랑스러운 길을 걸어왔기에 더욱 그랬다.

그래서 나는 안토니엘라에게 6.5킬로미터를 더 걸어 그라뇽Granon까지 갔으면 좋겠다고 했다. 6.5킬로미터면 두 시간 거리. 안토니엘라는 그럼 일단 점심을 먹고 생각해보자고 했다.

그런데 언제 도착했는지 마커스가 다가와 자기는 이곳에 묵기로 했다는 것이었다. 힘들어서 더는 못가겠다고. 저 멀리 사이먼이 보였다. 그도

길 모양만 보면 내가 어디 있는지 알지. (…) 난 길의 감식가야. 평생 길을 맛볼 거야. 이 길은 끝이 없어. 지구의 어디라도 갈 수 있어. (영화 〈아이다호〉에서)

나는 카미노에서 조금 용감해졌다. 내가 터잡고 있던 곳으로부터 떠나오고서야 삶과 정면으로 마주할 용기가 생겼다는 것 역시 삶의 아이러니이리라. 나는 이제 기꺼이 모험하고 기꺼이 실수하고 기꺼이 그 대가를 치를 것이다.

여기에 머무른다고 했다. 그러자 안토니엘라도 슬쩍 여기에서 묵고 싶은 눈치를 보이며 말했다.

"6.5킬로미터면 너무 멀지 않아?"

나는 친구를 위해 하늘을 한 번 보고 말했다.

"그래, 하늘 보니 또 비올 것 같네. 빗속을 걷는 건 정말 싫어."

마음이 내키지 않았지만 여기에 묵어야겠다고 생각하며 두 번째 알베르게로 갔다. 그런데 시에스타 중이라 오후 4시에야 문을 연다는 게 아닌가. 이 알베르게가 문 열기를 기다릴 시간이면 그라뇽에 도착하고도 남을 것이다. 그냥 기다리고 앉아 있어야 하나 생각하는데 결정적인 신호가 보였다. 마크 일당이 또 눈앞에 얼쩡대는 것이다. 이건 떠나라는 계시다.

나는 변덕을 부려 그라뇽으로 가자고 안토니엘라에게 말했다. 네가 싫으면 나 혼자라도 가겠다고. 처음으로 안토니엘라와 걷는 거리에 대해 의견 차이가 생겼다. 오늘 그라뇽으로 가야 3주도 채 남지 않은 내 일정에 무리가 없는 것도 사실이었지만 요 며칠 계속 같은 사람들과 비슷한 거리를 걷고 있다는 느낌, 도전 없이 너무 몸을 사리고 있다는 느낌, 뭔가 반복되는 틀에 갇혀 있다는 느낌도 견디기 힘들었다. 다행히 더 자세히 설명하거나 변명할 필요가 없었다. 안토니엘라는 알았다며, 같이 그라뇽으로 가자고 했다. 단, 단서가 달렸다.

"너랑 같이 걸을 날이 얼마 남지 않았으니까."

여기까지 오는 길에 우연히 만났던 한 브라질 여교사와 함께 우리는 그라뇽으로 출발했다. 가는 길은 그리 편치 않았다. 게다가 지긋지긋한 비가 또 왔다. 그래도 나는 묵묵히 걸었다. 줄곧 혼자 앞장서서 빠르게 걷는 내게 안토니엘라는 "넌 정말 나를 버리고 떠나려는 거구나!" 하며 원망 섞인 농담을 던졌다.

천천히 가고 싶어하는 사람에게 이런 억지를 부린 것이 사실 나도 미안했다. 하지만 조금은 단호하게 할 필요가 있었다. 그녀도 나도 너무 정이 많고 미련이 많다. 사람을 만나기 위해, 또는 사람 때문에 속도를 늦추는 일은 이제 그만 두어야 한다.

내가 본 카미노 다큐멘터리에서 가장 인상적인 장면은 괴나리봇짐 하나만 달랑 맨 채 낡은 샌들을 신고 걷던 독일 10대 소년의 모습이었다. 그 모습이 인상적이었던 건 나도 그렇게 가볍고 편안하고 자유롭게 이 길을 걷고 싶었기 때문이었을 것이다. 더이상 이런저런 관계에 의지하고 싶지 않았다. 안토니엘라에게는 말하지 않았지만, 나는 '버리고 떠나는 연습'을 오늘 미리 한 것이다. 며칠 뒤, 난 그런 모습으로 안토니엘라의 곁을 떠나야 했으니까.

그라뇽의 알베르게. 깨끗한 침대, 풍성한 식사 따위는 이제 중요하지 않다. 비만 피할 수 있으면 어디에서든 잘 수 있고 배만 채울 수 있으면 무엇이든 먹을 수 있다.

그라뇽에 도착하여 700년 되었다는 성당 안쪽에 있는 알베르게를 찾아낸 뒤, 나는 뒤에서 걸어오는 안토니엘라와 브라질 여교사를 기다렸다. 그들보다 앞서 걸어오던 노부부가 있었는데 그들은 이 알베르게 위치를 미처 파악하지 못하고 지나쳐 가버렸다. 그리하여 다행히 40명 정원이라는 알베르게에서 우리가 37, 38, 39번을 차지했다.

자매가 운영하는 이 알베르게는 침대 없이 매트리스 한 장씩을 깔아주는 곳으로 얼핏 보면 '난민 대피소' 분위기지만 성당 건물이라는 점에서 나름대로 유서 깊은 알베르게의 느낌이 났다. 이곳도 에우나테처럼 알베르게에서 저녁식사가 제공된다. 식사 시간이 되자 40명이나 되는 사람들이 모두 식당으로 모여 테이블을 만들고 의자를 배치하고 접시도 직접 늘어놓고 각자 자리를 잡았다.

자매 중 언니 호스피탈레로는 식사 전 간단한 인사말을 하더니 "자, 이제 모두 테이블을 두드리세요!"라고 하였다. 모두가 테이블을 두드리자 주방에서부터 릴레이로 렌틀 수프, 샐러드, 바게트 등 저녁식사 메뉴들이 테이블에 놓이기 시작했다. 소박하지만 따뜻한 식사였다. 그런데 식사 후, 안토니엘라가 심상치 않았다.

"나, 감기 걸렸나봐."

목도 아프고 기침이 계속 난단다. 오늘 새벽에 창문을 열어놓고 잔 데다 나 때문에 무리하게 빗속을 걸어온 탓이다. 주변에서 너도나도 감기약을 건넸으나, 정작 일행이라는 나는 괜한 죄책감에 어찌할 바를 몰랐다. 나와 헤어질 시간이 얼마 남지 않았는데, 아프면 어떻게 해.

마음이 무거워졌다.

14 안토니엘라와의 마지막 날
벨로라도

> 세상은 알고 있었다. 성장하기 위해서는 계속해서
> 나아가고 끊임없이 움직여야 한다는 것을.
> 격렬한 지진이나 태풍과 폭우 역시 자연의 여정 중에 있는 순환이라는 것을.
> 자연 역시 계시를 찾아 여행을 하고 있는 것이다.
> | 파울로 코엘료, 《순례자》 |

내 왼쪽에서는 일본 아저씨, 오른쪽에서는 스페인 할아버지가 주무셨다. 이분들은 결백하다. 범인은 안토니엘라 옆자리의 캐나다 아저씨였다. 그의 코고는 소리가 온 방안을 장악했다. 잠들기까지 얼마나 힘이 들었는지 일어나자마자 나는 목을 길게 빼고 그 아저씨의 행방을 확인했다. 그렇게 민폐를 끼쳐놓고 그분은 벌써 떠나고 없었다.

식당에 가보니 썰어놓은 바게트와 커피가 아침식사로 제공되고 있었다. 우리는 어제 준비한 바게트와 햄으로 점심용 보카디요를 만들어 챙겼다. 그런데 도네이션 통에 동전을 넣으러 가보니 그 옆에, 아조프라에서 보았던 아르헨티나 청년 호세가 대아에 발을 담근 채 앉아 있다. 왜 그러느냐고 묻자 발목을 다쳐 소금물에 찜질을 하고 있는 거란다. 호세와 친했던 한 한국 아저씨의 말에 의하면, 그는 스페인을 제대로 공부하러 왔다고 했다. 알베르게 침대 쟁탈전에는 관심 없이 아무도 가보지 못한 곳, 알려지지 않은 곳에 문을 두드려서라도 찾아가서 볼 만큼 열정적이었다고. 그런 사람이 혼자 떨어져 이곳에서 일찌감치 자리잡고 있는 것을 보면 그도 이제는 지친 모양이었다.

카미노에는 우등생이 없다. 언제나 많이 걸을 수는 없으니까. 앞서 가던 사람도 길의 어느 지점에서는 멈추어 쉰다. 그런 공평함을 가르쳐주는 길이기에 나 같은 굼벵이도 산티아고 입성을 꿈꾸는 거겠지.

여전히 기침을 하는 안토니엘라와 벨로라도Belorado를 향해 길을 나섰다. 이번 코스에는 3~4킬로미터마다 마을이 있다. 아무것도 없는 벌판을 통과하는 것보다는 그래도 마을을 통과하는 편이 훨씬 마음이 놓인다. 마을 주민과 '올라' 또는 '부에노스 디아스' 하고 인사를 하는 것도 재미있고, 혹시 모를 화장실 사정에도 대비할 수 있다.

안토니엘라는 콜록거리면서도 여전히 사람들을 만나면 반갑게 인사하고 아는 척한다. 대신 인사를 무시하고 가는 사람들에게는 뒤에서 손가락으로 욕을 날리는 것도 잊지 않는다. 브라질 전통의 여신은 악마와 천사의 모습을 모두 가졌다며.

가는 도중 어느 마을 벤치에 앉아 우리는 준비해온 보카디요를 꺼내 먹기 시작했다. 그런데 저 멀리 마크 일당이 걸어오는 게 보였다.

"하이!"

그냥 지나가면 좋겠는데 그들도 우리 곁에 앉아 쉬기 시작한다. 괜히 뒤통수가 따갑고 불편하다. 아무리 무심해지려고 해도 그럴 수가 없다.

저들은 내가 자기들을 애써 피하고 있다는 사실을 모르는 걸까. 아니면 내 불편한 마음을 '쟤, 왜 저래?' 하는 기분으로 비웃고 있는 걸까. 문득 알면서도 일부러 내 곁에서 떠나지 않는다고 생각하니 미칠 것 같았다. 천천히 빵을 씹는 안토니엘라에게 공연히 부아가 치밀었다. 애는 왜 이리 행동이 굼뜬 거야!

직장생활할 때 거래처 사람들 앞에서는 마음에도 없는 온갖 아양을 떨며 방긋방긋 잘도 웃던 나였지만 지금 이 자리에서는 죽어도 그러고 싶지 않았다. 가식으로 사람을 대하는 데는 지쳤다. 더이상 그렇게 살고 싶지 않았다. 입안 가득한 빵만 아니면 한국어로라도 욕을 한 바가지 퍼붓고 싶은 심정이었다. 하지만 이런 내 마음을 차마 안토니엘라에게 말하진 못했다. 마음속의 모든 미움과 원망을 마크 일당에게 다 쏟아붓는 나 자신이 스스로 생각해도 너무나 비이성적이었으니까.

벨로라도에 도착하자 마을 입구에 있는, 크고 현대적인 알베르게가 눈에 띄었다. 안토니엘라는 세탁기, 건조기를 비롯한 각종 시설이 잘 갖춰져 있을 것 같은 그곳에 마음이 끌리는 눈치였다. 하지만 그라농의 호스피탈레로 아줌마가 추천해준 알베르게가 따로 있었기에 나는 고개를 흔들며 좀더 가자고 했다. 아니나 다를까, 우리 뒤에서 오던 마크 일당이 이 알베르게로 들어가는 것이 보였다. 나는 얼른 다른 이유를 댔다.

"여기는 주변에 아무것도 없잖아."

마을 초입이라 근처에 다른 건물도 없고 그냥 산과 밭뿐이다. 대신 우리가 가기로 한 콰트로 칸톤스4 cantones 알베르게는 성당과 광장 근처라서 조금만 걸으면 볼 것도 많았다. 그러나 알베르게 자체의 시설은 그다지

스페인 북부는 동쪽에서부터 나바라, 라리오하, 카스티야레온, 갈리시아로 나뉜다. 카스티야레온 지방의 카미노 루트를 소개하는 안내판. 산티아고까지는 아직도 멀기만 하다.

좋지 않았다. 이층침대의 1층은 일찍 온 사람들의 차지였고, 우리는 또 사다리 없는 2층을 배정받았다. 2층에선 배낭을 편안히 풀어놓기가 힘들다. 난민처럼 바닥에 앉아 주섬주섬 빨래거리를 꺼내고, 먹을 것과 샤워 용품을 챙겨야 한다.

컨디션이 안 좋은 안토니엘라를 위해서라면 마을 입구의 현대적인 알베르게에 갔어야 했다. 마크 일당이 싫은 마음에 내 욕심만 차린 셈이었다. 하지만 그렇게 했더라면 어떻게 되었을까. 난 또 불편해서 어쩔 줄 몰라 하며 나쁜 추억을 만들었으리라. 두 사람이 항상 만족하는 길로만 갈 수는 없다. 카미노는 혼자 가는 길이 맞다. 그나마 다행인 것은 오늘이 안토니엘라와 같이 있는 마지막 날이었다. 나는 내일 부르고스Burgos로 떠난다.

내일 아침에 당황하지 않도록 부르고스로 가는 버스 정류장 위치를 확인하고 알베르게로 돌아오니 현관에 있던 아르헨티나 청년 호세와 마커스 그리고 독일 아주머니 한 분이 같이 바에 가서 커피나 한잔 하자고 했다. 안토니엘라는 몸이 안 좋다고 했었기에 나는 그녀를 부를 생각도 않고 그들과 바에 가서 이야기를 했다.

호세나 마커스와는 아는 사이였지만, 이 독일 아주머니는 몇 번 시선만 마주쳤을 뿐 인사를 하고 지낸 사이는 아니었다. 안토니엘라는 이 분이 머리에 꽃을 꽂고 다니는 것을 보고 "어머! 아줌마 멋있어!"하며 볼 때마다 끌어안고 좋아했지만 내 눈에는 그게 그리 좋아 보이지 않았기에 (솔직히 말하면 주책스러워 보였다) 그냥 멀뚱하게 바라보기만 했었다. 아마 이 분은 내가 자기를 별로 안 좋아한다고 생각했을 것이다. 화제가 사랑이야기로 넘어가고 내가 남자친구가 없다고 하자 그녀는 이렇게 말했다.

"혹시 너무 프린세스라서 그런 거 아니야?"

역시 그녀에게는 내가 잘난 척하는 걸로 보였나보다. 나는 그냥 그렇다고 해두었다.

이야기하다보니 배가 고파진 우리는 자리를 옮겨 간단한 식사를 하기로 했다. 그런데 정식 저녁 메뉴가 아닌 보카디요를 시키자 웨이트리스가 눈에 띄게 불친절하게 굴었다. 그러자 법률공부를 했었다던 호세가 분개해서 이렇게 말했다.

"프랑코 정권 시절에 스페인의 자유로운 사람은 다 살해되었고, 지혜로운 사람은 다 외국으로 갔다더니 그게 사실이로군!"

한참을 기다려 가까스로 식사를 하고 그곳을 나오며 호세는 "이 레스토랑을 잘 외워둡시다, 여기에 다시 오지 않기 위해."라고 했다. 하지만 어차피 내일이면 떠날 곳이다.

알베르게로 와보니 안토니엘라의 얼굴이 안 좋았다. 아픈 자신을 버려두고 나가서 한참만에 돌아온 나에게 서운했던 모양이다. 그녀의 표정에, 미안한 마음이 밀려왔다.

"몸은 어때? 열은 없어?"

"기침이 계속 나와서 힘들어."

저녁을 먹으러 가자며 그녀는 어디선가 잘생긴 브라질 남자 대학생을 데려왔다. 나는 이미 배가 불렀지만 저녁을 먹었다는 얘기를 할 수 없었다. 오늘은 안토니엘라와의 마지막 날. 그녀가 원하는 알베르게에 가지 않았고, 아픈 그녀를 방치한 것에 대해 사죄하는 마음으로 나는 배가 터

제발 한 순간이라도 다른 사람들과 복잡하게 얽히지 않고 살 수는 없을까. 이렇게 멀리 떠나왔어도 왜 나는 하나도 달라지지 않는 걸까. 내가 간절히 바라는 평화와 행복은 어디에 있는 것일까.

지더라도 참으리라 결심했다. 같이 밥을 먹어주는 것도 친구에겐 중요한 일이다.

그런데 이곳 웨이트리스도 표정이 무뚝뚝하다. 벨로라도는 페레그리노들에게 불친절하기로 작정한 것일까. 페레그리노를 '싸구려 메뉴만 시키고 시끄럽게 몰려다니는 뜨내기 패거리'로 생각하는 게 분명했다. 우리는 남자 대학생에게 '네가 웨이트리스에게 윙크를 해라, 그러면 우리에게 잘해줄 거다'라고 부추겼다. 그는 윙크를 하기 위해 웨이트리스의 얼굴을 올려다보았다. 그런데 웬일, 그는 금방 고개를 떨어뜨렸다. 그녀가 사라지자 그는 조그만 소리로 이렇게 말했다.

"씨도 안 먹혀요. 웃으면서 쳐다봤는데 눈을 동그랗게 뜨네요. '왜?' 하는 것처럼."

알고보니 성숙한 외모와 달리 그는 아직 열아홉 살 애송이란다. 무릇 '선수'란 외모보다는 연륜에서 나오는 강렬한 에너지가 중요한 법이다. 그래도 그의 영어는 아주 유창했다. 심지어 안토니엘라는 이 친구에게 자신이 브라질어로 이야기하는 것을 내게 영어로 통역해서 들려주라고 했을 정도다.

예전에 내가 한국에서 만난 브라질 남자는 학교에서 영어를 배운 적이 없다고 했었고, 이나 부부나 유송도 영어를 전혀 못했던 것처럼 브라질의 중년층은 영어와 거리가 멀었다. 하지만 젊은 세대는 확실히 달랐다. 그러나 내게는 문법이 정확한 그의 영어보다, 오랜 시간 같이 지낸 안토니엘라의 빠른 브라질어가 차라리 이해하기 쉬웠다. 나중에 안토니엘라에게 "실은 그 친구가 하는 영어보다 네 영어가 더 알아듣기 쉬워."라고 하자 그녀는 "정말?" 하며 깜짝 놀란다. 역시 언어는 문법이나 발음의 문제가 아니라 감정의 교감이다. 문득 그녀와 헤어져 혼자 카미노를 걸어야 할 시간들이 두려워졌다. 내 삶에서 이렇게 빨리 자리를 만든 사람이 또 있을까? 나는 분명히 혼자 걷기 위해 떠나왔고, 계속 혼자 걸어야한다고 생각해왔지만 안토니엘라의 부재를 감당하기는 쉽지 않을 것 같았다.

단 며칠 사이에, 너는 내 가족이 되었구나.

나는 쓸쓸한 마음으로 오랫동안 안토니엘라의 옆모습을 바라보았다.

카미노의
세 번째
속삭임

때론 혼자서 가야 해요

부르고스 | 산토 도밍고 데 실로스 | 레온 | 폰세바돈 | 폰페라다 | 사리아 | 포르토마린 | 벤타스 드 나론

레보레이로 | 멜리데 | 아이렉스 | 아르주아 | 아르카 오 피노

15 카미노를 벗어나 찾아간 그레고리안 성가의 마을

부르고스, 산토 도밍고 데 실로스

> 우리가 탄 배를 더 좋은 세계로 데려가줄 바람을
> 내 손으로 일으킬 수는 없습니다.
> 그러나 나는 적어도 바람이 불 때를 기다려서 돛을 올릴 수는 있습니다.
> | 슈마허 |

아침에 일어나니 옆 침대에서 안토니엘라가 아직 자고 있다. 오늘 우리는 헤어진다. 그녀가 눈을 뜨자마자 "감기는 어때?" 하고 물었다. 대답 대신 거칠게 콜록거리는 안토니엘라.

"의사를 만나야 되는 거 아냐?"

"그렇게 나쁘진 않아."

우린 마지막으로 함께 침낭을 접고 배낭을 꾸리기 시작했다. 어제 안토니엘라는 알베르게의 호스피탈레로에게서 일주일 간 이곳에 머물며 일을 도와달라는 제안을 받았다. 언젠가 그녀가 호스피탈레로가 되고 싶다고 한 적이 있었기에 나는 해보라고 권했지만 안토니엘라는 한 곳에 오래 머무는 것은 한 번도 생각해보지 않았단다. 그래서 아침에 일어나 컨디션을 본 뒤 결정하기로 했는데, 결국 그녀는 고개를 저었다.

"카미노가 끝난 다음이면 모를까, 도중에 멈추는 것은 아니라고 생각해. 그래서 나중에 연락해달라고 했어."

우리는 현관 앞에서 함께 사진을 찍었다. 내가 "이게 우리의 마지막 사진이네."라고 하자 그녀는 절대로 마지막이 아니라고 했다. 우리는 꼭 다시 만날 거라고.

안토니엘라와 마커스가 먼저 떠나기로 했다. 그들이 지팡이를 통통거리며 골목길 저편으로 사라지는 것을 바라보노라니, 마치 유체이탈이라도 한 기분이었다. 항상 저 옆에는 내가 있었는데, 이제 나는 뒤에 남아 그들을 바라보는구나.

주비리에서의 하루를 빼면 우리는 13일을 함께 걸었다. 기진맥진했던 피레네 산맥부터 에우나테의 기적도, 로그로뇨의 위험한 밤도 함께 했다. 사이먼과 마커스의 말버릇을 흉내내며 같이 배를 잡고 웃은 게 몇 번이던가. 내가 예쁘다며 카메라를 들이대면 그녀도 사진을 찍었고, 그녀가 발견한 것은 내게도 보물이 되었다. 어느 알베르게에선가 내게 사적인 질문을 꼬치꼬치 던지던 한국인 아저씨 때문에 곤혹스러웠을 적엔 "나랑 할 일이 있잖아!" 하며 그 자리에서 벗어나게 도와주기도 했다. 그때 내가 어떻게 내 마음을 알았느냐고 묻자 그녀는 이렇게 대답했다.

"친구니까."

나이나 언어, 외모의 차이 등은 하나도 문제가 되지 않았다.

"언니는 사람에게 곁을 잘 안 주잖아."

친하게 지내던 후배들조차 이런 말을 할 정도로 냉정하던 내가 길에서 만난 사람에게 이처럼 쉽게 마음을 줄 줄은 몰랐다. 그녀와 헤어지는 일이 내게는 연습까지 필요할 만큼 힘들었다는 걸 그녀는 알까?

'건강해야 돼, 안토니엘라. 그리고 가장 행복한 모습으로 산티아고에 도착해야 해!'

나는 직접 하지 못한 말을 이렇게 마음속에서 되뇌었다.

마음이 스산했지만 부르고스로 떠나야 할 시간이 되었다. 나와 독일 할머니 외에 브라질 부자父子까지, 이렇게 네 명이 버스정류장으로 향했다.

나는 부르고스에 도착하면 바로 산토 도밍고 데 실로스로 가서 1박을 하고 돌아올 예정이었다. 그런데 버스를 기다리고 있자니, 한 캐나다 여성이 '여기가 부르고스로 가는 버스정류장 맞느냐'며 말을 걸어왔다. 그녀의 손에는 스페인 여행안내 책자가 쥐어져 있었다. 나는 문득 '산토 도밍고 데 실로스를 아느냐?'고 물었고, 그녀는 책에서 본 것 같다며 책을 뒤적여 그 페이지를 내게 보여주었다.

박스 안에 간단하게 정리된 내용 중 '버스가 저녁에 도착하므로 적어도 2박은 해야 그곳을 제대로 볼 수 있다'는 글귀가 눈에 들어왔다. 내게는 아주 중요한 정보였는데 이런 식으로 얻게 되다니 천만다행이었다. 안토니엘라라는 붙임성 좋은 동행이 없으니 이제 모든 정보는 내가 알아서 찾아야 했다. 그리고 그 절박성은 부르고스 터미널에 도착해서 다시 실감했다.

같이 버스에 탔던 사람들은 제각기 손 흔들며 사라지고 어느덧 그곳에는 지팡이 짚고 배낭을 멘 낯선 모습의 나만 남았다. 여기는 영어마저 안 통하는 스페인의 버스터미널이다. 고민 끝에 나는 종이에 'Para Santo domingo de silos산토 도밍고 데 실로스행'라고 적어서 매표소에 보여주었다. 그러자 매표원 아저씨는 뭔가를 적어서 다시 돌려주며 다른 창구를 가리켰다. 알고보니 이곳의 매표소는 각 버스회사별로 나뉘어져 있었고 아저씨는 산토 도밍고 데 실로스로 가는 버스회사 창구의 이름을 가르쳐준 것이다. 하지만 그 창구는 문이 닫혀 있었다. 매표 시간 안내문조차 없는 탓에 10시부터 내리 두 시간을 낚시꾼처럼 꼼짝 없이 앉아 기다렸다. 12시 반이 지날 무렵, 마침내 내가 주시하고 있던 그 창구가 열리며 한 아저씨가 자리잡고 앉는 모습이 보였다. 나는 용수철처럼 튀어서 그 앞으로 달려갔고 그는 놀라서 어안이 벙벙한 채로 하루 한 번, 오후 5시 반에 출발하는 표를 끊어주었다.

그제야 버스터미널에서 5분 거리인 부르고스 대성당에 가볼 여유가 생겼다. 약 800년 전에 지어졌다는 부르고스 대성당은 세비야, 톨레도의 성당과 함께 스페인의 3대 성당으로 꼽힌다. 이런 웅장한 건물 앞에서는 사진작가라도 된 양, 카메라를 들고 뛰어다니지 않을 수가 없다. 그런데 갑자기 또 비가 내리기 시작했다. 이리저리 피하다가 건물 처마 밑에 서 있었더니 지나가던 한 아저씨가 '알베르게는 저쪽'이라고 친절하게 알려주셨다. '전 알베르게로 가지 않아요'라고 대답하려다가 스탬프라도 받아두자는 생각에 그쪽으로 가보았다. 작고 예쁜 교회 안의 알베르게에는 놀랍게도 내가 아는 얼굴들이 줄줄이 서 있었다.

에우나테에서 만났던 스위스 청년 루카스, 이름을 채 외우지 못했던 남아공 청년, 일본 센다이에서 온 유키코, 심지어 생장에서 내게 잠긴 문을 열어주었던 독일 아주머니까지. 나는 그들에게 반갑게 인사를 했다. 나는 산토 도밍고 데 실로스로 갈 계획이었으므로 스탬프만 받고 돌아서

나오는데, 루카스는 문앞까지 따라나와 내게 "굿 럭Good Luck!"이라고 행운
을 빌어주었다.

　　마침내 5시 반, 드디어 산토 도밍고 데 실로스행 버스가 출발했다. 자
그마한 미니버스였고, 승객도 몇 명 되지 않았다. 가는 사람이 많지 않다
는 것을 알고 나니 마음이 놓였다. 아무리 좋은 곳이라고 해도 사람 많고
왁자지껄하면 마음이 편치 않았다. 팜플로나를 금방 떠난 것도 그런 이유
에서였듯이, 예전에도 고즈넉한 분위기를 기대했던 프라하가 너무 떠들
썩해서 실망한 적이 있었다. 너무 잘생기거나 인기 많은 사람 앞에서는
주눅이 드는 것처럼. 지금은 나처럼 페레그리노 복장을 한 여성이 한 명
있을 뿐이다.

　　한 시간 반 만에 버스가 산토 도밍고 데 실로스에 도착했다. 커다란 십
자가가 세워진 입구를 지나 마을 안쪽에 버스가 멈추자마자, 그 여성 페
레그리노는 후다닥 먼저 내렸다. 마을버스도 한 아파트 단지에서 두세

좀더 높이, 조금만 더! 사람이 알 수 없는 섭리가 있는 저 높은 곳으로 부르고스 대성당은 최대한 다가가려 애쓰고 있는 것 같다. 부르고스 대성당(오른쪽)과 그 주변의 정경.

번은 서는데, 한 번은 더 서겠거니 생각하고 안 내리고 있었는데, 버스기사는 물론 다른 승객들조차 나를 일제히 돌아본다. 내리라는 것이다. 허둥지둥 내렸더니 그 페레그리노는 벌써 저만치 앞서 가버리고 이제 길에는 개미 하나 보이지 않는다. 아무도 없는 그 길을 무작정 걷기 시작했다. 마을을 한 바퀴 돌고 나면 답이 나오겠지 싶었다. 그때 누군가 뒤에서 마구 소리쳐 나를 부르기 시작했다. 놀라서 돌아보니 방금 지나친 별 3개짜리 호텔 앞에서 한 뚱뚱한 아주머니가 손을 흔들고 계셨다.

"뜨웬띠 뚜! 뜨웬띠 뚜!"

일박에 22유로로 방을 주겠다는 얘기였다. 아까 부르고스의 알베르게 앞에서 잠깐 보았던 유키코가 '너무 지쳐서 호텔 싱글룸을 찾았더니 50유로를 달라고 하더라' 했던 게 생각났다. 그리고 주비리의 펜션도 28유로가 아니었던가. 22유로면 싸다는 판단을 내린 나는 일단 방을 보여 달라고 했다. 올라가보니 건물 2층의 트윈 룸으로 욕조도 있고 깨끗했다.

이곳에서 나는 혼자였다. 혼자면서도 충분했다. 세상에는 그 누구와의 동행도 어울리지 않는 그런 공간이 있다.

나는 기꺼이 2박 요금 44유로를 지불했다.

시간은 어느덧 7시에 이르렀고, 호텔 1층에 있는 레스토랑으로 내려가서 저녁을 먹으려고 했는데 아주머니께서 스페인어로 뭔가 열심히 설명을 하시며 밖을 가리킨다. 내 귀에 들려온 단어들은 대충 이랬다.

"아오라, 미사, 꼬미다, 오초!"

지금은 가서 미사를 보고, 8시에 밥을 먹으라는 뜻 같았다. 산토 도밍고 데 실로스의 수도원 내 성당에서는 아침 9시, 저녁 7시와 9시 40분에 미사가 있다. 결국 나는 아주머니에게 등이 떠밀리다시피 해서 고픈 배를 움켜쥐고 호텔 앞에 있는 성당으로 들어갔다.

벌써 그레고리안 성가가 성당 가득 울려 퍼지고 있었다. 미사를 주관하는 사제가 따로 없고, 검은 옷을 입은 수사들이 제단 위에 양쪽으로 나뉘어 서서 그레고리안 성가를 부르며 미사를 집전했다. 영성체 과정도 없이 처음부터 끝까지 성가만 이어졌다.

하긴 내가 여기에 밥 먹으러 온 건 아니지. 나는 금방 숙연해진 마음으로 맨 뒤쪽에 자리를 잡았다. 노래를 하고 있는 수사들은 대부분 나이가 많아 보였고, 젊은 수사는 두 명 정도였다. 20여 분이 지나자 수사들이 줄을 지어 제단에서 내려왔고 나와 눈이 마주친 몇몇은 사탄이라도 본 듯 흠칫 놀라기도 했다. 하긴 동양인 여자가 이곳까지 온 적이 그리 많지는 않았으리라. 그들은 성당 옆 수도원과 이어지는 또 다른 제단 앞에서 기도를 올린 후 수도원 안쪽으로 사라졌다.

모두들 나간 뒤 혼자 안을 둘러보니 여지껏 내가 본 성당 중에서 가장 세련되고 아름다운 곳이었다. 다른 스페인 성당처럼 복잡하고 화려한 장식은 일체 없고, 하얀 벽에 커다란 십자가상만 걸려 있다.

아름다운 성가와 멋진 성당을 체험한 뒤 충만함과 고양감을 가득 안고 호텔로 돌아온 나는 아주머니에게 '미사 참여했으니까 이제 밥 먹어도 되죠?' 하는 표정으로 다시 저녁 메뉴를 요구했다. 그녀는 웃으며 메뉴판을 가져다주었다.

다음날 아침식사로 카페 콘 레체와 구운 바게트를 먹고 9시에 울린 종소리를 따라 걸었다. 성당 안에 앉아 있노라니 모든 것이 만족스럽고 행복했다. 이곳에선 무언가를 소유하지 않아도 되었다. 그저 맛있는 커피 한 잔을 마시는 것으로, 조용히 앉아 성가를 듣는 것으로도 그 순간을 온전히 완성할 수 있었다. 한국에선 그렇게도 갖기 위해 발버둥쳤던 그 '행복'이 이곳에선 너무나 아무렇지 않게 나타났다. 아무것도 새로 가진 게 없는데, 나는 왜 지금 행복한 걸까?

미사를 마치고 마을 이곳저곳을 거닐다가 문득 수도원 정문이 활짝 열

성모 마리아상이 있는 수도원 뒷산에선 실로스의 풍
경이 한눈에 들어온다. 마을을 내려다보던 그 순간,
누구에게라고 할 것도 없이 감사한 기분이 들었다.

려 있는 것을 보았다. 원래 수도원을 뜻하는 영어 단어 'monastery'는
'고독한 삶'이라는 뜻의 그리스어 'monasterion'에서 유래되었다고 한
다. 비밀스럽고 은밀해야 마땅한 수도원 문이 이렇게 열려 있어도 되나
하는 마음으로 살짝 다가가 보았다. 안쪽에서 한 늙은 수사가 천천히 걸
어나오고 있었다. 관절염이 심한 듯 지팡이를 짚은 채. 나는 다가가던 걸
음을 딱 멈추었다.

무섭다고 해야 할까, 조심스럽다고 해야 할까. 그와 나 사이에는 국가,
인종, 연령 그리고 종교적 장벽까지 있었다. 완전히 다른 세계에 사는 것
이다. 아무리 내가 세례를 받은 적이 있고 그레고리안 성가가 듣고 싶어
서 이곳까지 찾아왔다고 해도 내 안에 가톨릭의 신은 없었으니까. 카미
노를 걷고, 이곳에 왔다고 해서 종교 앞에 진지해질 생각이 나는 전혀 없
었다. 내가 움츠러든 것은 당연했다. 그런데 그가 나를 보고 손가락을 까
딱까딱했다.

들어와도 돼.

그 이상도 이하도 아닌, 딱 그 한마디의 뉘앙스로. 그리고 그는 다시 느린 걸음으로 자기 갈길을 갔다. 나도 용기가 났다. 나는 수도원 안뜰로 들어가 한참 그곳을 돌아다녔다.

사실 관광객에게 정식으로 공개되는 장소는 따로 있었다. 성당 왼쪽에 수도원 회랑으로 들어갈 수 있는 입구가 있고 영어가 능숙한 관리자 수사가 안내를 맡았다. 그는 영어로 된 팸플릿을 건네며 회랑 입구로 들어가는 문을 열어주었다. 안으로 들어서자 곧 하늘로 솟구쳐 자란 사이프러스가 보이는 수도원 회랑이 나왔다. 회랑 북쪽에는 이 수도원을 건립한 산토 도밍고의 무덤이 있고, 동쪽 구석에는 성모마리아상과 제단이 있다. 각 코너에 위치한 큰 기둥에는 성경에 나오는 장면들이 조각되어 있어 더욱 아름다웠다.

세 바퀴 정도 회랑을 돌고 나니 온몸에 한기가 돌았다. 나름대로 옷을 껴입고 왔는데 바람막이 없이 바로 외부와 이어지는 구조 탓이다. 하늘이 많이 흐렸고 기온도 낮았다. 추위에 덜덜 떨다가 슬슬 나가려고 할 때

활짝 열려 있던 산토 도밍고 데 실로스의 수도원 정문. 이 수도원은 회랑, 박물관, 성당 등이 서로 연결되어 거대한 건축물을 이루고 있다. 실로스에 수도자들이 모여든 것은 약 7세기 경부터였다. 이후 산토 도밍고가 1041년 실로스에 들어오면서 이 유명한 회랑을 만들기 시작했고 그의 추종자들이 12세기 중반경 완성했다고 한다. 피아노 건반 같은 회랑의 모습에 어디선가 아름다운 음악이 들려올 것만 같다쯤 관리자 수사가 들어오더니 '파르마시아 박물관은 보았느냐'고 묻고는 회랑 안쪽의 쪽문을 열어 안내해주었다. 마치 연금술사의 작업실 같은 그곳을 통과해 좀더 안으로 들어가니 각종 십자가와 성모마리아상, 술잔 등이 전시된 작고 예쁜 박물관이 나타났다. 유리로 된 박물관 바닥으로 수도원 밑을 흐르는 연둣빛 샘물이 보였다. 전시물들이 내뿜는 영롱하고 따스한 기운에 내 몸도 사르르 녹아내렸다. 나는 꽤 오랫동안 그곳에 머물렀다.

수도원 주변 마을은, 내가 기대했던 만큼 그렇게 고즈넉하고 신성한 분위기는 아니었다. 마을 한 복판에 공중전화도 있고, 입구 도로는 하수도 공사 중이고, 관광객들도 있고, 심지어 길가엔 현대자동차의 신차도 세워져 있었으니까. 그러나 내 마음 안에서 이곳은 진정 아름다운 성지였다. 평생 수도하며 지내는 사람들의 맑은 목소리를 하루 세 번이나 들을 수 있는 곳이 어떻게 성지가 아닐까. 우연히 여행안내서에 몇 줄 소개된 글을 보고 무작정 마음이 이끌렸던 장소에 정말 이렇게 발을 딛고 서 있다는 것이 내겐 꿈만 같았다. 여기 이렇게 내가 존재한다는 사실이 감격스럽고 감사할 따름이었다. 카미노를 잠시 멈춘 것이 전혀 후회스럽지 않았다.

호텔에서 한가롭게 낮잠을 자고 일어나 저녁 미사에 다녀온 내게 호텔 아주머니는 '밤 9시 40분에 하는 미사는 정말 예쁘다bonita'고 꼬드겼다. 양손을 감싸쥐고 꿈꾸는 듯한 표정까지 지으며. 귀여운 아주머니 같으니라고! 안 그래도 갈 생각이었지만 아주머니의 표정에 마음이 움직여 나

미사가 끝난 뒤 사람들은 흩어지고 그레고리안 성가 마을은 다시 고요에 휩싸인다.

는 20분이나 일찍 가서 앉아 있었다.

그런데 40분이 가까워지도록 아무도 나타나지 않았다. 이상한 마음에 고개만 갸웃거리고 있는데, 제단 안쪽에서 한 수사가 걸어나오더니 곧장 내게 다가와 말을 걸었다.

"Do you speak English?"

아니, 왜 수사님이 굳이 내게 와서 말을 거는 것일까. 나는 사진 촬영 금지 사인을 무시하고 사진을 찍은 게 들킨 거라고 생각했다. 들어오면서 제단 풍경을 두 장이나 찍었던 것이다. 아, 정말 큰맘 먹고 찍은 건데, 지우기엔 너무 아까운데, 차라리 카메라 전원을 끄고 고장났다고 할까. 짧은 순간에 오만가지 생각이 오갔다. 나는 기어들어가는 목소리로 그렇다고 대답했다.

그는 뜻밖에도 저 안쪽으로 함께 들어가자며 나를 이끌었다. 알고보니 밤 미사는 낮에 들어갔던 회랑 안의 성모마리아상 앞에서 기도하는 것이었다. 그래서 호텔 아주머니가 '예쁘다'는 표현을 썼었나보다! 나는 냉큼 그 친절한 수사를 따라 회랑 안쪽으로 갔다. 벌써 많은 사람들이 그곳에 모여 있었다.

성모마리아상 앞에서 조용하고 평화로운 기도를 마친 후 다시 성당으로 돌아가 성가로 집전하는 미사가 이어졌다. 아름다운 노래, 아름다운 기도에 취해서였을까. 뜨거운 눈물이 하염없이 흘렀다.

슬픈 것도 서러운 것도 아니었다. 여자들은 아무 이유 없이 그냥 울 때가 있지 않은가. 울어야 할 때 울지 못하고 참았던 것이 이런 때 흘러나오기도 한다. 그렇게 울고 나니 마음이 씻은 듯 개운해졌다. 비로소 이곳에 와서 해야 할 일을 다 했다 싶었다.

　눈물을 훔치며 성당을 나오는 내게 호텔 식당에서 보았던 청년이 스페인어로 말을 건다. 잘은 몰라도 '어느 나라에서 왔느냐'는 뻔한 질문 같아 무조건 "코리아."라고 대답하고는 어두운 산토 도밍고 데 실로스의 골목을 혼자 걸었다. 그때 찍은 사진 속의 나는 무척 환한 표정이었다. 그날 밤, 나는 좀 행복했던 모양이다.

16 "한국에서 오셨어요?"
부르고스, 레온

> 나는 내 가슴속에 수백 년을 기다릴 만한 참을성을 가지고
> 나의 짧은 시간을 영원한 듯 살겠습니다.
> | 라이너 마리아 릴케, 《젊은 시인에게 보내는 편지》 |

아침 8시 반. 고요하고 평화로운 그레고리안 성가의 마을을 떠난 버스는 무사히 부르고스 버스터미널에 도착했다. 나는 여유 있게 다음 목적지인 레온Leon으로 가는 버스표를 샀고 남는 시간은 바로 옆에 있는 카페테리아에서 보내기로 했다. 가운데 테이블에 앉은 잘생긴 스페인 아저씨 앞에만 자리가 비어 있어, 같이 앉아도 되는지 영어로 물었다. 그러자 내 말이 채 끝나기도 전에 그분이 맑은 눈동자를 빛내며 말씀하셨다.

"네, 한국에서 오셨어요?"

한국어였다. 나는 깜짝 놀라 그를 쳐다보았다. 그는 웃으며 다시 말했다.

"실은 어제부터 봤어요, 실로스에서부터… 왠지 한국 분 같았는데."

〈미녀들의 수다〉라는 방송 프로그램 때문에 한국어 잘하는 외국인이 그렇게 신기하지는 않았다. 하지만, 여기는 스페인이다. 이 유창하고 정

확한 한국어 발음은 어찌된 일인가. 어쩌다 배운 '안녕하세요?' 수준이 아니다.

"아니, 어떻게… 한국어를… 하시는… 거죠…?"

"11년 정도 살았어요. 서울 성북동, 인천, 광주에서."

이 낯선 이방인의 입에서 '성북동, 인천, 광주'라는 단어가 나왔다. 여기는 스페인 북부 지방의 버스터미널이다. 강남 고속버스터미널이 아니란 말이다. 성북동, 인천, 광주라는 단어는 이 공간에서 우리 두 사람만이 아는 암호나 다름없었다. 그리하여 결례를 무릅쓰고 나는 계속 그의 정체를 물었고, 결국 그는 산토스Santos라는 이름의 가톨릭 신부이며 '한 상도'라는 한국 이름이 있을 정도로 한국에서 오래 일했다는 사실을 알려주었다. 한국에서 11년을 보낸 뒤 다시 인도네시아에서 10년 간 일했는데, 눈이 안 좋아져서 이제는 마드리드에서 에이즈 환자들을 돌보며 지내신다는 것이었다. 볼 일이 있어 산토 도밍고 데 실로스에 갔다가, 다시 마드리드로 돌아가는 길이라고도 하셨다. 그는 아침에 버스까지 같이 탔었단다.

"네? 그 버스를 같이 타셨다고요?"

나는 아침의 일을 떠올렸다. 하루에 딱 한 대밖에 없다는 8시 반 버스를 나는 8시부터 나가서 기다렸다. 하필이면 억수같이 비가 내렸다. 우비를 뒤집어쓴 채 혼자 마을 입구에 서 있었지만 버스는 오지 않았다. 30분이 넘어서야 어디에선가 버스 발진음이 들렸고 나는 미친 듯이 버스를 찾아 달려갔던 것이다. 그리고 영어도 안 통하는 기사 아저씨에게 'wait a moment!'라고 외치며 허둥지둥 배낭을 트렁크에 싣고 비에 홀딱 젖은

부르고스 주변의 라리오하 지방 도시들을 소개하고 있는 그림지도.

몰골로 버스에 올랐다. 주위를 둘러볼 여유가 있을 리 만무했다.

"아, 제가 버스 놓칠까봐 좀 당황했었어요."

이렇게 실토하자 그도 웃으며 말한다.

"한국 사람들이 원래 좀 급하죠."

민망함과 쑥스러움으로 범벅이 된 내게 산토스 신부님이 물었다.

"그런데 카미노 중이라면서 실로스에는 어쩐 일로 가셨어요?"

"그레고리안 성가가 듣고 싶어서 일부러 간 거예요."

"그래서 그레고리안 성가는 많이 들으셨어요?"

"네. 정말 아름다웠어요. 미사에도 네 차례나 참석했고요. 그나저나 제가 한국 사람인 건 어떻게 아셨죠?"

"미사 시간에 일본 관광객과 떨어져서 혼자 있기에, 한국 사람이구나 생각했죠. 그리고 한국에서 오래 살아서 그런지 한국 사람은 그냥 알아볼 수가 있어요."

그런데 나는 이분을 본 기억이 전혀 없다. 내가 실로스에서 본 사람들은 독일 관광객, 일본 관광객 그리고 몇 명 안 되는 마을 주민뿐. 이렇게 키 크고 멋진 신부님은 거기 없었다. 도대체 눈을 뜨고 다닌 거야, 감고 다닌 거야. 나는 시간을 거꾸로 되돌리고 싶어 죽을 지경이었다.

그는 자신도 10년 전에 카미노를 걸었다며 만약 산티아고에 도착한 뒤 시간이 남으면 소브라도 도스 몬세스 Sobrado Dos Monxes라는 곳에 가도 좋을 거라고 하셨다. 나는 귀가 번쩍 띄었다.

"소브라도요? 거기는 어떤 곳이죠?"

"실로스가 좋았으면, 거기도 좋을 거예요. 카미노 노던 웨이라서 알베르게도 있고, 그곳 수도원에 한국 사람도 있어요."

스페인 시골 마을에 한국인 수도자가 있을 거라고는 상상도 못했다. 그들이 왜, 그리고 어떤 모습으로 그곳에 있는지 궁금해졌다.

나는 정확한 지명을 노트에 적어달라고 했고 반드시 그곳에 가겠다고 말씀드렸다. 11시에 떠나는 버스를 타기 위해 먼저 일어서는 산토스 신부님께 나는 벌떡 일어나 한국식으로 허리를 숙여 인사드렸다. 그가 떠난 후에도, 나는 한동안 멍하니 앉아 있을 수밖에 없었다.

누군가 내게 '스페인에 가면 한국어 잘하는 신부님이 계시니까 부르고스 간 김에 버스터미널에서 만나봐' 라고 했더라면 이렇게 반갑고 기뻤을까. 아니면 그가 먼저 내게 다가와 '아이고, 한국에서 오셨군요?' 하고 말을 걸어주었더라면 이렇게 놀랍고 가슴이 설레었을까. 어제부터 나를 봤으면서도 내가 제 발로 다가와 말을 걸 때까지 그저 지켜보기만 했던 그분의 차분함이 놀라웠다. 게다가 그분은 친절하게도 처음부터 끝까지 한국어만 하셨고 본인의 이름을 한글로 정확히 적어주기까지 했다. 내가 너무 반가워하자 그분은 이야기 끝에 "가브리엘 천사라도 만난 것 같나요?"라며 내 마음까지 그대로 읽어내셨다. 물론 나는 "네!" 하고 고개를 끄덕였고.

레온으로 가기까지는 꽤 오랜 시간이 걸렸다. 2시간 예상은 3시간이 되었고 다시 3시간 반이 지나서야 버스는 레온의 버스터미널에 섰다.

베네딕트 수녀회에서 운영하는, 대성당 근처의 알베르게에 도착하여 배낭을 푼 뒤, 나는 그곳에서 아르바이트하는 여학생 에스테르에게 인터넷은 어디에서 하느냐고 다급하게 물었다. 산토스 신부님이 알려주신 '소브라도 도스 몬세스' 라는 지명을 찾기 위해서였다. 그런데 이 공립 알베르게에는 인터넷이 없단다. 나는 다시 '그럼 여기에 지도는 있느냐' 고 물었고 에스테르는 알베르게 현관의 한쪽 벽에 붙어 있는 지도 앞으로 나를 데려갔다. 비교적 상세한 지도였다. 그러나 '소브라도 도스 몬세스' 라는 지명은 없었다. 지금의 내게는 산티아고보다도 더 빨리 도착하고 싶은 곳인데, 지도에도 없다니. 기분이 푹 가라앉아버렸다.

그래도 레온에 왔으니 일단 구경을 위해 거리로 나갔다. 레온은 번화

한 도시라서 펑퍼짐한 등산 바지에 배색을 무시한 상의를 입은 채 돌아다니는 것은 좀 쑥스러웠다. 유명 패션 브랜드가 즐비한 이 아름다운 도시를 이렇게 초라하고 궁색한 차림으로 다니게 될 줄이야. 패션에 목숨 거는 내 두 언니들이 보았다면 평생토록 비웃을 일이었다. 하지만 관광객이나 쇼핑객으로서는 도저히 알 수 없는 만족과 긍지가 페레그리노에게는 있다. 아직은 완전하지 않을지 몰라도 이 길의 끝에 닿으면 당당하고 의연한 나를 만날 수 있으리라. 나는 그날을 기다리기로 했다.

나는 거리 구경은 그만두고 레온 성당에서 오랜 시간을 보냈다. 레온 성당의 스테인드 글라스는 도시 가득 화려한 네온사인 불빛보다 훨씬 아름다웠다.

알베르게 현관 앞에서는 카미노 첫날 그리고 주비리, 아레 등에서 만났던 한국 청년 K를 마주쳤다. 그는 내가 이렇게 빨리 여기까지 왔다는 것에 놀라워했다. 하지만 대단한 건 버스를 한 번도 안 탄 그쪽이었다. 그는 하루에 40~50킬로미터까지 걷기도 했고 심지어 밤 12시부터 걷기 시작한 적도 있었단다. 왜 그랬느냐고 묻자 그가 답했다.

"굉장히 시설이 나쁜 알베르게였어요. 샤워실 문도 고장나 있고, 부엌도 엉망이고. 근데 가장 견디기 힘든 건 사람이었어요. 페레그리노가 저 포함해서 겨우 세 명인데 그중 한 명의 인상이 안 좋았거든요. 자리에 누웠는데 그 친구가 신경 쓰여 도무지 잠이 안 오는 거예요. 내 돈을 훔칠 것 같은 불안감이라고 해야 할까요? 그래서 밤 12시에 그냥 짐 싸서 나왔어요. 그리고 플래시로 길을 비추며 걸었죠. 사실 따져보면 그건 내 안의

레온 성당의 스테인드글라스. 우리가 꿈꾸는 천상의 세계란 이런 모습일까.

문제였던 것 같아요. 내 안에 있던 공포가 그렇게 표출된 거겠죠."

그러고 보니 정작 여자인 나는 카미노에서 공포를 느낀 적이 없었다. 마을의 공동묘지를 지나가도, 바로 옆 침대에 낯선 남자가 누웠어도, 한 밤중에 화장실을 가게 되더라도, 낯선 마을의 싱글룸에서 혼자 잘 때도, 사소하게는 수돗물을 그냥 마시면서도 무섭거나 걱정스럽지 않았다. 오히려 무서워도 좋으니 카미노의 신비, 카미노의 기적을 느끼고 싶었다. 그가 가진 내면의 문제가 공포라면, 내 안의 문제는 마크 일당에게 느꼈던 '경멸'이나 '혐오'라고 할 수 있었다. 카미노는 이렇게 각자가 가진 내면의 문제를 적나라하게 드러내주었다.

카미노 동기동창이라고 할 수 있는 그에게 내가 '매일 샤워실, 세탁기, 건조기 쟁탈전을 하는 게 피곤하다'고 푸념하자 그는 어느새 득도한 사람의 표정이 되어 이렇게 말했다.

"아무리 천천히 가도 목적지에 도착하잖아요. 빨래나 샤워? 그거 기다렸다가 늦게 하면 돼요."

아레에서 잠깐 만났을 때, 일정을 빡빡히 서두르던 사람이 이런 말을 하다니! 불과 보름 만에 우리는 참 많이 성장했나보다.

17 철저히 혼자가 되다

폰세바돈, 폰페라다

> 나무들과 풀과 들꽃들과 바람과 구름과 연못,
> 그 모든 것에 둘러싸여 행복했다. 다만 그 행복을 누군가와 함께
> 나눌 수 없음 때문에 그 행복이 조금 움츠러들었을 뿐이다.
> 그것에 꼭 쓸쓸함이라고 바보 같은 이름을 붙여야 할 필요는 없지 않은가.
> | 조병준, 《길에서 만나다》 |

'산토 도밍고 데 실로스에서는 적어도 이틀은 묵어야 한다'는 정보를 남의 책에서 우연히 보았던 것처럼 나는 또다시 우연의 힘으로 꼭 필요한 정보를 얻게 되었다.

가지고 있던 달러를 환전할 생각이었기에 은행이 열린다는 8시 반까지 나는 알베르게 현관 앞에서 어슬렁어슬렁 시간을 때우고 있었다. 그런데 문득 전날 에스테르와 함께 눈이 빠지게 들여다보았던 커다란 지도 옆에, 작고 간단한 그림지도가 붙어 있는 것이 눈에 들어왔다. 놀랍게도 거기에 소브라도 도스 몬세스라는 지명이 있는 게 아닌가. 이 마을은 내가 앞으로 갈 멜리데Melide, 아르주아Arzua의 위쪽에 위치해 있었다. 너무 간단해서 지도라고 생각조차 하지 않았던 종이에 소브라도 도스 몬세스가 숨어 있었을 줄이야!

레온의 버스터미널에서 나는 라바날 델 카미노^{Rabanal del camino}로 가는 표를 달라고 했다. 거기서부터 다시 걸을 계획이었다. 그런데 매표원은 라바날 델 카미노보다 약 20킬로미터 전인 아스토르가^{Astorga}까지 가는 버스만 있다고 했다. 할 수 없이 계획을 수정해 아스토르가에서 걷기 시작했다.

그러던 도중에 엘 간소^{El Ganso}라는 곳에서 잠깐 목을 축이기 위해 바에 들어섰다가 한국에서 온 여자 둘, 남자 한 명을 만났다. 어떤 여행에서도 이렇게 한국인이 반갑지는 않았다. 예전엔 여행지에서 한국어가 들리면 일부러 피하기까지 했었다. 나쁜 짓 하다가 들킨 것 같은 기분이랄까. 그냥 각자 알아서 놉시다, 서로 아는 척 하지 맙시다, 하는 기분. 하지만 카미노에서는 다르다. 남다른 각오로 남다른 고생을 하는 동지라는 느낌이 있기에 서로를 진심으로 반길 수 있었다. 우리는 그동안 경험한 알베르게나 보았던 것들에 대해 짧은 시간이나마 공유하고 '한국어로 혀를 푼 뒤' 헤어졌다. 나는 그들에게 "라바날 델 카미노에서 만나요!"라고 인사했다.

강렬한 햇살 아래 하얀 모랫길과 주황색 황톳길이 나란히 이어지는 그 길은 오롯이 나만의 것이었다. 변덕스러운 하늘 덕에 비도 한 차례 맞았다. 그런데 이상한 일이었다. 라바날 델 카미노에 도착했는데도, 걸음이 멈추어지지 않았다. 무슨 주문에라도 걸린 양 나는 계속 걸었다. 오후 3시가 넘은 시각, 사람들은 모두 알베르게에 찾아들었다. 아직 걷고 있는 사람은 나 혼자뿐.

어느덧 나는 마을을 벗어나고 있었다. 그때 알았다. 걷는 것도 중독이 될 수 있다는 사실을. 모처럼 오랜만에 걸으면서 그냥 걷는 것에 취해버린 것이다. 탈진하기 전에는 멈출 수 없다. 춤추는 빨간 신을 신은 여자처럼, 나는 그야말로 춤추듯 걷고 있었다. 이틀 간 사용하지 못한 에너지가 풀가동되었다. 결국 나는 단 한 사람의 페레그리노도 없이 쓸쓸하고 음산한 길을 걸어 오후 5시가 넘어서야 폰세바돈Foncebadon에 도착했다. 무려 26.3킬로미터를 걸은 셈이었다. 피레네 산맥 등반 이후 최장거리였다.

어느 알베르게에서 만났던 한 아저씨는 내가 매일 15킬로미터 미만으로 조금씩 걷는다고 하자 '한 번쯤 자기 한계를 뛰어넘어볼 생각이 없느냐, 숨이 턱에 닿고 지쳐 떨어질 때까지 걸어보는 게 어떻겠느냐' 하고 물었다. 그때 난 '말도 안 돼요, 난 못해요'라고 대답했다. 그런데 이날 나는 예정에도 없이 그렇게 걸어버린 것이다.

안토니엘라와 같이 걸었더라면 내가 이렇게까지 무리를 했을까. 그녀라면 중간에 '그만 가자' '쉬었다 가자'고 졸랐으리라. 혼자 걷게 되면서 나는 밥을 먹거나, 음료를 마실 때 외에는 단 한 번도 길에서 쉬지 않았다. 오직 걷는 것만 생각하며 걸었다. 누가 빨리 가라고 채찍질 한 것도 아닌데, 탈진하도록 걸어버린 것이다.

예전에 모든 이유에 '외로워서 그랬어요'라고 대답하는 조크가 유행했었다. 사람을 때리고도 '외로워서 그랬어요', 머리를 이상하게 자르고도 '외로워서 그랬어요', 빨간불에 길을 건너고도 '외로워서 그랬어요' 하는 것이다. 어쩌면 나도 '외로워서' 미친 듯이 걸은 것은 아니었을까.

꼬르륵거리다 못해 거의 쓰려오는 배를 움켜쥐고 알베르게 1층의 레스토랑으로 갔다. 하지만 식사시간까지 한 시간이나 더 기다려야 했다. 스페인은 왜 이리 식사시간을 엄격히 지키는 것일까! 빈 자리도 없어 두

맹렬하게 걷기에 빠졌던 어느날. 사방 그 어디에도 사람이 보이지 않는 이 길을 나는 꿈꾸듯 걸었다.

리번거리고 있자니 옆 테이블에 혼자 앉아 있던 작고 통통한 아저씨가 '내 자리에 같이 앉아도 좋다'고 영어로 이야기한다. 자신은 마드리드 근교에서 사는 61세의 스페인 사람으로 이름은 줄리앙이라고 했다.

한 달씩이나 여행을 떠난다는 게 가정을 책임지고 있는 사람으로서 쉬운 일은 아니지 않느냐면서, 렌터카 회사를 운영하다가 두 아들에게 넘기고 자신은 이제야 여유롭게 카미노로 떠나왔단다. 스페인 사람 중 90퍼센트 이상이 가톨릭 세례를 받지만, 실제로 성당에 다니는 사람은 그리 많지 않다. 그가 카미노에 온 것도 그냥 친구들을 많이 사귀고 싶어서라고 했다.

식사를 마치고 나자 그의 친구라는 스페인 아저씨 두 명과 베를린에서 온 야나라는 아가씨가 합석했다. 다른 두 아저씨는 영어를 전혀 못해서 줄리앙과 야나(그녀는 독학으로 스페인어를 공부했단다)가 번갈아 내게 영어로 통역해주곤 했다.

하지만 점점 더 대화 중 영어보다 스페인어가 많아지면서, 나는 그 자리

가 재미없어졌다. 내게 스페인어의 기초가 있었다면 상황이 달랐을까. 나는 얘기보다는 커피에 집중했고 커피를 두 잔이나 마시는 바람에 밤새도록 몸은 엄청 피곤한데 머리는 아주 말짱한 이상 현상에 시달려야 했다.

다음날 아침 일찍 나는 폰세바돈 근처에 있는 '크루즈 데 페로^{Cruz de Perro}'로 향했다. 페레그리노들이 고향에서 가져온 돌을 내려놓는 곳이다. 카미노에 오기 전, 나는 엄마와 함께 아빠 산소에 가서 무덤 위에 있던 작은 돌을 두 개 집어왔다. 그리고 마침내 폰세바돈에서 3킬로미터 정도 떨어진 '크루즈 데 페로' 앞에 설 수 있었다. 돌을 그 자리에 놓는 것은 자신이 가진 걱정을 내려놓는다는 의미라고 하지만, 내게는 작은 나라 한국에만 머물러 계실 아빠에게 더 크고 아름다운 풍경을 보여드린다는 의미이기도 했다.

나처럼 아빠도 어느날 갑자기 직장을 잃어버린 경험이 있었다. 나는 철딱서니 없이 이렇게 신이 나서 여행을 떠나왔지만, 딸린 식솔들이 있던 아빠는 감히 그런 생각은 해본 적 없었을 것이다. 그때 하필 사춘기를 지나고 있던 내게 아빠는 무력해 보이기만 했다. '자식이 넷이나 되는데 열심히 일해서 식구를 벌어 먹여야 하시는 것 아냐?' 하는 못된 생각이 불쑥불쑥 찾아들었다. 착하고 말 잘 듣던 막내딸마저 불같이 화를 내고 반항하는 모습을 보면서 아빠는 이 집이 평온한 안식처가 아니라는 생각을 하셨는지도 모르겠다.

어떻게 해서든 다시 일자리를 만들고, 바쁘게 일하면서 그렇게 자신을 잊고 열심히 살아갔던 아빠에게 어느날 갑자기 암이 찾아왔다. 아빠에겐 6개월밖에 남지 않았다고 했다. 그때 나는 대학교 3학년이었다.

돌아가시기 전날, 아빠는 고향인 경기도 안산에 데려가 달라고 조르셨다. 나는 친척 아저씨가 운전하는 차에 아빠를 모시고 세상에서 가장 슬픈 여행을 했다. 5월의 맑은 하늘 아래 고향의 산천을 바라보면서도 아빠는 내내 고통스러워하셨다. 내게도 아름다운 풍경은 하나도 눈에 들어오지 않았다. 그렇게 반나절을 보낸 뒤 병원으로 돌아오자마자, 나는 병원 복도 벤치에 길게 누워 한참 동안 아픈 머리를 쥐어뜯었다. 눈물을 참는 것이 그토록 괴로운 일인지 그때 처음 알았다. 하지만 한 방울의 눈물도 흘릴 수 없었다. 한 방울이라도 흘리기 시작하면 모든 게 무너질 것 같았으니까. 아빠를 고이 보내드리기 전에 내가 무너져서는 안 되었으니까. 그날을 견디었기에 다음날 아빠가 떠나셨어도 겉으로나마 나는 콘크리트처럼 의연할 수 있었나보다.

그날의 아픈 기억을 이젠 이 돌 두 개와 함께 내려놓고 싶었다.

"아빠, 여기 멋지죠? 여기서 좋은 풍경, 원 없이 지켜보세요!"

살아오면서 어깨 위에, 머릿속에 가득 쌓아두었
던 마음의 짐은 모두 이곳에 부려놓고 다시 길
을 떠난다. 크루즈 데 페로.

아주 작은 돌 두 개였지만, 비로소 무거운 짐을 내려놓은 것처럼 배낭
이 훨씬 가볍게 느껴졌다.

큰 숙제를 덜었다는 생각에 긴장이 풀려서일까. 그 다음부터의 길이
참 지루했다. 비가 계속 오락가락하는 가운데 험한 산길이 이어졌고, 그
다음엔 가장 걷기 힘든 아스팔트길이 등장했다. 어제 무리한 탓에 제 속
도를 낼 수도 없었는데 알베르고로 가는 화살표에 속아 1킬로미터나 길
을 잘못 들었다가 되돌아 나오기까지 했다. 이젠 페레그리노들과 인사하
는 것도 귀찮았다. 만약 이렇게 사흘만 더 걸었으면 카미노고 뭐고 다 때
려치우고 돌아갔을 것이다.

왜 그렇게 즐겁지 않았을까. 우선 차가 쌩쌩 달리는 아스팔트길이라는
게 싫었다. 스페인의 차들은 정말 너무 빨리 달린다. 페레그리노들에게
'부엔 카미노'라고 인사를 해주기는커녕, '정신 차려!' 또는 '우리나라

에 왜 왔니?' 라고 하듯, 바로 코앞을 쌩 하고 지나간다. 이렇게 멋진 문명의 기기를 두고 왜 바보처럼 걷고 있니? 하고 조롱하는 것 같기도 하다. 잠깐 딴 생각을 하거나 멍하니 있다간 사고 나기 십상이다. 페레그리노들이 마시고 버린 플라스틱 페트병들도 보기 싫었다. 파란 하늘이 펼쳐져 있고, 빨간 양비귀가 곳곳에 피어 있던 밀밭 길에 비해 이 길은 너무 지저분하고 삭막했다.

함께 걸을 친구가 없다는 것도 서글펐다. 바보 같은 농담이라도 하며 함께 배 아프도록 웃고 싶은데 그럴 만한 사람이 없었다. 어제 이야기를 나눈 줄리앙 아저씨 일행이나 야나와 같이 걸을 법도 했지만, 그들은 솔직히 공감이 가거나 흥미로운 상대는 아니었다. 줄리앙 아저씨에게서는 로자르코스에서 보았던 캐나다의 CEO, 레이 아저씨 같은 면이 틈틈이 엿보였다. 자기 이미지를 실제 이상으로 좋게 보이고 싶은 욕망을 가진 보수적인 남자. 야나도 딱히 그 아저씨들이 좋아서라기보다는 스페인어를 연습하고 싶어서 함께 다니는 것으로 보였다. 그러니 자꾸 분위기는 스페인어 회화시간처럼 되어가고 영어밖에 못하는 나는 답답할 수밖에.

그래서 어제 나는 그들이 같이 산책을 나가자고 했을 때 말없이 방으로 들어와버렸다. 내가 마신 두 잔의 커피 값을 다 내주었음에도 불구하고. 그리고 아침에도 혼자 출발해버렸다. 사람이 좋거나 편한 것은 꼭 상대가 뭔가를 베풀거나 잘해주기 때문만은 아닌 것이다.

그 길고 지루한 길을 걸어 간신히 폰페라다 Ponferrada 의 알베르게에 도착했을 때, 줄리앙 아저씨 일행과 야나를 다시 만났지만 우리는 조금 머쓱하고 어색했다. 반가워하며 인사는 하지만 어딘지 진심은 아니었다.

모처럼 알게 된 사람들을 배척한 죄로, 나는 이곳에서 무척 외로웠다. 무려 180명이나 수용 가능한 이 알베르게에서 사람들은 저마다 끼리끼리 저녁을 만들어 먹고, 끼리끼리 와인을 마시고, 끼리끼리 떠들썩했다. 하지만 나는 혼자 바게트, 치즈, 햄을 사와 구석에서 보카디요를 만들어 먹었다. 소풍가서 혼자 밥 먹는 아이처럼 처량한 심정이었다. 하지만 어쩌랴. 즐겁고 행복한 날이 있으면 이런 날도 있는 법인데. 간만에 인터넷 메일을 열어보니 안토니엘라가 보낸 글이 있었다.

　'네가 무척 그리워! 너와 헤어진 후 마커스와도 헤어졌고……. 너 같은 친구는 다시 못 만날 것 같아.'

　그것은 나도 마찬가지였다. 첫날부터 그녀가 '뚝' 하고 하늘에서 떨어져주었기에 또 그런 친구를 만날 수 있겠거니 했지만, 아니었다. 그건 아주 큰 행운이었다.

　사람들은 대개 친구라는 단어에 대해 너그럽다. 조금이라도 서로 알고 지내게 되면 친구라고 정의내리길 주저하지 않는다. 하지만 내게 친구란 좀더 무거운 의미이다. '정말 의미 있고 소중한 존재'여야 한다. 이렇게 까다롭고 소심한, 나 같은 인간에게조차 편안하게 스며들었던 안토니엘라.

　안토니엘라! 나도 네가 그리워!

　한 달 배운 브라질어 실력이지만 '싸우다지saudade: 그립다'라는 말이 이 순간 가슴에 사무쳤다.

18 나의 참모습을 발견하다
사리아

어디 우산 놓고 오듯 / 어디 나를 놓고 오지도 못하고 /
이 고생이구나 / 나를 떠나면 /
두루 하늘이고 / 사랑이고 / 자유인 것을
| 정현종, 〈어디 우산 놓고 오듯〉 |

여행을 떠날 때 단순히 누가 권해서라든지, 많은 사람들이 가는 곳이
라는 이유만으로 그곳에 갈 수는 없다. 마음이 끌려야 한다. 인터넷으로
소브라도 도스 몬세스를 찾아 그곳 수도원의 사진을 보았을 때, 나는 진
심으로 다행이라고 생각했다. 두 개의 탑이 우뚝 선 그 수도원의 모습은
정말 내 맘에 쏙 들게 아름다웠으니까. 그곳에서 이틀 정도 머무르려면
좀더 일정을 당겨야 했다. 산티아고에서 이곳으로 가는 버스가 있다는
사실도 확인했다.

나는 일단 버스로 사리아^Sarria까지 간 뒤 사리아에서부터 산티아고까
지 걷기로 했다. 사실 많은 사람들이 산티아고에서 약 100킬로미터 지점
인 사리아에서부터 카미노를 시작한다. 이 정도 거리는 짧은 휴가 기간
동안 충분히 걸을 수 있으니까.

내가 이렇게 카미노 루트를 빨리 뛰어넘을 생각을 한 것은 어제 이곳에서 받은 상처 탓도 컸다. 쓸쓸함, 처량함, 비참함에 소음까지 더해졌다.

내가 묵은 4인실의 사람들은 모두 밤 10시 이전에 잠자리에 들었는데, 창밑으로 많은 사람들이 술 마시며 떠드는 소리가 들려왔다. 에우나테의 성스러움을 생각하면 이건 정말 카미노라고 할 수도 없는 상황이었다. 오죽하면 도네이션인 이 알베르게에 한 푼도 내지 않았을까. 나는 오히려 위로금을 받고 싶은 심정이었다.

버스터미널에 도착하여 사리아로 가는 표를 문의하니, 일단 루고^{Lugo}에 갔다가 거기서 사리아로 가라고 한다. 루고행 표를 구입한 후, 터미널에 있는 카페테리아에 자리잡고 있자니 엘 간소의 바에서 만났던 한국인 젊은이 세 명이 또 나타났다. 그중 한 여자 페레그리노는 아예 카미노를 중단하고 집으로 돌아간다고 했다. 깜짝 놀라 이유를 묻자 그녀는 이렇게 말했다.

"하루 30킬로미터씩 걷는 것으로 계산하고 일정을 잡았거든요. 시간도 모자라고 몸도 너무 힘들어서요."

매일 30킬로미터씩이라니! 어쩌다가 27킬로미터만 걸어도 죽을 듯이 힘든데, 그건 도저히 불가능한 계획이다. 하긴 직접 걸어보기 전까지는 나도 '뭐, 그렇게까지 힘들겠어?' 하고 생각했지만. 그녀는 산티아고 순례자 증명서에도 별 미련이 없다고 했다. 그냥 빨리 돌아가고만 싶단다.

이 길에 항상 축복과 행복이 가득한 것은 아니다. 상황에 따라 지루하고 따분하고 곤욕스러운 길이 될 수도 있다. 나도 길을 걸으며 문득 다

영원히 사는 천사들에게는 '지금'이라는 말이 오히려 가장 간절한 단어다. 지금 행복할 수 있다면 영원히 그럴 것이다.

귀찮아지는 순간이 있지 않았던가. 어제는 정말 카미노가 지긋지긋했다.

그러나 내 미련과 애착이 모두 사라진 것은 아니었다. 일단은 순례자 증명서를 받아야 했다. 그것이 어떤 의미가 있든 없든 내 눈에 그것은 참 '예뻤다.' 무작정 산토 도밍고 데 실로스에 가고 싶었던 것과 크게 다르지 않은 그런 집착. 그것을 내 손에 쥐려면 참아야 한다. 그리고 또 하나, 아직 내겐 걸을 수 있는 에너지가 남아 있었다. 이 에너지를 완전히 다 써버리지 않으면 그것이 후회로 변해 내 발목을 붙잡을 게 분명했다.

루고에 도착하자마자 나는 다시 사리아행 버스표를 구입했다. 버스터미널에는 나 외에도 지팡이를 짚고 배낭을 멘 페레그리노가 세 명 더 있었다. 버스가 사리아에 닿자 우리 네 명은 저절로 엉거주춤 모여 섰다. 화살표가 없으니 어느 쪽으로 가야 하는지 다들 모르는 것이다. 그중 용감해 보이는 프랑스 아저씨가 앞장을 섰고, 우리는 그를 따라 시내로 들어섰다. 스페인어가 가능한 그가 물어물어 겨우 사설 알베르게가 늘어선 골목을 찾아냈다. 다음 마을까지는 5킬로미터 남짓이지만 벌써 오후 3시

귀여운 알베르게 대문과 높은 십자가에 매달린 예수 석상.

가 넘었고, 나는 여기에서 쉬어야 했다. 엄청나게 배가 고팠으니까.

　방에 배낭을 내려놓자마자 알베르게 안의 레스토랑 테이블에 앉아 '밥을 달라!' 고 외쳤다. 밥 먹기엔 애매한 시간인 듯 호스피탈레로는 고개를 갸웃거렸지만 어쩌랴, 내 위장은 지금 당장 뭔가를 주지 않으면 배 밖으로 가출해버릴 거라고 협박을 하는데. 이번만큼은 스페인의 엄격한 식사 시간에 맞춰줄 수 없었다. 나는 "아임 베리 헝그리!"라고 다시 힘주어 말했다. 그리하여 기어이 주방장을 비롯한 스태프들이 먹을 음식이었던 파스타 수프와 치킨감자 요리를 나누어 먹었다. 그릇을 싹싹 비운 뒤, 나는 넉살좋게 주방장 아저씨에게 엄지손가락을 높이 치켜보였다.

　내 배가 부르고 마음이 편해지니 비로소 다른 사람들의 모습이 떠올랐다. 카미노로 온 지 3주째, 어느새 나는 한국에 있는 사람들보다 이곳에 와서 만난 사람들을 더 자주 생각하게 되었다.

　우선 에우나테의 장이 오늘은 어떤 페레그리노들을 맞이했을지, 저녁 메뉴는 무엇을 준비했을지, 오늘 밤에도 촛불을 켜고 기도를 올릴지 궁금해진다. 요리칼을 숨긴 채 뒷짐 지고 서 있던 그의 첫인상은 잊을 수가 없다.

다음엔 산토스 신부님이다. 그날 무사히 마드리드로 가셨는지, 모처럼 한국어 책을 다시 한 번 들여다보지는 않으셨는지, 건강이 회복되면 한국을 다시 방문하실 계획은 없는지……. 만약 그분의 기대와 달리 내가 한국인이 아니었다면 얼마나 민망하셨을까 생각하니 또 웃음이 난다. 아! 그때 한국인이 아닌 척 했어야 했는데! '니 하오'나 '곤니치와'로 응수했어야 했는데! 왜 그때는 그런 장난을 칠 여유조차 없었을까?

그리고 안토니엘라. 그 착하고 여린 녀석은 지금 어디에서 우렁찬 목소리로 수다를 떨고 있을까. 어떤 친구를 새로 만나 어떤 이야기를 하고 있는지, 그새 또 다른 사랑에 빠지지는 않았는지 정말 궁금해졌다. 걷다가 지치면 늘 함께 외치던 '프리기싸preguica: 귀찮아!'와 '아르르르르' 하고 혀를 굴리던 그녀의 브라질 말이 귓가에 울렸다. 이렇게 나이가 들어서도 내가 이 세상에서 가장 좋아하는 책이 브라질 작가 바스콘셀로스의 《나의 라임오렌지나무》인 것은 우연이 아닐지도 모른다.

새로 사귄 친구는 없지만 이들을 떠올리는 것만으로도 나는 외롭지 않았다.

카미노의 악당들 1

포르토마린, 벤타스 드 나론, 아이렉스

자연의 걸음걸이에 맞추어라.
위대한 자연의 비밀은 인내에 있다.
| 벤저민 디즈레일리 |

언젠가 남산에 있는 한 카페에서 창밖으로 야경을 보다가 무심코 시야에 들어오는 십자가의 개수를 세어본 적이 있었다. 20개였던가, 21개였던가. 창문 하나를 통해 보이는 십자가가 그렇게 많다는 것을 깨닫고 깜짝 놀랐었다. 동네에서 산책을 할 때에도 사방에서 빨갛고 하얀 십자가들이 눈에 들어오기에 하나 둘 세어보니 10개도 넘었다. 건방진 이 냉담자는 그때 이런 의심을 했었다.

화려한 불빛이 들어오는 저런 네온사인 십자가에도 신성이 있을까.

카미노에서 천년은 더 되어 보이는 돌 십자가를 맞닥뜨릴 때마다 나는 이곳에 그런 네온사인 십자가들이 세워져 있다면 어땠을까 생각했다. 돈으로 급조된 신앙의 상징들이 꽃과 풀에 뒤덮인 이 돌 십자가의 신앙과 과연 같을 수 있을까. 가장 근본적인 신앙의 모습은 화려하고 반짝이는 것이 아니라 견고하고 변함없는 것이 아닐까. 꼭 우리나라의 교회와 비교하려고 했던 것은 아니지만 카미노에서 만나게 되는 나무, 돌 십자가를 볼 때마다 전에는 몰랐던 남다른 경건함이 느껴지는 것은 어쩔 수 없었다.

이날의 최종 목적지는 포르토마린^{Portomarin}. 갈리시아 지방 특유의 대형 카미노 로고판이 세워진 포르토마린의 알베르게에 들어갔다. 이곳 역시 수용 인원 100명이 넘는 초대형 알베르게로 작은 방들은 이미 만원이고, 중앙에 40여 개의 침대가 늘어선 큰 방에만 여유가 있었다. 썩 내키지는 않았지만 이미 낸 3유로가 아까워서 도저히 그냥 나갈 수가 없었다. 그리고 이곳엔 내가 껄끄러워하는 사람들, 즉 마크 일당과 줄리앙 아저씨 일행 등이 없지 않은가. 그것만으로도 다행이라고 생각했다.

침대 하나를 골라 배낭을 올려놓으려는데, 누군가 한국어로 "한국 사람이에요?" 하고 말을 걸었다. 부인과 같이 카미노에 오셨다는 K 아저씨는 무척 반갑게 이따가 저녁이나 같이 하자고 하셨다. 모아놓은 빨래를 가지고 세탁실로 가서 순번을 기다리며 앉아 있자니, 이번엔 K 아저씨의 부인되시는 분이 '얘기 들었다' 며 내게로 다가오셨다. 검은 테 안경을 쓴 똘망똘망한 이미지의 J 여사님은 그동안 다닌 여행지 이야기를 한참 해주시고는 아저씨처럼 '우리 저녁 같이 하자' 고 하신다. 같은 한국 사람이란 것만으로도 반가운데 같이 밥을 먹자고 해주시니 더욱 고마웠다.

저녁 6시, K 아저씨 내외분과 나는 근처 레스토랑에 가서 다양한 음식을 시켜 나누어 먹으며 이야기를 주고받았다. 단 둘이 세계 곳곳을 함께

신은 언제나 같은 말을 반복하고 있었다. 그 말을 받아들이는 인간의 수준이 달라질 뿐이다. 그래도 앞뒤로 흔들리는 추처럼, 느린 걸음이지만 결국은 한 방향으로 가고 있었다.

여행하며 여생을 보내는 두 분을 보면서 우리가 상상하는 행복이 먼 것만은 아니고, 이렇게 실현되기도 한다는 것을 깨달았다. 두분의 행복한 모습에 한편으로 안도하면서도 한편으론 부러웠다.

J 여사는 엊그제까지 내가 심통 맞게 지냈던 것을 눈치채셨는지 귀신같이 이런 말씀을 해주신다.

"우리 부부는 가톨릭 신자는 아니에요. 하지만 가톨릭에 이런 말 있죠? '내 탓이오, 내 탓이오, 내 큰 탓이로소이다' 정말 모든 게 내 탓인 거라고 생각하면서 살면 내게 닥치는 모든 일들이 감사하게 생각된답니다. 너무 어렵게 살 것 없어요."

내가 그동안 느낀 불쾌감이나 쓸쓸함도 다 내가 받아들이기 나름이었던 것이었다. 그래, 그랬던 거였어. 나는 맛있는 저녁을 사주신 두 분께 고마움을 전하며, 그동안 내가 무사히 여기까지 온 데 대해서도 깊이 감사하기로 마음먹었다. 그러나 그날 밤을 넘기지 못하고 내 마음은 다시 격랑에 내몰렸다.

여느 때처럼 9시가 넘어 피곤한 몸을 뉘였는데, 아래층에서부터 커다란 노랫소리가 들려왔다. 젊은이들 몇몇이 술을 진탕 마시는 듯했다. 그런데 밤 10시가 넘자 그들이 킥킥거리며 하필 내가 있는 방으로 들어오는 게 아닌가. 그것도 바로 내 침대 근처로. 그중 머리가 크고 약간 철딱서니 없어 보이는 30대 남자가 술에 취했는지 계속 큰 소리로 떠들며 웃어댔다. 딱딱한 영어였기에 나는 그를 독일인이라고 생각했다.

뭐야, 성실하고 고지식하다는 독일인 중에도 저렇게 매너 없는 사람이 있었구나.

나는 소심한 항의의 표시로 그를 노려보았다.

조용히 해! 조용히 해! 조용히 해!

그는 나와 눈이 마주치고도 조금 어리둥절한 표정만 지을 뿐, 이것이 조용히 하라는 메시지라고는 생각지 않는 눈치였다. 급기야 한 할머니가 "지금 10시야, 10시!"라고 외치셨지만, 그들은 여전히 킥킥거렸다. 모든 것을 잊고 감사하며 지내기로 결심했는데, 또다시 새로운 번뇌덩어리가 등장한 것이다. 가까스로 조용해진 뒤에도 나는 분통이 터져 쉽게 잠을 이룰 수가 없었다.

내가 예민한 걸까, 저들이 너무한 걸까. 할머니까지 소리를 지른 것을 보면 저들이 너무한 게 맞다. 왜 다른 사람들을 배려하지 않는 거야! 여긴 하루 종일 걸어 피곤한 사람들이 잠시 휴식을 취하는 알베르게라고. 나는 남들 방해될까봐 멀쩡한 샌들조차 버리고 나섰는데, 이게 뭐야! 뭐가 그렇게 즐거운 거야! 침낭을 뒤집어쓴 이 소심한 동양의 마녀는 진지하게 복수를 궁리했다. 하지만 딱히 방법이 없었다. 저들을 때려줄 수도, 길에 함정을 파둘 수도 없다. 기껏 생각해낸 방법이 그들의 얼굴을 외워두는 것이었다. 한 명은 '철딱서니 없는 얼큰이' 그리고 한 명은 '빡빡이.' 원래 나는 사람 얼굴을 잘 기억하지 못하는 편이다. 서양인 얼굴은 더더욱 헷갈린다. 하지만 아르헨티나의 호세가 말했듯, '다시 만나지 않기 위해서, 그들을 피하기 위해서' 나는 그들의 얼굴을 똑똑히 기억해두었다.

포르토마린의 상징, 성 니콜라스 성벽 교회

　다음날 아침, 나는 간단한 샌드위치를 만들어 먹고 길을 나섰다. 포르토마린에는 커다란 강이 있어서 아침부터 물안개가 자욱했다. 좁은 오솔길로 접어들자, 길가에 멈추어 선 한 동양인 아주머니가 입에 초콜릿을 문 채 배낭을 고쳐 메는 모습이 보였다. 입에 문 초콜릿이 제법 커서 나는 모르게 웃음을 터뜨렸다. 나와 눈이 마주친 아주머니도 '쿨하게' 웃어넘길 줄 알았다. 그런데 그게 아니었다. 그녀는 얼마 후 내게 "한국에서 왔어요?"라는 한 마디를 쌩 던지더니 휙 떠나버렸다. 나는 그 뒤통수에 대고 "네, 한국에서 왔어요!"라고 대답을 한 셈이 되었다. 다음 마을의 바에서 다시 마주쳤지만 그녀는 나를 외면하고 어느 외국인 소녀와 동석하더니 그녀와만 열심히 영어로 이야기를 주고받았다.

　예전의 여행길에서도 간혹 같은 한국인은 무시하고 영어 연습을 할 수 있는 외국인하고만 이야기하는 경우를 보았다. 그렇지만 이 카미노에서조차 그런 사람을 볼 줄은 몰랐다. 브라질 사람들은 같은 나라라는 이유만으로도 만나면 무조건 얼싸안고 뽀뽀하던데, 같은 한국 사람끼리 서로 웃어주지는 못할망정 이렇게 무시해도 되는 걸까. 이 모습을 안토니엘라가 보았다면 많이 창피할 뻔했다. 할 수 없이 나는 그 아주머니와 다시 만나지 않을 만큼 속도를 내서 빠르게 걸었다. 상대가 나를 싫어하든, 내가 상대를 싫어하든, 이렇게 싫은 사람들과 엮이게 될 땐 내 속도를 조절해서 흐름을 바꾸는 수밖에 없다.

그 생각을 다시 확실하게 한 것은 벤타스 드 나론Ventas de naron이라는 마을을 지날 때였다. 점심 때가 조금 지난 시각이었는데 불과 15미터 정도 앞에서 걸어가는 서양 여자가 좀 이상해보였다. 혼자 걸으면서 양손을 마구 흔들며 큰 소리로 이야기를 하는 것이다. 머리는 산발이고 주변을 힐끔힐끔 돌아보는 그녀의 얼굴은 전설 속에 나오는 마녀 같았다. 나는 점점 속도를 줄였고, 뒤에서 걸어오던 할아버지 일행을 내 앞에 세웠다.

그 여자 때문에 신경이 예민해져서 오늘의 목적지였던 팔레스 데 레이Palas de rei를 7.4킬로미터나 남겨둔 곳에서 일찍 걸음을 멈추었다. 아이렉스Eirexe의 알베르게로 들어가니 내 앞에 먼저 온 여자가 1번, 내가 2번이다. 방에 올라가서 내 맘대로 침대를 고른 뒤 카메라 배터리를 충전시켜 놓고 나오는데, 건너편 레스토랑에 아까 그 여자가 앉아 있는 게 아닌가. 일부러 천천히 걸어서 나보다 훨씬 앞세워 보냈는데 왜 아직도 여기 있는 거야! 부리부리하고 매서운 눈매로 사방을 살피는 그녀의 레이더에 걸릴까봐 나는 허둥지둥 오른편 바로 뛰어 들어갔고, 창문 너머로 그녀의 일거수일투족을 숨어서 지켜보았다. 그녀가 정말 미쳤는지 아닌지는 알 수 없었다. 내가 바란 건 빨리 그 여자가 다음 마을까지 가주었으면

'복수와 구원'이라는 제목으로 스페인 잡지에 한국영화 〈복수는 나의 것Sympathy for Mr. Vengeance〉 DVD가 소개되어 있다. 신하균과 배두나가 마치 내 친구인 듯 반가웠다.

하는 것뿐이었다.

템포 어긋내기. 카미노에서 싫은 사람을 피하는 방법.

심심함을 달래려고 1층 로비의 휴게실에 앉아 옆에 쌓여 있던 스페인 신문과 잡지를 들춰 보다가 반가운 걸 발견했다. 한국영화 〈복수는 나의 것〉의 DVD가 잡지에 소개되어 있고, 〈오래된 정원〉도 신문 방송편성표 에 나와 있다. 그동안 이곳에서 현대자동차, LG 에어컨과 전자레인지, 삼성 TV 등을 보았을 때처럼 누군가에게 자랑하고 싶은 뿌듯한 기분이 들었다. 무뚝뚝한 한국 아주머니에게 받은 상처는 이 자료들을 보며 잊 기로 했다.

알베르게 현관에서는 카미노 도중 여러 번 마주쳤던 여자와 또 마주쳤다.

"또 만나네요. 어느 나라에서 오셨나요?"

"독일 사람이에요. 이름은 수산나."

수산나는 딱히 인상적이거나 멋진 스타일은 아니다. 평범한 금테 안경을 쓰고, 나처럼 사각턱을 가진 40대의 여성이다. 그런데 뭔가 설명하기 힘든 신뢰감과 편안함을 느끼게 한다. 그냥 다가가도, 이것저것 물어도 될 것 같은 느낌. 언어가 통하지 않는 외국인일수록 이런 느낌은 더욱 정확하다. 이렇게 인사를 해두니 훨씬 마음이 편했다. 그녀가 카미노의 악당들과 나를 엮어줄 것이라고는 꿈에도 생각하지 못한 채 말이다.

20 카미노의 악당들 2
레보레이로, 멜리데

참된 발견은 새로운 땅을 발견하는 것이 아니고
새로운 눈으로 보는 것이다.
| 마르셀 푸르스트 |

다음날 아침 일찍 준비를 마치고 어제 커피를 마셨던 바로 들어가니, 수산나가 테이블에 앉아 있었다. 그녀가 내게 물었다.

"오늘은 어디까지 가요?"

"16.6킬로미터 떨어진 레보레이로^{Leboreiro}까지요. 큰 도시나 큰 알베르게는 피하려고요."

다른 사람들은 통상적으로 22.5킬로미터를 걸어서 멜리데^{Melide}까지 가는 것으로 계획을 잡는다. 그녀가 반가워했다.

"어머, 나도 그럴 생각인데. 나도 큰 알베르게나 사람 많은 곳은 싫어요."

그녀도 포르토마린의 공립 알베르게에 있었는데 너무 힘들었다고 했다. 옆에 앉아 있던 어느 독일인 부부는 안내책자를 들여다보고 있다가 '멜리데의 알베르게가 별로 안 좋다'고 씌어 있다고도 알려주었다. 그래, 오늘 목표는 레보레이로다!

출발을 위해 일어서니 빗방울이 떨어진다. 우비 차림으로 둘이 앞서거니 뒤서거니 가던 중 그녀가 바를 하나 발견하고는 '저기에서 커피를 한 잔 더 했으면 좋겠다'고 했다. 커피를 마시다가 그녀에게 직업이 무엇이냐고 물었더니 심리학자란다. 그제야 내가 왜 그녀에게 끌렸는지 알 것 같았다. 사람 마음을 자세히 들여다보며 살아왔을 그녀에겐 상대방을 무장해제시키는 특유의 에너지가 있었다. 올해 마흔여섯으로 두 딸과 뮌헨 근처의 시골에서 살고 있다는 그녀는 영국인 남편과 22년 간의 결혼 생활 끝에 5년 전 이혼했다는 이야기도 했다. 남편은 'Too British' 했고 자신은 'Too German' 했다나.

"내 생각에 영국이나 독일이나 성격이 비슷할 것 같은데요?"

내 말에 그녀는 도리질한다.

"남부 독일은 북부 독일과 달라요. 남부 독일은 남쪽 나라 사람들이 대개 그렇듯 훨씬 명랑하고 감정적이고 외향적이죠."

남편의 '보수성'과 자신의 '다혈질'이 부딪혔다는 뜻이리라. 그녀는 길을 가다가 영국식 영어가 들려오면 '유독 거슬린다'고 농담을 했다.

카미노에서 만난 사람들이 자신의 상처에 대해 쉽게 털어놓는 것이 나에겐 이상했다. 언제 봤다고 묻지 않은 이야기까지 다 들려주는 거지? 이혼 이야기는 그렇다 치고, 수산나가 선천적 장애가 있는 둘째 딸 이야기를 꺼낼 때 그런 생각이 들었다. 내가 자신의 치부를 아는 게 불편하지 않은 걸까. 그러고 보니 나는 내 상처나 아픈 기억들에 대해 누구에게도 말한 적이 없었다. 그런 상처가 나의 모든 것인 양, 그걸 털어놓는 순간 발가벗은 꼴이 되는 것인 양, 꽁꽁 틀어막고 있었다. 하지만 수산나는 무척 편안해 보였다. '내게는 이런 문제가 있어요, 나는 이런 점이 아파요'라고 하면서도 감정적으로 무너지거나 흔들리지 않았다.

나도 그녀처럼 내 상처를 객관화시켜 아무렇지도 않게 슥 꺼내 보이고 싶었다. 그녀의 마법에 걸려 내가 내 지난 이야기는 물론 지난 밤 꾼 꿈 이야기까지 털어놓자 그녀는 "음, 그래요?" 하면서 내 성격을 분석해주고 내친 김에 해몽까지 해주었다. 융 심리학과 점성학을 오가는 그녀의 이야기에 나는 수도 없이 "어머, 정말! 맞아요! 맞아요!"를 외치며 걸었다.

우리는 곧 오늘의 목적지인 레보레이로에 도착했다. 그러나 아무리 마을을 돌아다녀봐도 알베르게 비슷한 곳이 보이지 않았다. 한참을 헤매다가 길을 가는 두 명의 아주머니에게 알베르게 위치를 물었다. 우리는 좀더 힘을 내어 그들이 가리킨 방향으로 걷기 시작했다. 그런데 가다보니 아예 멜리데의 안내판이 보이는 게 아닌가.

"아무래도 멜리데에서 뭔가 좋은 것이 우리를 기다리고 있는 모양이네요."

카미노의 긍정적인 힘을 믿는 수산나는 우주가 우리를 멜리데로 부르고 있다고 했다.

"정말 그렇게 생각해요?"

내 말에 수산나가 빙긋 웃으며 말했다.

"카미노에서는 기적이 일어나거든요. 뭔가 간절히 바라는 게 있으면 우주가 그걸 들어주죠."

"실제로 경험한 적 있어요?"

카미노의 개들. 스페인에서는 크고 못생긴 개들이 어슬렁어슬렁 마을을 돌아다닌다. 사진 속의 저 개는 갑자기 내게 달려와서 벌떡 몸을 일으켜 악수를 하더니 바쁘게 사라졌다. 오른쪽은 주인 없는 개를 데리고 걸었던 벨기에 청년.

나는 꼬치꼬치 묻는다. 내 안의 어린아이는 이런 동화 같은 이야기를 유난히 좋아한다.

"내가 양말을 딱 두 켤레만 가지고 왔었거든요. 그런데 어느날 보니 한 켤레가 없어진 거예요. 어디에선가 잃어버린 거죠. 딱히 살 곳도 없고 난감했는데, 갑자기 어떤 여자가 양말이 남는다며 내게 그걸 주더라고요. 아주 깨끗한 새것을요. 자, 이젠 믿을 수 있죠?"

멜리데까지의 길은 쉽지 않았다. 수산나가 앞장서서 화살표를 찾고, 사람들에게 길을 물어 간신히 성당 뒤편에 숨어 있다시피 한 알베르게를 찾아냈다. 3유로를 내고 수산나와 같은 방에 침대를 잡았다.

그런데 빈 침대를 찾으러 다른 방을 돌아다닐 때 반갑지 않은 얼굴을 보고 말았다. 바로 내가 피하기 위해 기억해두었던 그 얼굴, 시끄러운 일당의 주범인 '철딱서니 없는 얼큰이'였다. 역시나 멜리데까지 오는 게 아닌데, 낭패였다. 같은 방이 아닌 것이 그나마 다행이라고 할까.

갈림길에서는 언제나 화살표로 방향을 알려주는 카미노, 돌아보면 내 인생에도 표지
와 안내판이 있었다. 그것에 따르거나 따르지 않은 것은 온전히 내 선택이었을 뿐.

짐정리를 하면서 수산나는 멜리데는 풀포^{문어} 요리로 유명하다며 '풀포
를 먹어야 하지 않겠느냐'고 했다. 샤워, 빨래 등을 마치고 저녁 6시에
우리는 풀포 요리를 먹으러 나섰고 큰길가에서 좀 전에 세탁실에서 눈인
사를 했던 여자와 마주쳤다. 예쁘장하면서 착해 보이는 인상이 어딘지
우리 막내 이모와 닮았다. 헝가리의 부다페스트에서 왔다는 그녀는 순순
히 우리를 따라나섰다.

레스토랑에서 풀포 요리를 주문하자 철판 위에 담긴 삶은 문어가 나왔
다. 문어를 삶아 작게 썰어서 위에 고춧가루와 소금을 뿌려 먹는 요리로,
조리법은 간단하지만 의외로 맛있었다. 그런데 헝가리 여인은 핸드폰으로
계속 누군가와 통화를 했고 이 레스토랑의 위치를 설명해주려고 애를 썼
다. 그녀가 전화를 끊은 뒤 내가 누구냐고 묻자, 수산나가 대신 대답했다.

"남자친구예요. 아일랜드 남자랍니다!"

"아일랜드? 혹시 카미노에서 만난 건가요?"

내 말에 헝가리 여인은 수줍게 고개를 끄덕였다.

"원래 아일랜드 사람들이 노래를 잘하는데, 이 사람도 정말 노래를 잘해요. 며칠 전에 바에서 그가 노래를 불렀고, 그 모습에 반해 둘이 서로 사랑하게 되었대요."

수산나의 부연 설명이다. 마커스도 아일랜드 사람들이 노래를 잘한다고 하지 않았던가. 아일랜드가 정말 노래로 유명하긴 한 모양이었다. 하지만 나는 아직까지 아일랜드 남자는 본 적이 없다.

"그 남자친구가 지금 당신을 찾고 있는 거로군요?"

나는 장난기가 발동했다. 헝가리 여인은 입구를 등진 채 앉아 있었고 수산나와 나는 입구를 마주보고 앉아 있었다. 한참 풀포 요리를 먹던 내가 갑자기 앞을 보며 말했다.

"아, 저기 아일랜드 남자가 와요!"

헝가리 여인은 소스라치게 놀라며 뒤를 돌아보았고, 내가 얼른 '미안, 난 그 사람 얼굴도 모른다'고 했다. 우리 셋은 큰 소리로 웃었다. 사랑에 빠진 사람은 참 놀리기 쉽다며, 잠시 후 내가 얼마나 놀라게 될 줄도 모른 채 나는 한참을 즐겁게 웃었다.

알베르게로 돌아가는 길에 거리 모퉁이 노천 바에서 수산나는 맥주를, 나는 커피를 마시기로 했다. 남자친구가 기다리는 헝가리 여인만 알베르게로 가고 우리는 그곳에 자리를 잡고 앉았다. 그런데 잠시 후 헝가리 여인이 남자친구의 팔짱을 낀 채 다시 돌아왔다. 그 얼굴을 본 순간, 나는 입을 딱 벌리고 말았다. 시끄러운 일당 중 한 명인 '빡빡이'가 아닌가! 곧이어 그의 친구인 '철딱서니 없는 얼큰이'도 나타났다. 그들은 자연스럽게 우리와 합석을 했다. 심지어 '얼큰이'는 내 옆자리에 앉았다.

이 사람들… 독일인이 아니라, 아일랜드인이었구나! 그 딱딱한 영어는 아일랜드식 발음이었구나!

너무 싫어서 얼굴까지 외워두었던 두 사람을 하필 이렇게 만나게 되다니, 어떻게 해야 할지 참 당황스러웠다. 하지만 수산나에게 '이 인간들이 포르토마린에서 시끄럽게 떠들던 그 악당'이라고 말할 수도 없었다. 그녀가 이들을 무척 반가워했기 때문에. 그녀는 내게 이렇게 속삭였다.

"둘 다 노래를 얼마나 잘하는지 몰라요. 노래를 해달라고 부탁할 테니 잘 들어봐요."

그나마 다행인 건, 내가 알베르게에서 죽일 듯이 노려보았던 '얼큰이'가 나에게 '오! 당신은 꺼져!'라고 하지 않은 것이었다. 그는 나를 기억하지 못하는 듯했다. 그날 내가 대놓고 시비를 걸지 않은 것이 천만다행이라고나 할까. 일단은 불편한 그 자리를 버티기로 했다. 잠시 후 '빡빡이'는 20유로 주고 장난감 가게에서 샀다는 작은 기타를 슬슬 튕기기 시작했고, '얼큰이'는 와인 몇 잔을 마시며 목을 풀었다. 정말 노래를 부르려는 모양이었다.

빡빡이의 기타 반주에 맞추어 얼큰이가 노래를 시작했다. 아직 해도 안 졌고, 오가는 사람들이 많은 거리 한복판 카페에서 그들은 시원스런 목청으로 아일랜드 노래를 불렀다. 빠르고 신이 나는 행진곡 풍 노래였다. 옆에 있던 다른 페레그리노들이 박수를 보내왔다. 지나가던 사람들도 멈춰서 지켜보았다. 또 다른 자리에 있던 스페인 여학생들은 〈Oh, happy day〉라는 곡을 신청했다. 그 다음엔 빡빡이가 혼자 〈Falling

Slowly〉 아일랜드 영화 〈원스once〉의 주제곡라는 노래를 불렀다. 수산나는 내게 귓속 말로 '이건 자기 여자친구에게 바치는 노래'라고 했다. 노래는 계속 이어졌다.

그 자리에서 나는 인연의 기묘함을 느끼지 않을 수 없었다. 이 사람들을 처음부터 몰랐다면 모를까, 그렇게 싫어하고 경계하던 사람들과 이런 방식으로 화해를 하게 될 줄이야.

수산나도 헝가리 여인도, 내가 호의를 갖고 먼저 다가가 말을 걸었던 사람들이다. 결국 내가 선택한 사람들이 내가 저버린 사람들과 사이에 있던 벽을 무너뜨려주었다. 세상의 어떤 일은 이렇게 도미노게임처럼 내가 직접 나서지 않아도, 한 가지 사건이 다른 사건의 원인이 되고 또 그 다음 사건의 원인이 되는 식으로 마침내 새로운 결과를 만들어내기도 하는 모양이다. 이것이 현실생활에서 일어나려면 꽤 오랜 시간이 걸리겠지만, 카미노에서는 지극히 짧은 시간 동안 벌어진다. 그래서 더욱 놀랍게 와닿는 것이리라.

카미노의 기적이 아일랜드 남자들의 노랫소리와 함께 우리 일행 주변을 떠돌던 밤, 나는 인연이라는 것에 대해 아주 오랫동안 생각했다.

21 아이리시 커피와 함께 들은 아일랜드 노래
아르주아

> 행복은 라틴어로 '보나오라Bona hora'
> 즉 '때마침 오는 무엇'을 의미한다.
> | 베르트랑 베르줄리, 《행복생각》 |

나는 이제 막 잠이 깬 상태인데 눈앞에 수산나의 얼굴이 어른거린다. 어느새 그녀는 준비를 다 마치고, 누워 있는 나를 들여다본다.

"굿모닝. 나는 먼저 출발할게요. 아침을 먹어야 해서."

많은 사람들이 일찌감치 빠져나가 꽉 찼던 방안이 벌써 반 이상 비어 있다. 하지만 산티아고까지는 불과 50킬로미터 정도밖에 남지 않았다. 서두를 이유는 없다. 나는 최대한 여유롭게 준비를 하고 어제 봐두었던 알베르게 앞의 바에서 아침을 먹은 뒤 길을 나섰다. 그런데 알베르게 계단에 '철딱서니 없는 얼큰이'가 앉아 있다. 아니, 이제는 제대로 이름을 부르기로 하자. 브라이언. 아일랜드 출신의 카미노 가수, 브라이언! 그가 먼저 인사를 했다.

"안녕?"

"안녕! 카미노 방향은 어디죠?"

어제는 수산나의 뒤꽁무니만 쫓아왔기에 카미노 진행 방향이 어딘지 알 수가 없었다. 그러자 그가 발딱 일어나서 손가락으로 정확하게 방향을 일러주었다.

"왼쪽으로 꺾어졌다가 다시 오른쪽으로!"

"고마워요!"

큰일을 해냈다. 가슴 속에 있던 커다란 미움의 돌을 들어낸 거다. 혹시나 마주칠까 두려워했던, 아니 복수까지 계획했던 상대가 이렇게 친절한 카미노 친구가 될 줄이야. 이렇게 된 것은 자발적인 내 뜻도, 딱히 다른 누구 덕분도 아니었다. 사람들은 이런 것을 섭리 또는 기적이라고 부르나보다. 그동안 내 주변의 착한 사람들은 늘 내가 화해하기 싫은 사람에 대해 '그래도 네가 용서해라, 네가 이해해라'라고 말했다. 그럴 때마다 내 속에선 '왜? 내가 왜?'하고 반발심만 치솟았다. 영화 〈밀양〉에서도 그런 용서의 딜레마가 나온다. 용서하면 마음이 편해질 걸 잘 아는데, 그게 죽어도 안 되는 것이다. 반면 억지로 노력하거나 서두르지 않아도 이렇게 저절로 관계가 풀어질 수도 있었다. 브라이언의 경우처럼 말이다. 그렇다면 먼 훗날 어쩌면 마크 일당이나 줄리앙 아저씨들조차도 지금과는 전혀 다른 감정으로 만날 수 있을지 모른다. 언제일지는 몰라도 그때의 나는 지금보다는 훨씬 넉넉하고 여유로운 모습이겠지.

그래, 여기 오기 전 나를 아프게 했던 모든 사람들과도 우연을 통해 화해하는 날이 올 것이다. 내가 애쓰지 않더라도, 저절로 모든 상황이 퍼즐처럼 딱딱 맞아떨어져서 말이다. 그때가 온다면 나는 편안하게 말할 수 있으리라. 너에게도 그럴 만한 사정이 있었겠지, 너도 힘들었겠지, 이젠 이해할 수 있어, 라고. 그날이 올 때까지 나는 그냥 내 삶을 살며 기다리기만 하면 되는 것이다. 그렇게 생각하니 이 길을 걸으면서 내내 마음 한 구석에서 떠나지 않았던 불편함이 사라졌다. 카미노를 걷는다면서도 마음속 가득 차 있던 미움과 그것에 대한 어쩔 수 없는 죄책감. 그런 내 안의 문제들을 나 스스로 다 해결해야 한다는 강박. 그것들을 내려놓자 그 자리에 처음으로 사람에 대한 희망이 생겨났다.

오늘은 아르주아^{Arzua}까지 간다. 13킬로미터 남짓한 거리니까 4시간 정도면 충분하다. 너무 빨리 도착하면 심심할 수 있으므로 나는 최대한 천천히 걸었다. 그러자 누군가 뒤에서 말을 걸었다. 키가 크고 눈이 동그란 갈색머리 남자다.

"어디에서 왔어요?"

"한국에서요. 그쪽은요?"

"오스트리아요. 오스트레일리아가 아닌 오스트리아!"

카미노 초반에는 모두 '어디에서 왔느냐' '뭐하는 사람이냐' 하고 꼭 물어보곤 했지만, 후반으로 갈수록 이런 일이 점점 줄어든다. 누군가 정성껏 만들어놓던 돌맹이 하트나 화살표도 더이상 보이지 않는다. 오로지 산티아고라는 목적지를 향해서만 다들 달리다시피 걷는다. 누구를 새로 만나서 친구가 되기엔 시간이 짧고, 새삼 자기의 일정이나 계획에 대해 설명할 이유도 없기 때문이다. 이쯤 와서는 다들 비슷한 생각과 비슷한 일정으로 걷고 있을 뿐이다. 누구에게나 반드시 '올라!' 하고 인사했던 초중반과 달리 이젠 인사도 생략하고 말없이 지나치는 일이 많다. 그래서 크리스티앙이라는 이 남자의 관심이 신선했다.

"원래 직업은 컴퓨터 프로그래머인데, 기로 사람들을 치료하는 일도 하고 있어요. 카미노를 걸으면서 사람들이 행복해하는 것은 이 길에 좋은 기운이 있기 때문이에요. 좋은 기운을 계속 사람들에게 불어넣어주죠. 하지만 대도시는 사람들의 기운을 빼앗아요. 그래서 일주일에 한 번이라도 사람들은 시골에 내려가서 기운을 충전해야 해요."

그는 현재 인스부르크 근처의 공기 맑고 조용한 시골에서 살고 있단다. 우리 옆으로 한 아저씨가 작은 가방 하나를 메고 지나가자 크리스티앙은 말했다.

"배낭은 차로 배달시키고 자신은 저렇게 가벼운 가방을 메고 다니는 페레그리노들도 있지요. 하지만 저래서는 진정한 카미노가 될 수 없어요. 자기가 짊어진 무게를 견디며 걷는 것이 진정한 카미노죠."

맞는 말이었다. 배낭을 택시로 배달시키고 빈손, 또는 꼭 필요한 물건만 지니고 카미노를 걸을 수도 있다. 하지만 나는 한 번도 배낭을 따로 배달시켜야겠다는 생각은 해보지 않았다.

카미노를 걷는 데에는 두 가지 힘이 필요하다. 걷는 힘 그리고 무거운 배낭을 견디는 힘. 현명하게도 배낭을 처음부터 가볍게 꾸려왔다면 좋겠지만, 그렇지 않다면 스스로 그 무게를 견디고 이겨내야 한다. 정말 신기하게도 시간이 지날수록 배낭의 무게는 큰 문제가 되지 않는다. 물리적 무게에는 점점 무감각해지고, 오히려 머릿속 무게를 가볍게 하는 게 더 중요해진다. 크리스티앙의 말은 내게 '그래, 넌 잘하고 있어'라는 칭찬처

자신이 가진 단 한 가지에 집중하고 다른 일체의 것을 버린다. 그 한 가지만이 내 모든 것이 되었을 때 다시 그 한 가지를 버린다. 그렇게 다 버리고도 계속 갈 수 있다면 그는 행복하리라.

럼 들렸다.

하지만 역시나 다리 긴 남자와 함께 이야기하며 걷기란 어렵다. 나도 힘들지만 그도 일부러 천천히 걷고 있는 게 눈에 보인다. 신나게, 자기 속도에 맞게 걸어야 즐거운 카미노가 된다. 그가 배낭을 고쳐 메려고 멈춰섰을 때, 나는 먼저 간다고 인사를 던진 뒤 열심히 혼자 앞서 걸어갔다. 그 거리를 유지한 채 걷느라 기진맥진한 상태로 어느 벌판 위에 있는 바로 달려 들어갔다. 안토니엘라와 헤어지고도 두 번째 아침식사의 습관은 그대로 이어지고 있었다. 카페 콘 레체와 보카디요로 배를 채우고 다시 일어섰다.

그런데 다음 마을을 지날 무렵 어디선가 내 이름을 부르는 소리가 들렸다. 놀라 돌아보자 바의 노천 테이블에 아침에 먼저 떠났던 수산나가 앉아 있다.

"잠깐 쉬었다 가요. 난 오늘 여기서 묵을 거예요."

그곳은 알베르게가 멋지기로 유명한 리바디소 데 바이소Ribadiso de Baixo였다. 주변에 산과 나무가 있고 앞에는 큰 시냇물도 흐른다. 수산나는 여전히 작고 조용한 알베르게만 찾고 있던 모양이다.

수산나의 곁에는 슈투트가르트에서 온 은행원인 스테피, 수산나와 가까운 동네에 산다는 보모 브리기트도 있었다. 스테피는 내가 한국에서 왔다고 하자 별안간 '대한민국!' 하는 붉은 악마의 응원을 흉내냈다. 알고보니 그녀가 다니는 은행이 월드컵 후원사라서 축구에 관심이 많은 데다 아시아쪽 은행과도 거래를 한다. 2002년 월드컵 당시 붉은 악마는 물론 일반 국민조차 모두 빨간 옷을 입고 열광한 것에 강한 인상을 받았었다나.

커피 한 잔을 함께 한 뒤, 수산나를 남겨두고 나는 두 사람과 다시 길을 떠났다. 역시 그곳에 머무르기엔 너무 이른 시각이었다. 스테피는 한국에 관심이 많아서인지 내게 이것저것을 계속 물으면서 걸었다. 우리 셋은 키가 올망졸망 비슷해서 함께 걷기도 수월했다.

우리가 도착한 곳은 아르주아. 경기도 어디쯤의 어수선한 위성도시 같은 느낌이었다. 수산나가 머물고 있는 한적하고 여유로운 시골마을이 부러워졌다. 그나마 우리가 찾아 들어간 곳이 엄청나게 깨끗한 신설 알베르게라는 것에 위안을 삼을 수밖에 없었다. 아무도 없는 방에서 우리 셋은 창가 쪽으로 몰려가 1, 2, 3등으로 침대를 잡고 배낭을 풀어놓았다. 짐을 정리하고 있자니 문득 오한이 나며 감기 기운이 느껴졌다. 얼른 있는 대로 옷을 다 껴입고 침낭 속으로 들어갔다. 지금까지 아무 탈 없이 잘 버텼는데 이렇게 막판에 컨디션이 흔들리다니. 덜컥 겁이 났다. 불과 2~3일이면 산티아고 입성이다. 감기에 걸려 골골거리며 산티아고 땅을 밟고 싶지는 않았다. 준비해간 해열제를 먹고 누웠다. 하지만 침대에 가만히 누워 있자니 더부룩하고 답답했다. 읽을 책도 없이 실내에 가만히 있는 것도 고역이다. 그때 일을 보러 나갔던 스테피와 브리기트가 나타났다.

"같이 동네 구경 갈래요?"

"네, 갑시다!"

나는 벌떡 일어나서 그들을 따라나섰다. 스테피와 브리기트는 이왕 나온 김에 저녁 먹을 레스토랑이나 물색해놓자고 했다. 여기저기 기웃거리다 문득 스테피가 노천 테이블에 앉아 있는 한 쌍의 남녀에게 아는 척을 했다. 스웨덴에서 왔다는 그들과 합석해서 이런저런 얘기를 하고 있는데, 스웨덴 여자가 내 머리 위로 누군가에게 손을 들며 인사를 했다. 고개를 돌려보았더니 얼큰이, 아니 브라이언이 걸어오고 있었다. 무척 반가웠다. 그렇게 못 잡아먹어서 안달일 때는 언제고! 참, 사람 일은 알 수가 없다.

명랑하고 웃음 많은 브라이언은 알고보니 직업 가수는 아니고 더블린의 한 병원에서 컴퓨터 시스템을 관리하는 일을 한단다. 2주 휴가를 내서 여러 친구들과 카미노의 중간부터 걷기 시작했다고.

일행들과 브라이언이 얘기를 나누는 동안에도 나는 머릿속으로 마커스가 알려준 그 아일랜드 노래의 제목을 떠올리느라 애를 쓰고 있었다.

뭐였더라. Fields… 그 다음에 뭐였더라.

어제 브라이언 일행의 노래를 들었을 때, 난 마커스의 그 애청곡도 한번 듣고 싶었다. 그러나 제목이 생각나지 않았고 알베르게로 돌아와서 제목을 적어놓은 노트를 한번 들춰보았지만 역시나 완벽하게 제목을 외우지는 못했다. 이렇게 다시 한 번 기회가 올 줄은 몰랐으니까. 그러나 머리를 쥐어짜고 또 쥐어짠 끝에 드디어 〈The Fields of Athenry〉라는 제목이 번뜩 떠올랐다. 나는 잊어버리기 전에 얼른 냅킨에 이 제목을 적어두었다.

브라이언은 이런저런 얘기를 하다가 문득 생일파티가 있어서 먼저 일어나겠다고 했다. 마음이 급해진 나는 소리를 지르다시피 말했다.

"잠깐! 노래를 신청하고 싶어요!"

"무슨 노래요?"

카미노의 소중한 사람들, 브라이언(오른쪽)과 수산나. 이들과의 작은 인연이 세상을 보는 내 눈을 바꾸어놓았다.

냅킨을 보여주자 그는 활짝 웃으며 말했다.

"아, 이거 매일 불렀던 노랜데… 멜리데에서만 안 불렀네요!"

아, 그랬구나. 하필 멜리데에서만 안 불렀던 거였구나.

"그런데 이렇게 밝은 저녁에, 게다가 맨 정신에 어떻게 노래를 해요?"

그는 자리에서 벌떡 일어났다. 아, 거절이구나. 나는 그가 그대로 가버리는 줄로만 알았다. 그런데 그는 바 안으로 들어갔다가 잠시 후 자리로 돌아왔다.

"맨 정신에 노래할 수 없어서, 아이리시 커피 주문했어요."

곧 우리 테이블에는 '아일랜드 남자가 주문한 아이리시 커피' 즉 위스키가 들어간 커피 여섯 잔이 놓였고 모두가 손뼉을 치며 환호했다. 그는 커피 값까지 자신이 지불하고, 목을 두어 번 다듬더니 "자, 잘 들으세요!"하며 노래를 시작했다. 그러자 여태 얌전히 있던 브리기트도 눈을 빛내며 카메라로 녹화를 시작했다. 친구 '빡빡이'도 없이, 반주도 없이 부르는 노래였지만 모두가 조용히 귀를 기울였다.

애텐라이 평원 The fields of Athenry

외로운 감옥 벽 옆에서 한 여인의 목소리를 들었습니다.
"마이클, 우리 아이들을 살리기 위해
당신은 트레벨리언의 옥수수를 훔쳤고, 이렇게 갇혀버렸네요.
지금 항구에는 감옥선이 기다리고 있어요."
애텐라이 평원으로 작은 새가 자유롭게 나는 것을 우리는 보았죠.
그 날개 위에 우리 사랑도 꿈도 노래도 있었는데
애텐라이 평원은 쓸쓸하기만 하네요.

외로운 감옥 벽 옆에서 한 남자의 목소리를 들었습니다.
"메리, 당신만 자유로워지면 아무 문제 없다오.
우리를 압박하는 기근과 영국 왕정에 맞서 싸웠기에
나는 갇혔소. 당신이 부디 우리 아이를 훌륭하게 키워줘야 하오."

외로운 부둣가 벽에 기댄 그녀는 감옥선이 수평선 너머로 사라질 때
마지막 별이 떨어지는 것을 보았습니다.
이제 그녀는 보트니 만에 있는 남편을 위해
기도하고 소망하며 살아가겠지요.
애텐라이 평원은 쓸쓸하기만 하네요.

1840년대 아일랜드 대기근 당시 굶주리는 가족을 위해 옥수수를 훔친

남편. 결국 잡혀서 먼 오스트레일리아로 귀양을 가게 된 그가 아내와 생이별한다는 이야기다. 당시 영국의 식민 지배를 받고 있던 아일랜드는 감자마름병의 출몰로 사상 유례 없는 기근을 겪었으나, 영국 정부의 방관으로 전체 인구의 4분의 1이상이 굶어죽거나 병사했다고 한다. 결코 잊을 수 없는 민족의 아픔을 담은 노래이기에 아일랜드 사람들은 응원가로도 이 노래를 즐겨 부른다.

그때만 해도 이 노래의 가사가 이렇게 가슴 아픈 줄 몰랐다. 다만 성의를 다해 노래하는 브라이언의 마음이 감동적이었을 뿐. 어떻게 감사를 해야 하느냐고 물었더니 그는 노래를 해달라고 했다. 한국 노래를! 그러나 차마 그것만은 할 수가 없었다. 안토니엘라 앞에서야 멋모르고 했지만, 이 '득음한' 가수 앞에서 어찌 내가 명함을 내밀 수 있었겠는가. 다만 고맙다는 말만 되풀이할 수밖에.

쿨하고 멋진 아일랜드 청년 브라이언은 손을 흔들며 떠났고 나는 이 특별한 카미노의 선물을 가슴에 새기며 밤새 행복감에 젖었다. 훗날 마커스에게 이메일을 보내는 것도 잊지 않았다. 마커스는 진심으로 부러워했다.

"〈The Fields of Athenry〉를 라이브로 듣다니! 그건 정말 대단한 행운이야!"

22 벌써 카미노의 막바지라니!

아르카 오피노

나는 아름다운 꿈도 꾸었고 악몽도 꾸었으나
아름다운 꿈 덕분에 악몽을 이겨낼 수 있었다.
| 조너스 솔크 |

여전히 아침이 썰렁하다. 그래도 감기 기운은 사라졌고 컨디션이 가뿐하다. 나갈 준비를 마치고 나니 옆 침대에 있던 스테피가 알베르게 안내표를 들고 '오늘은 이곳에서 만나자'며 아르카 오피노Arca O Pino의 사설 알베르게 포르타 데 산티아고Portat de Santiago를 가리켰다. 그녀는 먼저 떠났고 나는 아침식사를 천천히 한 후 길을 나섰다.

벌써 카미노의 막바지다. 내일 또는 모레면 드디어 산티아고에 도착한다. 이틀밖에 시간이 남지 않았다고 생각하니 이상하게도 아쉽거나 더 걷고 싶은 게 아니라 까맣게 잊고 있던, 때로는 참고 있던 향수병이 불쑥불쑥 도졌다. 내가 쓰던 컴퓨터, 내가 기르던 화분들, 내가 읽던 책, 내가 듣던 음악 그리고 나만의 공간이 미치도록 그리웠다. 예전엔 여행이 끝날 무렵이면 항상 돌아오기 싫어서 발버둥치고 귀국행 비행기 안에서 슬픈 표정을 짓던 나였는데, 불과 4주 만에 이렇게 한국을 그리워하게 될 줄이야. 이 터질 것 같은 감정을 달래며 나는 다시 지팡이를 짚고 걸음을 옮겼다.

아무래도 풍경이 달라진 게 문제인 듯했다. 내가 홀딱 반했던 풍경은 피레네 주변과 카미노 초반의 나바라 지방, 끝없는 밀밭이 양쪽으로 펼쳐진 탁 트인 곳이었는데 서쪽으로 갈수록 어디선가 많이 본 듯 익숙하고 지루한 풍경으로 바뀐다. 나를 집어 삼킬 듯 다가오던 파란 하늘은 더 이상 보이지 않고, 평범한 오솔길이 이어진다. 그리고 피할 수 없이 풍겨오는 소똥 냄새! 이 퀴퀴한 냄새를 견디며 길을 걷자니 자꾸만 집이 그리워지는 것이다.

그때 누군가 내 앞을 휙 앞질러 나가며 "하이" 하고 인사를 건넸다. 정신을 차리고 보니 브라이언이다. 처음엔 철딱서니 없다고 느꼈던 그 장난기 어린 표정과 걸음걸이가 지금은 너무도 친숙하다.

"산티아고에는 언제 도착할 예정이에요?"

"내일 모레 정도요?"

그날은 토요일이었다. 그러자 그가 말했다.

"토요일에는 산티아고에서 국제 컨벤션이 있어서 숙소 구하기가 어려울 거랍니다. 내일 도착하는 게 나을 거예요."

친절한 정보를 건네준 뒤 그는 또 '나 잡아봐라' 하듯 개구쟁이 걸음걸이로 겅중겅중 앞서 가버렸다. 이후에도 바에서 한 번, 주유소 앞에서 한 번 그를 마주쳤는데 그때마다 그는 반가운 표정으로 활짝 웃어주었다. 내게 아일랜드라는 나라에 대한 호감이 생겼다면 그것은 100퍼센트 브라이언 때문이다. 나중에 〈마이클 콜린스Michael Collins〉라는 아일랜드 독립전쟁 영화를 볼 때 주인공 리엄 니슨Liam Neeson의 연기에서도 언뜻언뜻 브라이언의 이미지를 발견하며 나는 미소를 지었다.

어느덧 아르카 오피노에 도착했다. 스테피 일행과 만나기로 한 사설 알베르게, '포르타 데 산티아고' 입구의 컴퓨터 앞에는 브리기트가 앉아 있었다.

"오, 왔군요. 여기 참 시설이 좋아요."

그녀 말대로 이 알베르게도 갓 지은 새 건물이었고, 호스피탈레로도 무척 친절했다. 샤워를 하고 나왔더니 스테피가 도착해 있었고, 빨래를 하고 왔더니 이번엔 수산나가 와 있었다.

"오, 수산나!"

하루 만에 보는 것인데도 나는 수산나가 무척 반가웠다. 실은 어젯밤 저녁 자리에서 스테피가 내게 '한국에서 개를 먹는다는 게 사실이냐, 개를 먹어보았느냐'는 질문을 던졌었다. 나는 개를 먹지 않아서 잘 모르겠다고 하고 넘어갔지만 그 순간 많이 당황스러웠다. 나 역시 개를 잡아먹는 식습관은 아무리 우리의 전통이라고 해도 못마땅해하는 일인데 그걸 굳이 이방인들과 이야기하고 싶지 않았다. 수산나는 적어도 내게 이런 난처한 질문은 안 던지는 사람이라서 그랬을까. 어디선가 본 글이 떠올랐다.

'재치와 품위가 대결하면 재치는 2등이다.'

스테피의 위트와 재치는 인정하지만 내가 그 위트와 재치의 희생양이 될지 모른다고 생각하니 경계심이 드는 것이 사실이었다. 그리고 상대적으로 편안하고 푸근한 수산나에게 마음이 쏠렸다.

"나 점심 먹으러 갈 건데 같이 갈래요?"

내 말에 수산나는 밀린 빨래도 제쳐두고 따라나섰다. 우리는 길 건너편 바에 가서 샌드위치와 커피를 주문한 뒤 이야기를 나누었고, 수산나도 산티아고에는 내일 도착하는 게 좋겠다고 말했다. 만약 토요일에 도착하려면 내일은 무려 800명이 머무는 '몬테 델 고조 Monte del Gozo' 라는 알베르게로 가야 한단다.

"금방 산티아고에 도착한다는 설렘으로 다들 밤새 떠들고 놀 텐데, 800명이 떠들면 얼마나 시끄럽겠어요?"

우리 둘 다 시끄러운 것은 질색이다. 브라이언의 말도 있었고, 수산나의 의견도 그렇고 나는 내일 산티아고에 들어가기로 결심했다. 그렇다면 오늘 밤이 알베르게에서의 마지막 밤이 된다. 갑자기 이별을 통보받은 사람처럼 나는 조금 당황스러워졌다. 이렇게 카미노가 끝나는 건가. 귀찮은 숙제를 마치듯이 이렇게 급하게 끝내도 되는 건가. 나는 이 길에서 찾아야 할 것을 찾긴 했는가. 혹시 빈손으로 돌아가게 되는 것은 아닌가. 하지만 누구에게서도 답을 구할 수는 없었다.

저녁 무렵이 되자 스테피가 아이리시 커피를 마시러 가자며 수산나와 브리기트와 나를 불러냈다. 우리는 근처 바에서 커피를 마시면서 이야기를 나누었는데 스테피가 별안간 내게 다시 기습공격을 해왔다.

"아이리시 커피에는 위스키가 들어가는데, 코리안 커피에는 개가 들어가나요?"

재미있는 말이었기에, 나도 처음엔 그냥 웃어넘겼다. 하지만 은근히 불편해지기 시작했다. 나는 개를 먹지 않는다고 그렇게 말했는데 또 개 이야기를 꺼내다니! 네 말대로라면 독일 커피에는 소시지가 들어가는 거냐. 농담에 과잉반응을 보이기도 뭣하고, 어떻게 할까 궁리하며 표정 관리를 하고 있는데 옆에 있던 다른 독일 아저씨가 나를 보고 '정말 개의 맛이 궁금하다'고 하는 게 아닌가. 나는 그에게 말했다.

"Try it!"

'그렇게 궁금하면 드셔보시든가.' 이것이 정확한 내 말의 뉘앙스였지만, 내 말에 돋친 가시를 그 독일인 아저씨도 스페피도 눈치채지 못한 것 같았다.

나는 더이상 개고기 이야기가 안 나오도록 화제를 얼른 스테피에게로 돌렸다. 그러는 네 취미는 뭐냐. 주말에는 뭐 하느냐. 스테피는 은행에 가지 않는 주말에는 연극모임에 나간단다. 그래서인지 다른 사람의 표정을 그대로 흉내낸다든지, 대답을 표정으로 대신한다든지 하는 재미있는 면이 있다. 스페인 호텔 주인과 프랑스 손님이 대화가 안 통해서 난감해할 때 자신이 표정만으로 통역을 해준 경험도 있었단다. 하지만 그만큼 남을 웃기는 일에 대한 집착이 강하다. 그녀는 샐러드 파스타를 시켜서는 3분의 2를 남긴 후 웨이트리스에게 '3분의 1밖에 안 먹었으니 3분의 1가격만 내면 안 되느냐'고 물었고 심지어 남긴 파스타를 다른 독일 여자에게 넘겨준 뒤 '같이 돈 내자'고 우기기도 했다.

약간은 가학적인 스테피의 유머 코드는 은근히 나와 닮았다. 내게도

수산나, 스테피, 브리기트와 함께 한, 카미노의 마지막 저녁식사. 개구쟁이 스테피는
올해 다시 카미노에 도전한다는 이메일을 보내왔다. 그녀에게 내 소중한 에우나테
를 추천해주면서 나는 묵은 서운함을 날려버렸다.

그런 면이 있다. 그리고 그 때문에 상처 입은 사람들도 있었을 것이다.
단 1분 웃자고 상대방에게 오래 기억될 상처를 남기는 것이 얼마나 어리
석은 일인지 나는 그때 알았다. 당하는 사람은 이런 기분이 되는구나. 어
찌 해볼 도리 없이 외롭고 곤혹스러워지는 구나.

문득 수산나가 내게 질문을 했다.

"그럼, 이제 유럽엔 언제 다시 올 건가요?"

딴 생각을 하고 있다가 갑자기 그런 질문을 받으니 막막했다. 아, 그렇
지. 우린 아예 다른 대륙에 사는 사람들이었지. 난 이제 유럽을 떠나 아
시아로 가야 한다. 그럼 언제 다시 이 유럽 땅에 발을 디딜 수 있을까. 잠
시 망설이던 나는 말했다.

"내년이요."

반은 농담이지만 반은 진심이었다. 나는 스페인의 100분의 1도 보지
못했고, 왔던 곳이라고 해도 다시 오고 싶은 곳이 벌써 여러 군데다. 에
우나테는 지금이라도 다시 달려가고 싶고, 아조프라에서 산토 도밍고 데

라 칼자다까지 가는 길의 그 따뜻함도 잊을 수가 없다. 산토 도밍고 데 실로스의 그레고리안 성가는 아직도 가슴에서 메아리치고 있다. 같은 일을 두 번 하기 싫어하는 변덕쟁이지만 카미노라면 다시 걸을 수 있을 것 같았다. 계절만 달라도, 날씨만 달라도, 내 기분만 달라도 카미노는 완전히 새로운 길이 될 테니까 말이다. 열다섯 번을 걷고도 다시 또 길을 나섰다는 어느 스페인 아저씨의 말이 이제는 이해가 갔다. 이 길은 육체적인 힘이나 다리 근육으로 걷는 게 아니다. 힘은 길이 준다. 필요한 것은 마음이다. 정말 이 길을 사랑하고 그리워하는 마음. 그 마음만 있으면 힘은 생겨난다.

여태 얌전히 있던 브리기트가 문득 기쁜 표정으로 입을 열었다.

"내년이면 나는 라바날 델 카미노의 알베르게에서 호스피탈레로가 되어 있을 거예요. 이메일 보낼 테니 그때 꼭 와야 해요?"

브리기트의 말에 의하면 라바날 델 카미노의 알베르게는 아주 특별한 곳으로 모든 페레그리노들에게 이틀 밤을 머물게 한다. 자신도 그곳에서 이틀을 머물렀고 호스피탈레로가 되겠다는 결심을 했다고.

제발 그녀는 호스피탈레로가 되고 나는 다시 이 유럽 땅에 발을 딛게 되기를!

카미노의
마지막
속삭임

당신 앞의 생을 믿어요

몬테 델 고조 | 산티아고 데 콤포스텔라 | 소브라도 도스 몬세스

23 저기 산티아고 대성당이 보인다!
몬테 델 고조, 산티아고 데 콤포스텔라

옛날이 좋다고들 하지만 오늘이 더 좋습니다.
그리고 새로운 내일이 다가옵니다.
우리들의 가장 위대한 노래는 아직 불리지 않았습니다.
| 펠엄 험프리 |

드디어 마지막 날이다. 부지런한 스테피와 수산나를 먼저 보내고 나는 느긋하게 마지막 대장정에 나섰다. 노란 화살표가 가리키는 방향대로 알베르게 왼쪽 길로 접어들었다. 그런데 내 앞에 가던 페도라 쓴 청년과 한 여자가 걸음을 멈추더니 뒤를 돌아보며 내게 소리친다.

"저기요, 이 방향이 맞아요?"

내가 보는 방향에서는 노란 화살표가 분명히 앞을 가리키고 있었다. 나는 자신 있게 고개를 끄덕여주었다. 그런데 잠시 후 그들은 또 멈춰서서 나를 돌아본다. 세 갈래 길인데 거짓말처럼 화살표가 사라진 것이다.

"화살표가 없어요."

청년은 내게 하소연했다. 나도 어리둥절하여 주변을 살펴보았다. 그때 우리 뒤에서 독일 노인들이 걸어왔다. 그들은 자신 있게 가운데 길로 간다. 어딜 가든 '정확한' 독일 사람들은 내겐 나침반이자 가이드였다. 그들을 따라 가운데 길로 걸어갔고, 청년 일행도 내 뒤를 따라왔다.

그런데 정면에서 차 한 대가 달려와 우리 옆을 지나간 뒤, 청년이 뒤에서 "헤이!" 하며 나를 불렀다. 방금 지나간 차의 운전자가 오른쪽 길로 가야 한다고 했단다. 그곳으로 다시 가려면 엄청난 거리를 되돌아가야 한다. 어떻게 하나. 하지만 지금 가는 길에 확신이 있는 것도 아니다. 이 길은 카미노라고 하기엔 너무 쭉 뻗은 고속도로다.

나는 청년 일행을 따라가기로 결심하고 그들과 함께 오른쪽 길로 접어들었다. 바른 방향을 찾았다 싶어 안심했는지 청년은 자기 이야기를 꺼낸다. 자신은 우루과이에서 온 학생으로 현재 바르셀로나에서 유학중이며 같이 걷는 사람은 여자친구가 아니고 엄마란다. 그 말에 나는 깜짝 놀랐다. 군살 없이 자그마한 체구에 질끈 묶은 생머리 그리고 귀여운 얼굴. 난 정말 그의 여자친구인 줄 알고 같이 걸으면서도 '연인 사이에 끼어서 이렇게 같이 가도 되나' 눈치를 보고 있었는데 말이다.

"하하하, 다들 여자친구인 줄 오해해서 제가 일부러 사람들 앞에서는 '엄마, 엄마.' 하고 크게 불러요."

그러나 안심하긴 일렀다. 아무리 걸어가도 화살표는 더이상 보이지 않는다. 청년은 길을 묻겠다며 이 집 저 집 초인종을 눌렀지만 대답하는 것은 개들뿐. 그러자 청년의 어머니가 자꾸 허공에 대고 "산티아고!" "산티아고!"라고 외친다. 나는 생각했다.

저 어머니도 산티아고 가는 길을 찾으려고 애쓰시는구나.

결국 지나가는 자동차를 세워서 길을 물었고 마을 초입까지 되돌아가야 했다. 공연히 한 시간을 허비한 셈이었다. 다시 길을 걸으며 나는 청년의 이름을 물었다. 그러자 그가 대답했다.

"산티아고예요."

"네? 이름이 산티아고라고요?"

그러니까 그의 어머니가 허공에 대고 부른 것은 아들의 이름이었던 것이다. 왜 하필 나는 '산티아고'에 도착하는 날 아침 '산티아고'를 만난 걸까.

그러고 보니 우리는 구면이었다. 어제 노천 바에서 저녁을 먹던 우리에게 9시가 넘은 늦은 시각, 그가 건너편 길에서 "알베르게는 어디 있나요?"라고 큰 소리로 물었었다.

"그래서 어제 숙소는 구했어요?"

"그 사립 알베르게에 갔더니 침대가 한 개밖에 안 남았다는 거예요. 그 침대는 엄마에게 드리고 저는 소파라도 달라고 했죠. 그랬더니 호스피탈레로가 한참 고민하더니 2층에 있는 소파를 저더러 쓰라고 하더군요. 대신 반값만 받겠다며. 그런데 막상 가보니 너무 좋더라고요. 사방이 조용하고 혼자 쓰는 공간이기도 했고. 근데 호스피탈레로 앞에서는 내색을 안 했죠. 'Oh, I'm so lonely. I'm alone. It's so cold.' 하면서 말이죠, 하하하."

그런데 어머니까지 모시고 그는 왜 그렇게 늦은 시각까지 카미노를 걸었을까.

"실은 제가 바르셀로나에 있는 댄스학교에 다녀요. 전공이 라틴댄스거든요. 얼마 전 세계 챔피언십 대회에 나가서 2등을 했어요. 그걸 축하

해주기 위해 엄마가 우루과이에서 오셨는데 카미노를 걷고 싶다고 하셔서 2주 동안 둘이 걷기로 한 거예요. 그런데 시간이 짧으니까 아무래도 하루 동안 걷는 거리가 남들보다 많은 거죠."

산티아고는 한눈에 봐도 참 잘생겼다. 내가 그 세 갈래 길에서 굳이 이 청년을 따라온 데는 그의 외모도 작용했다는 사실을 부인할 수 없다. 게다가 정열적이고 섹시한 라틴댄스가 전공이라니! 세계대회에서 2등을 했다는 그가 춤추는 모습을 상상하니 황홀해졌다.

그때 뒤에서 힘겹게 따라오던 산티아고의 어머니가 그를 불러세웠다. 그러자 산티아고는 자연스럽게 그녀의 배낭을 받아들었다. 그리고 배낭 두 개를 앞뒤로 멘 채 걷기 시작했다. 효자 산티아고는 '항상 버터플라이처럼 춤을 추어야 한다'고 했다는 교수 이야기를 하면서 정말 버터플라이처럼 폴짝 뛰어 보이기까지 했다. 실제로 그는 카미노를 걷다가 지루해지면 춤을 추며 걷기도 했단다. 노래하는 브라이언, 춤추는 산티아고. 아, 카미노의 아름다운 남자들이여!

산티아고의 나이는 불과 스물세 살. 그러나 사고방식이나 세계관은 나이답지 않게 의젓했다. 스페인에서 독립한 남미국가 우루과이 출신으로 스페인에서 성공하려면 반드시 극복해야 할 한계가 분명히 있다는 점을 잘 안다고, 춤과 예술을 정말 사랑하며 꼭 성공하고 싶다고, 그래서 더욱더 실력을 갈고 닦을 것이라고 그는 말했다. 놀랍게도 그는 벌써 학생들에게 춤을 가르치고 있단다. 젊은 나이에 자신이 갈 길을 빨리 깨닫고 거침없이 나아가는 그의 모습은 참 아름다웠다. 그 나이에 난 '어떻게 살지?' 고민만 했었는데.

몬테 델 고조Monte del Gozo에서 다시 만난 스페인 아주머니 삼총사. 카미노가 평범한 사람들의 길이라는 것은 이런 분들을 통해서 알 수 있다. 시원시원하고 소탈한 모습에서 국적을 초월한 따뜻한 인간미가 느껴진다.

　　나는 새삼 존경스러운 눈으로 이렇게 훌륭한 아들을 키운 어머니를 돌아보았다. 그러나 연약한 그녀는 지쳐서 쓰러지기 일보 직전이었고, 곧 나타난 바에서 산티아고 모자와 작별인사를 나눴다.

　　산티아고까지는 불과 10여 킬로미터만 남아 있었다. 마지막 고비라고 할 수 있는 그 길은 인내심을 시험하듯 유난히 덥고 지루했다. 나는 한 걸음, 한 걸음에 온 에너지를 담아야 했다. 점심을 해결하기 위해 한 바에 들어섰을 때엔 곧이어 들이닥친 세 명의 스페인 아주머니들과 마주보며 동시에 "앗!" 하고 소리를 쳤다. 이날 나는 포르토마린에서 샀던 가슴에 노란 화살표가 그려진 티셔츠를 입고 있었는데 그 아주머니들도 모두 나와 똑같은 티셔츠 차림이었다. '산티아고에 도착하는 날엔 화살표 티셔츠를 입겠다'고 결심한 사람들이 나 말고 또 있었다니!

　　이 화살표 삼총사와는 몬테 델 고조Monte del Gozo의 동상 앞에서 또다시 마주쳤다. 내가 사진을 찍겠다고 하자 그들은 활짝 웃는 얼굴로 포즈를

나를 여기까지 이끌어준 이 노란 화살표가 내 삶의 한 귀퉁이에도 언제나 자리하길, 나는 진심으로 바랐다. 드디어, 드디어, 산티아고다!

취해주었고 그 다음엔 내 사진을 찍어주겠다며 우리나라의 극성맞은 아주머니들처럼 온갖 포즈를 다 취하게 했다. 그들과 나는 산티아고에 함께 입성했다.

드디어 산티아고! 도시 초입에 있는 산티아고 간판을 보니 반가우면서도 한편으로는 기분이 묘했다. 내가 4주 동안 목표로 삼았던 곳이 정말 여기인가? 나는 왜 이곳으로 오겠다고 했을까. 아무리 걸어도 성당의 거대한 첨탑은 보이지 않고 낯설어지는 풍경에 물음표를 던지는 횟수만 잦아졌다.

거리엔 더위에 지쳐 무심한 표정의 사람들만 오간다. 노란 화살표는 정말 인색하게, 작게, 도로 구석에 숨어 있다. 아! 제발 뜨겁게, 밝게, 신나게 나를 환영해달란 말이다! 그러나 카미노 따위는 현실생활에 비하면 아무것도 아니라는 듯 도시는 너무도 일상적이었다. 지난 4주 동안 걸은 것보다 산티아고 초입에서 대성당까지 걸어가는 길이 더 힘들고 멀게 느껴질 지경이었다. 어떻게 갔는지 머릿속에 정리하여 그려보기도 전에 얼떨결에 대성당 앞에 이르렀고, 까마득하게 높은 첨탑을 바라보노라니 눈 앞이 아뜩해졌다.

이제 왔구나.

나는 근처에 서 있던 아저씨에게 부탁해서 도착 기념사진을 찍었고 순례자 사무실을 찾아갔다. 계단을 올라 2층으로 가니 줄지어 선 페레그리노들 중에 반가운 얼굴이 눈에 띄었다. 수산나였다. 우린 큰 소리로 인사를 했다. 수산나는 저렴한 호스탈을 알아봐두었다며 증명서를 받은 후 같이 가자고 했다.

내 차례가 되어 접수대로 걸어가는데 발이 아팠다. 절룩거리는 내 모습을 보자 예쁘장하게 생긴 접수원이 웃으며 말했다.

"전 코스를 열심히 걸으셨군요. 그래서 발이 그렇게 아프신 거겠죠?"

중간에 버스를 여러 번 탔지만 그녀의 표현이 아름다워서 나는 자연스럽게 고개를 끄덕이고 말았다. 전 코스는 아니래도 난 열심히 걸었어. 그래서 내 발이 이렇게 아픈 게 맞아.

1유로는 도네이션, 1유로는 증명서의 케이스 값으로 내고 증명서를 받아서 돌아오니 수산나가 기다리고 있었다.

"자, 우리 광장으로 커피 마시러 갑시다!"

수산나는 성취감에 흠뻑 취한 듯했다. 하지만 나는 조금 다른 기분이었다. 내 안의 모든 것이 일순간 확 빠져나가버린 느낌이라고나 할까. 지금 걷고 있는 사람이 내가 아닌 것 같은 기분. 아, 진짜 나는 어디로 갔을까. 그녀가 곁에 없었더라면 나는 의식을 잃고 쓰러졌을 지도 모른다.

성당 뒤편 광장의 노천 바에는 반갑게도 아일랜드 남자들, 브라이언과

마침내 도착한 산티아고 데 콤포스텔라의 대성
당. 페레그리노들은 성당 정문에 있는 기둥에
손을 대고 감사의 기도를 한다. 그리고 제단 위
에 있는 야고보상의 어깨를 끌어안는 의식이 이
어진다.

빡빡이가 있었다. 브라이언은 내가 아직 숙소를 못 정했다고 하자 자기
가 묵고 있다는 호스탈의 명함도 건네주었다. 그런데 빡빡이 옆에 있어
야 할 헝가리 여인이 안 보인다. 그녀는 벌써 피스테라로 떠났단다. 수산
나는 이 멋진 아일랜드 남자를 두고 어떻게 혼자 떠날 수 있느냐고 혀를
찬다. 하지만 자신도 피스테라로 떠날 계획에 분주하다. 바다에 뛰어들
기 위해 수영복까지 준비했단다. 나에게도 피스테라로 가지 않겠느냐고
물었지만 내게는 산티아고가 카미노의 끝이었다. 굳이 바다를 볼 필요는
없었다. 다른 곳으로 가야 한다고 하자, 자신은 피스테라행 버스를 알아
보겠다며 일단 나를 자신이 묵는 곳으로 데려다주었다.

　방에 도착하자마자 나는 침대 위에 쓰러졌다. 다들 영광스럽고 행복하
고 감격스럽게 산티아고 입성을 이야기하지만 내게 그런 느낌은 들지 않
았다. 그냥 조용히 쉬고 싶은 생각뿐.

　피곤했다. 그동안 참고 참았던 피로가 일순간 몰려오는 듯했다. 더이상

순례자 사무실에 있던 그림과 내가 받은 순례자 증명서.

아무것도 계획하거나 생각하거나 판단하고 싶지 않다는, 정신적 피로감.

아, 아무것도 하기 싫다. 아무것도 생각하기 싫다.

나는 짐 정리도, 빨래도 하지 않은 채 침대에 엎드려 그동안 찍었던 사진들만 들여다보다 잠에 빠졌다.

24

산티아고에서 이틀을 보내다

산티아고 데 콤포스텔라

> 모래 한 알에서 세상을 보고
> 들꽃 한 송이에서 하늘을 본다.
> 당신의 손바닥 안에서 무한을 잡아라.
> 그리고 한 순간 속에서 영원을 잡아라.
> | 윌리엄 블레이크 |

내 인생에서 가장 시간이 천천히 흐를 때가 언제였던가. 지금도 기억나는 것은 고등학교 시절, 아파트 3층인 집까지 계단을 오르며 '왜 이렇게 시간이 안 가지? 내가 태어난 지가 언젠데 왜 난 아직도 학생인 거지?'라고 생각했던 일이다. 그때의 난 스무 살만 되어도 사는 게 지겨워질 텐데 어떻게 마흔 살, 쉰 살까지 사나 하고 걱정했었다. 하지만 그 이후로는 한 번도 시간이 천천히 흐른다고 느껴보지 못했다. 잠깐 눈을 감았다 뜨면 일년이 지나버렸다. 그리고 내게는 엄두가 안 나던 나이까지 도달해버렸다. 여전히 사는 일에 서툴고 모르는 것 투성이면서 말이다. 그 기분은 이날 아침 산티아고 데 콤포스텔라의 대성당으로 걸어가면서도 또렷하게 느낄 수 있었다. 나는 벌써 카미노가 끝났다는 사실을 믿을 수 없었다. 첫날 알베르게 안내표를 받았을 때 '이 많은 마을을 언제 걸어서 산티아고에 도착할까?' 생각했던 게 엊그제 같은데 벌써 끝이라니. 나는 아직도 이 길의 의미를 차지 못했는데…….

수산나와 광장 카페에서 아침을 먹은 뒤, 각자 볼일을 보고 대성당으로 갔다. 벌써 사람들이 무지막지하게 모여들었고, 만나기로 했던 수산나를 찾을 수도 없었다. 각국에서 몰려온 단체 관광객들이 엄청났다. 산티아고 대성당에는 페레그리노들만 올 것이라고 생각했는데 그게 아니었다. 간신히 제단 정면 쪽 기둥 옆에 섰지만 롱다리 외국인들의 등에 가려져 소리를 듣는 것에 만족해야 했다. 신부님의 건조한 목소리로 들리는 '도스 코레아노.' 그래, 두 명의 한국인이 왔구나. 그럼 둘 중의 하나가 나겠지. 건너편 기둥 쪽에 서 있던 어느 낯익은 스페인 페레그리노는 깔끔한 양복을 입고 서 있다가 나와 눈이 마주치자 예의바르게 고개 숙여 인사를 했다. 그는 배낭 속에 오늘 입을 저 양복을 챙겨넣고 그 먼 거리를 걸어왔나보다. 그만큼 오늘 이 자리, 이 시간이 중요하다는 의미겠지. 하지만 나는 잘 모르겠다. 거대한 향로 보타푸메이로가 공간을 가로지르며 날아다닌 후, 성당 안에는 감미로운 향기가 가득 찼다. 그리고 미사가 끝났다. 사람들은 성당 곳곳을 촬영하기도 하고, 여기저기 구경하기도 하고, 야고보상의 어깨를 만지기 위해 줄을 서기도 하고, 급하게 나가기도 한다. 아무리 주변을 살펴도 만나기로 했던 수산나는 보이지 않았다. 나는 천천히 내가 들어왔던 왼쪽 출구를 향해 걸었다.

감동이란 "자, 여기서부터 감동이야! 감동 받을 준비를 해!" 하고 자신의 존재를 알리며 다가오지 않는다. 이런 예식이 있다는 사실을 미리 알았던 데다 수많은 사람들 틈에 끼어서, 특히 나보다 키가 두 배쯤 큰 아

닥쳐오는 혼란과 갈등을 피하지 말라. 목적지에 도달해도 피 흘린 훈장이 없다면 문지기는 결코 문을 열어주지 않을 것이다. 산티아고에 도착했더라도 모든 사람에게 이 순례길의 의미가 전해지는 것은 아니다.

저씨 뒤에서 참가한 미사에 감동을 받기는 어려웠다. 나는 덤덤한 기분으로 나오려고 했다.

그런데 출구 근처까지 걸어갔을 때 뒤에서 귀 익은 바이올린 소리가 들렸다. 영화 〈타이타닉〉에서 배가 가라앉을 때 연주되었던 그 음악, 〈주여 임하소서 Nearer my god to thee〉였다. 나는 걸음을 멈추었다. 에우나테 교회 의자에 털썩 앉았듯이, 의자에 앉아서 그 연주를 끝까지 들었다.

사춘기 시절, 나를 성당으로 이끌었던 가장 큰 요인은 성가였다. 성당에 가면 아름다운 성가들을 부를 수도, 들을 수도 있었다. 사춘기 탓인지, 복잡한 가정사 탓인지 유독 사는 게 우울했던 내게 아름다운 성가들은 고마운 휴식이자 따스한 위로였다. 산토 도밍고 데 실로스를 굳이 찾아갔던 것도 그때의 좋은 기억이 있었기 때문일 것이다. 그리고 지금 연주되는 이 음악은 내가 가장 좋아했던 성가다. 내가 짝사랑했던 '가브리엘'이라는 세례명의 소년은 세상에서 가장 아름다운 목소리로 이 성가를 부르곤 했다. 그때 난 생각했다. 사람이, 사람이 어떻게 저리도 아름다울

수 있어?

그러나 '두드려라, 열릴 것이다. 구하라, 얻을 것이다' 라는 성경 말씀을 전혀 이해하지 못했던 고집쟁이 소녀는 두드리지도, 구하려고 애쓰지도 않은 채 풋사랑을 잊으려고만 했다. 그러면서 교회는 어느덧 학교, 가정 외에 세 번째의 구속이 되었고 나는 자유를 찾아 떠났다. 그런데 그 음악을 이 자리, 이 순간에 듣게 될 줄이야.

"아무런 감동도 없었어. 난 산티아고에서 환영받지 못했어."

내가 이런 심정으로 돌아갈까봐, 저 높은 곳에 있는 누군가가 내 마음을 이렇게, 따뜻한 손길로 달래주는 듯했다. 산티아고 대성당과 〈주여 임하소서〉. 둘이 이렇게 연결되면 내 기억 속에서 아름다운 추억이 되지 않을 수 없다. 이 음악을 연주한 사람과 보이지 않는 그 누군가에게 깊이 감사하며 나는 그곳을 떠났다.

이제 나는 소브라도 도스 몬세스로 가야 했다. 그러나 버스터미널에

형광등이라도 켠 듯 지나치게 밝고 눈부셨던 이 도시에서 나는 오히려 조용히 가라앉았다. 태양이라는 이름의 형광등은 밤 11시에 꺼졌다.

물어보니 주말엔 그곳에 가는 버스가 없고 월요일 저녁에나 있다고 한다. 뜻하지 않게 이틀을 더 산티아고에서 머무르게 됐다. 나는 터벅터벅 걷다가 제일 먼저 눈에 띄는 소박한 호텔에 들어가 방을 잡았다.

세계적인 관광지인 산티아고 데 콤포스텔라는 신시가지, 구시가지로 나뉠 만큼 규모도 크고 어딜 가든 관광객이 넘쳐나는 곳이다. 성당 앞 광장에서는 집시의 댄스나 거리악사의 연주도 공공연하게 펼쳐진다. 그러나 그런 떠들썩한 분위기에 적응하기란 쉽지 않다. 차라리 어느 영화에서처럼 비라도 내렸다면 고요한 느낌이 들었을까. 오며 가며 낯익은 페레그리노들을 마주칠 때마다 눈인사를 하거나 아는 체를 해보아도 더이상의 동지의식이나 연결고리는 없다. 이제 우리는 더이상 같은 루트를 걷는 페레그리노가 아니었다. 각자 다른 스케줄을 가진 관광객일 뿐이다. 그런 내게 다행히 박물관이 눈에 띄었다. 산티아고 대성당 안에 있는 두 가지 박물관을 보고 나오자 누군가 '페레그리노 박물관'의 안내 팸플릿을 건네주었다. 그곳에서 또 나는 오랜 시간을 보냈다.

어릴 때는 박물관에 가는 것이 싫었다. 지루하게 거긴 왜 가. 숨 막혀. 그런데 평생을 골동품과 미술품에 둘러싸여 살아오신 이모부로부터 몇 년 전 이런 이야기를 들었다.

"진짜와 가짜를 어떻게 구별하는지 아니? 진짜를 자꾸 보다보면 저절로 알 수 있어."

그런 분의 눈앞에서는 아무리 정교한 모조품이어도 진짜 행세를 할 수는 없으리라. 그때 깨달았다. 오래된 것들, 진짜인 것들을 자꾸 보다보면 삶의 모든 부분에서 진짜를 알아보는 눈이 생긴다는 사실을.

예전엔 언제나 환하게 웃는 얼굴, 입에 발린 소리들이 좋은 줄 알았다. 하지만 그게 진짜는 아니었다. 가짜는 언제나 쉽게 떠나가고 등을 돌린다. 아이러니하게도 "힘들지? 나한테 의지해."라는 말을 한 사람들일수록 내게서 멀리 떠나갔다. 그런 달콤한 말에 더이상 기대지 않겠다는 생각을 하자, 많은 가짜들이 내 마음의 리스트에서 삭제되었다. 이러다간 아무도 남지 않겠다 싶어 아찔하기도 했지만, 그래도 변하지 않는 진짜들은 여전히 보석처럼 반짝이고 있다.

내 인생의 시간은 그런 보석 같은 사람들에게 할애되는 게 옳다. 누굴 만나도 의심할 필요 없이 그 시간이 온전히 즐겁고 충만할 수 있으니까. 진짜를 보는 즐거움과 언젠가 만날 내 진짜의 사람을 한눈에 알아볼 안목을 기르기 위해서라도 박물관에 가는 것을 게을리 하지 않기로 했다. 그래서 나는 카미노를 걸을 때만큼 발이 아프도록 박물관 안을 걷고 또 걸었다.

다음날 다시 또 산티아고에서의 하루가 기다리고 있었다. '아, 이곳에

1. 중세의 신비가 보존되어 있는 산티아고 대성당의 박물관.

2. 페레그리노 박물관 내부.

3. 산티아고 데 콤포스텔라에 도착하면 사진, 동상, 인형 등 다양한 이미지로 마주치게 되는 두 노파가 있다. 스페인어로 Las dos Marias, 즉 '두 명의 마리아'라고 불리는 자매로서 사진처럼 울긋불긋 화려한 옷을 입고 매일 오후 2시에 산티아고 일대를 산책했다고 한다. 보수적인 스페인에서 이들의 행색은 유난스러웠지만 스페인 내전 당시 부모를 잃은 충격으로 정신이 이상해진 탓이라는 게 알려지자 사람들은 따뜻한 시선으로 받아들였다. 그리고 이제 이들은 산티아고의 명물이 되었다.

4. 페레그리노 박물관에 전시된 순례자 모형.

서 내가 할 일은 하나도 없는 것 같아' 라는 푸념을 담은 이메일을, 아직도 한참 뒤에서 걷고 있는 안토니엘라에게 보낸 뒤, 나는 어떻게든 시간을 보내기 위해 거리로 나섰다. 시골의 바에서보다 훨씬 비싼 카페 콘 레체를 마시고, 가족과 친구를 위한 선물을 사고, 걷고 또 걷다가 저녁 무렵 호텔로 돌아와 이메일을 열어보니 안토니엘라의 답장이 와 있었다. 고맙게도 그녀는 산티아고에서 유학중인 친구의 연락처를 알려주며 그 친구에게 가이드를 부탁해보라고 했다. 영어도 잘하고 아주 착한 녀석이라며. 비록 그에게 연락은 하지 않았지만 멀리서나마 나의 안부를 걱정해주는 친구가 있다는 사실이 적잖은 위로가 되었다.

그날 밤 나는 스페인에 와서 처음으로 해가 지는 모습을 호텔방 창가에서 지켜보았다. 해는⋯ 밤 11시에야 졌다.

25 고요와 적막, 진정한 평화의 품으로
소브라도 도스 몬세스

> 그대의 마음이 있는 곳에 그대의 보물이 있다는 사실은 잊지 말게.
> 그대가 여행길에 발견한 모든 것들이 의미를 가질 수 있을 때
> 그대의 보물은 발견되는 걸세.
> | 파울로 코엘료, 《연금술사》 |

이제 남은 일정은 소브라도 도스 몬세스뿐이다. 인터넷으로 찾은 정보에 의하면 그곳에는 호텔이 한 개밖에 없었다. 산토 도밍고 데 실로스 같은 작은 마을도 호텔이 여섯 개나 검색되었는데, 하나뿐이라니 조금 불안했다. 예약을 하려 해도 예약 프로그램은 계속 에러가 난다. 최악의 경우, 호텔이 문을 닫고 없으면 알베르게로 가야 하는데, 알베르게도 7시 반에 문을 닫는다고 했다. 저녁 6시에 출발한 버스가 만약 7시 반 넘어 도착하면, 나는 노숙을 해야 한다. 우연히 만난 신부님 말씀 하나 듣고 가는 것치고는 너무 모험을 하는 셈이었다. 그게 걱정이 되었는지 카미노 내내 아무렇지도 않던 아랫배까지 살살 아파왔다.

정말 이렇게 가도 될까. 다른 사람들도 이런 식으로 여행할까.

버스터미널의 매표원과 버스기사는 아예 대놓고 '소브라도에는 왜 가

이 표지를 처음 보던 순간까지도 내가 이곳을 이토록 그리워하게 될 줄 상상조차 못했다.

니?' 하는 듯 의아한 표정을 지었다. 산티아고에서 버스를 타는 외국인은 공항으로 가든지, 피스테라로 가는 게 정상이었을 테니 말이다.

버스에는 많은 사람들이 탔지만 공항을 지나고 내가 걸었던 마을들을 통과하면서 승객들의 숫자도 점점 줄어들었다. 그리고 나를 포함하여 달랑 세 명이 남았을 때, 버스는 산 속의 구불구불한 오솔길로 접어들었다. 그 순간, 이상하게도 불안하고 걱정스러웠던 마음이 거짓말처럼 사라졌다. 피스테라를 굳이 마다했듯이 사실 나는 바닷가보다는 이런 아기자기한 숲길을 좋아한다. 이렇게 내 마음에 쏙 들게 예쁜 길을 지나서 만날 소브라도 도스 몬세스라면 나를 결코 실망시키지 않을 것 같았다.

마침내 사진에서 보았던 수도원의 첨탑 두 개가 보이는 곳에서 버스는 멈춰섰다. 버스에서 내려 주변을 두리번거리자 건너편에 인터넷에서 보았던 그 호텔, '산 마르코스San Marcos'가 보인다. 길을 건너 다가갔더니 마치 우리나라의 옆집 아주머니처럼 왜소한 체구의 한 여인이 입구에 서 있다. 작은 배낭을 메고 있기에 나 같은 여행자인 줄 알았는데 그녀가 내

산 마르코스 호텔 전경. 왼쪽 건물이 호텔, 오른쪽 건물은 리사의 개인집이다.

게 말을 걸었다.

"방이 필요한가요?"

반갑게도 영어다. 주비리의 호스탈에서도, 산토 도밍고 데 실로스의 호텔에서도, 심지어 산티아고의 호스탈에서도 영어가 통하지 않아 얼마나 답답했던가. 고개를 끄덕이자 그녀는 열쇠를 꺼내 호텔 문을 열고 들어간다. 그녀가 호텔 주인이었다. 그녀가 안내한 2층의 가장 넓은 방에는 캐노피와 천정에 거울까지 달린 공주침대 그리고 소브라도 수도원이 바로 보이는 테라스가 있었다. 공주침대와 테라스에 혹하여 나는 흥정은 생각도 못하고 '30유로'라는 가격에 곧바로 고개를 끄덕여버렸다.

그런 내가 착해 보였는지 아주머니는 웃으며 장부를 꺼내더니 '안경 한 알이 깨져서 글씨가 잘 안 보인다, 직접 숙박계를 써달라'며 내게 장부를 내밀었다. 직접 주소며 국적이며 연락처 등을 적어서 주었더니, '글씨 잘 쓰네'라는, 생전 처음 듣는 칭찬도 해주었다.

50대의 스페인 아주머니 치고는 너무 영어를 잘한다는 생각에 의아해 하고 있는데 영국 옥스퍼드에서 18년을 살았단다. '배낭을 메고 있어서

리사는 나를 수도원이 내다보이는 방으로 안내해주었다(왼쪽). 창문을 통해 수도원을 바라보며 나는 서서히 여행의 끝을 준비했다.

나 같은 투어리스트인 줄 알았다'고 하자 '핸드백을 메는 것보다는 배낭을 메는 것이 더 편하다'며, 배낭 속엔 핸드폰밖에 안 들어 있다고 또 활짝 웃는다. 작은 체구며 검은 머리칼이 어딘지 동양인 같은 느낌이 드는 그녀의 이름은 리사라고 했다.

지금 수도원으로 가도 되느냐고 물었더니, 아침 10시에 문을 열고 지금은 문을 닫았단다. 미사도 저녁 7시에 있으니 지금 가기는 늦었다고 했다. 그래도 주변은 볼 수 있다고 해서 나는 곧바로 방을 나섰다. 호텔에서 불과 50미터만 걸으면 수도원이다. 작은 굴다리를 지나자 수도원 특유의 커다란 나무가 보이고 이윽고 사진에서 보았던 거대한 두 개의 탑이 시야에 들어왔다. 이렇게 근사한 석조건물을 952년도에, 천년 전의 사람들이 지었다니 믿을 수 없다.

그 평화롭고 아름다운 광경을 넋을 잃고 바라보는데 한 아저씨가 밖에서부터 이쪽으로 천천히 걸어온다. 리사도 그 뒤에서 열심히 걸어온다. 나를 보내놓고 마음이 안 놓였나. 리사는 내게 손짓을 하며 자기에게 오라고 하더니, 그 관리인 아저씨에게 뭔가 이야기를 한다. 지금 수도원 안을 내게 보여줄 수 있느냐고 묻는 듯했다. 관리인 아저씨는 안 된다고 도리질이다. 나도 굳이 지금 수도원을 구경할 생각은 없었지만 산토스 신부님의 말씀대로 정말 여기에 한국인 수사가 있는지 물어봐달라고 리사에게 부탁했다. 리사의 말에 관리인 아저씨는 'Tres(세 명).'라고 한다. 그제야 아저씨의 표정에서도 살짝 미소가 퍼진다. 리사는 웃으며 내게 말했다.

"만약 그들이 당신을 본다면 '앗, 한국인이다!' 하며 깜짝 놀라겠네요?"

리사는 내게 저녁 먹을 장소를 알려주겠다며 앞장을 섰다. 나는 의아했다. 그동안 여러 곳을 여행해보았지만 호텔 주인이 이렇게 직접 가이드를 해주는 것은 처음이었다. 호텔에 손님이 나 하나라고 해도 이렇게까지 할 필요가 있을까. 그러나 그녀는 아주 자연스럽게 나를 데리고 동네 슈퍼마켓과 과일가게에 인사를 시키고, 마을 끝 언덕배기에 있는 식당도 소개해주었다. 그리고 아직 밥 먹기엔 시간이 이르니 소브라도의 또 다른 볼거리, 라구나^Laguna 호수를 보고 오라고 재촉했다. 그녀가 알려준 방향대로 길을 걸어가다보니 낯익은 노란 화살표가 보인다. 그렇지, 여기는 카미노 노던 웨이인 것이다. 오랜만에 노란 화살표를 보니 반가웠다. 하지만 이왕 길을 걸을 거면 수도원이 보이는 길을 걷고 싶어서 나는 가던 길을 되돌아왔다.

그리고 마을 앞길, 즉 수도원과 소들이 풀을 뜯어먹는 초원이 보이는 길에 다시 이르렀다. 나는 이 그림 같은 광경을 보기 위해 거꾸로 뒷걸음질치며 걸었다. 길 위에는 오직 나 혼자뿐이고 푸드득 푸드득 창공을 나는 새소리만 들렸다.

그렇게 두 눈 가득 소브라도의 정경을 담은 채 걷다보니 문득 걱정이 생겼다. 사랑해서는 안 될 사람에게 갑자기 푹 빠진 느낌이었다. 큰일이다. 정말 이 시골이 좋아지는 것이다. 이 조용함, 평화로움, 한적함이 내게 필요했다. 아, 이렇게 살아야 하는데. 이런 곳에서 살아야 하는데. 세계적인 관광지라는 대도시 산티아고에서는 뭘 해야 할 줄 모르고 쩔쩔맸던 내가 이 시골 마을에서는 마냥 편안하고 행복하다. 이러다가 도시로 돌아가면, 특히 서울로 돌아가면 과연 내가 적응해서 살 수 있을까. 그동안 맹목적으로 선호했던 도시의 정체를 비로소 파악해버린 것이다. 편리함을 주는 대신 평온함을 뺏아가고 경쟁과 가식으로 사람을 몰아가는 그 공간에서의 삶을.

눈앞의 정경을 보며 웃다가, 곧 여기를 떠나야 할 것을 생각하며 울적해하다가 아까 리사가 소개해준 식당으로 갔다. 손님이라고는 페레그리노로 보이는 아저씨 한 그룹뿐이다. 그들은 TV로 축구경기를 보고, 나는 창문 너머 수직으로 선 수도원의 첨탑만 본다. 저녁 메뉴를 주문하자, 파스타가 둥둥 뜬 수프와 기름에 구운 스테이크가 나왔다. 리사의 말대로 '신선한 재료와 합리적인 가격'이지만, 딱 그만큼의 기대에만 부응하는 지극히 소박한 음식이었다. 그래도 쌀쌀한 이곳 북부 스페인에서는 따뜻한 수프를 마셔야 잠이 올 것 같았다. 나는 한 방울도 남기지 않고 수프를 훌훌 다 마셨다. 그날 밤, 나는 호텔방 테라스를 통해 보이는 수도원의 첨탑을 마치 내 것인 양 시선으로 온통 끌어안은 채 잠이 들었다.

26

내 카미노의 끝이자 완성이었던, 그 자리

소브라도 도스 몬세스

어떠한 경우에도 아무렇지 않게 죽을 수 있는 것이
깨달음이라고 생각했던 것은 착각이었다.
깨달음이란 어떠한 경우에도 아무렇지 않게
살아가는 것이다.
| 마사오카 시키 |

이불이 두터워 호텔에서는 굳이 침낭을 펴지 않았는데 역시 추위는 만만치 않았다. 새벽 추위에 잠이 깨서 옷을 더 챙겨입고 누워 있다가 깜박 다시 잠이 들었다. 눈을 떠보니 9시 40분! 근래 들어 최고의 늦잠을 잤다.

밖으로 나오니 리사가 호텔 앞을 청소하고 있었다. 18년 간 남편과 함께 영국 옥스퍼드에서 호텔을 운영하며 청소부터 경영까지 모든 노하우를 쌓았다는 그녀는 다른 일손 없이 그 작은 체구로 혼자서 이 4층 건물을 관리한다. 바지런한 그녀에게 인사를 하고 나는 곧 수도원으로 향했다. 안내 데스크 쪽으로 입장하니 깜짝 놀란 듯, 눈이 돌출된 재미있는 인상의 수사가 자리를 지키고 있었다. 그는 영어로 내게 '페레그리노냐, 언제 왔느냐, 언제 가느냐' 등의 질문을 했고 나는 더이상 페레그리노가 아니며, 어제 왔고 내일 떠난다는 이야기를 했다. 각국 언어로 된 안내서를

소브라도 수도원의 내부. 아름답고 웅장한 모습이지만 내벽 곳곳이 곰팡이와 습기에 변색되어 있다. 사라진 영광 뒤에 남은 텅 빈 제단에서 형언할 수 없는 세월의 쓸쓸함이 묻어난다.

꺼내며 그는 또 물었다.

"영어 안내서를 드릴까요?"

여태껏 나와 영어로 이야기했으면서! 그래서 나는 말했다.

"혹시 한글 안내서가 있나요?"

그러자 놀란 눈이 더 커진다.

"아, 코리안이군요! 여기에도 세 명의 코리안 브라더가 있답니다."

그러나 그는 금방 '아차, 수사님들의 프라이버시를 노출시키면 안 되지' 하는 듯, 곧 수도원 입장 후의 내부 동선에 대해 자세히 설명을 해주었다. 나는 회랑으로 혼자 들어섰다. 산토 도밍고 데 실로스의 수도원 회랑도 보았고, 산티아고 대성당의 회랑도 보았으니 회랑으로 치면 세 번째다. 그런데 여기엔 회랑이 두 개다. 처음 들어간 작은 회랑은 페레그리노들이 머무는 알베르게로 이어진다. 그래서 페레그리노의 회랑이라고 불린다. 그 옆으로 가면 또 다른 회랑이 있다. 이 끝에 중세식 부엌의 자리가 있다. 1600년대부터 1700년대까지, 이곳이 한창 번성했을 땐 이 큰 부엌에서 조리한 음식으로 페레그리노들을 접대하고, 또 수사들도 매일 식사를 했을 것이다.

하지만 지금은 어디선가 박쥐가 날아오지나 않을까 두려운 생각이 들만큼, 어둡고 조용하다. 그리고 점점 밀려오는 습기와 곰팡이 냄새에 숨이 막힌다. 회랑도 그렇고 부엌도 그렇고, 곳곳에 곰팡이와 녹색 이끼가 가득하다. 화려하고 웅장한 본당으로 들어섰지만 그 위용에 감탄하기도 전에 습기와 곰팡이 냄새가 코와 어깨를 짓누른다. 더이상 미사를 집전하지 않는 빈 제단과 의자들도 쓸쓸해 보였다.

저 닫힌 문을 활짝 열고 이곳에서 매일 촛불을 켜고 미사를 올린다면 이 습기와 어둠이 사라지지 않을까 하는 아쉬운 생각도 들었다. 이렇게 아름다운데, 마귀 같은 습기에 장악당한 소브라도 성당이여. 어쩌면 좋을까.

안타까운 마음과 곰팡이 냄새에 어질어질해진 채 회랑을 지나 다시 처음의 입구로 돌아왔다. 아까 그 '놀란 눈'의 수사는 카운터에 앉아 책을 읽고 있었다. 기도, 묵상 외에 노동도 의무인 수도원의 수사들은 절대로 그냥 놀고먹지 않는다. 수도원 소유의 젖소들을 키우는 일부터 기념품을 만들거나 알베르게를 관리하는 일까지 반드시 일을 해야 한다. 이 수도원 카운터 업무도 그런 노동의 일종일 것이다.

어제 리사는 저녁 7시 미사 때 한국인 수사들을 볼 수 있을 거라고 했다. 나는 그에게 저녁 미사 시간을 확인하기로 했다.

"오늘 저녁 미사는 몇 시에 있나요?"

그러나 그는 고개를 갸웃거리며 저녁에는 미사가 없고 아침 7시 30분에만 있다고 한다.

"네? 미사가 없어요?"

"밤 9시에 기도가 있지만 그것은 수사들만 모이는 거예요."

아니 이럴 수가. 어제 분명히 리사는 저녁 7시에 미사가 있다고 말했고 그래서 나는 안심하고 늦잠을 잤다. 아침 7시 30분에 미사가 있다는 것을 알았으면 죽을 듯이 피곤했어도 기필코 참석했을 것이다. 그런데 이렇게 어이없게 미사시간을 놓치다니. 내가 리사의 말을 잘못 알아들은 것일까 아니면 리사가 잘못 알고 있던 것일까.

나는 여기까지 온 이상 우리나라에서 왔다는 수사들을 꼭 보고 싶었다. 나와 직접적인 관계는 없지만 한국인이라는데, 이 먼 나라에서 고생하고 있다는데, 내 눈으로 그들이 잘 지내고 있는지 확인하고 싶었다. 그렇다고 내일 아침 7시 반 미사에 참석하면 7시 15분 버스를 놓치게 된다. 아, 낭패다. 나는 너무 실망하여 그 수사에게 제대로 인사도 못하고, 굳어버린 얼굴로 그곳을 나왔다. 정말 실망스러웠다. 휘청휘청 걷다보니 저 멀리 호텔 앞에 서 있는 리사가 보였다. 그녀를 똑바로 쳐다보고 걸어가면서 나는 비장한 결심을 했다. 좋아. 내일 아침 7시 15분 버스를 포기한다! 설마 그 버스 한 대뿐이겠어?

　그러나 그녀의 대답은 이랬다.

　"7시 15분 버스 하나뿐이에요. 아르주아에 가면 공항 가는 버스가 있지만 여기에서 아르주아로 가는 버스가 없어요. 택시를 타야 하는데 여기에서 22킬로미터나 떨어져 있으니 택시비가 아마 20유로 넘게 나올 거예요."

　리사는 왜 그러느냐고 물었다. 나는 눈물까지 글썽이며 말했다.

　"수도원의 수사가 그러는데 저녁 7시 미사가 없대요."

　그러자 그녀가 웃으며 말했다.

　"아, 미사가 아니고 기도예요! 7시에 저녁 기도가 있어요. 페레그리노들을 위한 기도!"

　아. 그렇구나. 리사가 말했던 것은 레온이나 폰페라다에서도 경험했던 페레그리노들을 위한 기도회였다. 하긴 꼭 미사일 필요는 없지. 나는 그제야 안심하고 배시시 웃었다. 리사는 거기에 함께 가주겠다고 했다.

"그 시간에 손님이 오면 어떻게 하구요?"

"앞에서 기다리겠죠. 아니면 전화하든가."

리사는 핸드폰을 꺼내 보였다. 어차피 이 마을에 호텔은 하나뿐이다. 리사가 배짱을 부릴 만했다. 그녀의 말에 의하면 어제 만난 관리인 피터는 내가 혹시나 한국인 수사의 여자친구일까봐 조금 경계를 했단다. 속세를 떠난 사람에게 옛 애인이 찾아오면 마음이 많이 흔들리지 않겠느냐면서. 동양인의 나이를 짐작하지 못하는 서양인의 오해였지만, 자기가 같이 가서 설명을 하고 안심시켜야 한다고. 리사는 기필코 나를 등장시켜 한국인 수사들을 깜짝 놀라게 하고 싶은 모양이었다.

그녀는 내게 '라구나 호수를 봤느냐, 아직 안 보았으면 나와 같이 가자' 고 하며 또 앞장섰다. 리사는 걸어가면서 마주치는 사람들에게 일일이 다 인사를 하고 말을 걸었다. 소브라도 도스 몬세스는 넓은 지역이지만 수도원 주변에 모여 사는 집은 몇 채 안 되기 때문에 서로가 다 알고 친하게 지낸단다. 그중 한 아주머니와는 한참 서서 이야기를 했는데 나를 보며 환하게 웃기에 왜 그런가 했더니 어제 내가 갔던 식당의 주인이란다.

"당신이 식당에 왔었다고 얘기하네요. 식사는 괜찮았어요? 이웃이라 늘 내가 그곳을 추천해주거든요."

이발소에 들어서는 형부라며 그곳의 이발사를 소개해주었다. 이발사 아저씨는 가위질 하다 말고 씩 웃으며 내게 '예쁘다' 고 칭찬해주셨다(인사치레라는 것은 나도 안다!). 호수 주위를 한 바퀴 돌고 돌아오는 길에는 바에 들러 커피를 사주기도 했다. 역시나 주인과 아는 사이여서 그녀는 나올 때 화분에서 줄기 두어 개를 얻어서 나왔다. 그녀는 이게 자신이 화초를 장만

하는 방법이라고 귀띔했다. 마을 전체를 내 뜰안처럼 누비며 사는 리사와 달리, 나는 바로 옆집 사람들의 얼굴조차 모르고 지냈다. 나는 내 삶에서 무엇이 결핍되었는지 깨달았다.

내가 소브라도는 정말 아름답다고 하자 리사는 이렇게 말했다.

"나는 여기서 태어나 어릴 때부터 저 수도원을 보면서 자랐어요. 그래서인지 수도원이든, 이 마을이든 그렇게 아름다운 줄은 몰랐어요. 그런데 영국의 대도시에서 오래 살다보니 이런 조용하고 평화로운 곳이 그리워지더군요. 그래서 봄, 여름에는 여기에서 지내고 추운 겨울에만 스페인 남부에서 지낸답니다."

길고 긴 동반산책을 마치고, 호텔 앞에 도착하자 리사는 호텔 바로 옆의 건물을 가리키며 여기가 자기 집이니 혹시 필요하면 벨을 누르라고 했다. 그리고 저녁 7시 전에 만나서 같이 기도모임에 가자고 하며 집으로 들어갔다.

비로소 혼자가 되어 나도 시에스타를 즐기기 위해 호텔방으로 돌아왔고 저녁 6시부터는 아예 호텔방 테라스에 앉아 멍하니 수도원 첨탑만 바라보았다. 아이렉스나 아르주아에서는 좀이 쑤셔서 잠시도 가만히 있지 못하던 나였는데, 저렇게 아름다운 풍경을 보면서라면 언제까지라도 앉아 있을 수 있겠다 싶었다.

꿈결 같은 시간이 흘러 어느새 7시가 되었다. 리사와 나는 어깨동무만 안 했을 뿐, 친구처럼 나란히 수도원으로 갔다. 역시 입구는 관리인 피터가 지키고 있었다. 나는 일부러 가져간 크레덴시알을 꺼내 피터에게 보이고 굳이 스탬프를 받았다. 나 역시 페레그리노였다는 것을 알려야 내가 이 저녁 기도모임에 들어가는 것이 자연스러워 보일 것 같았다. 그리고 표정도 덤덤한 척했다. 그만큼 조심스러웠던 거다. 피터도 원래 수사였다는 말을 들으니 더욱 그랬다. 다행히 그는 말 없이 고개를 끄덕이는 것으로 나의 입장을 허락해주었다.

아침에 걸었던 그 페레그리노 회랑을 지나 2층으로 올라가니 벌써 기도가 시작되고 있었다. 신자석과는 완전히 별개로 수사들의 자리가 배치되어 있어 그들과 눈을 마주친다거나 얼굴이 정면으로 보인다거나 하는 일이 쉽지 않았다. 엉뚱하게도 아침에 만났던 놀란 토끼눈의 수사와만 눈이 마주쳤다. 그는 내가 기어이 이 기도모임에 참석한 것을 보고 또 한 번 놀랐으리라. 재빨리 살피니 단상 오른쪽에 20대 청년으로 보이는 한국인 수사가 두 명 있었다. 그러나 그들의 시선은 왼쪽 벽면을 향하고 있어 그들이 일부러 고개를 돌리지 않는 한 신자석을 볼 수는 없었다.

그런데 시종일관 그레고리안 성가를 부르는 기도모임에서 그 한국인 수사 중 한 명이 일어나 노래를 하는 것이 아닌가. 게다가 그의 목소리는 깜짝 놀랄 정도로 아름다웠다. 그가 선창을 하면 벽안의 수사들이 그를 따라 노래를 불렀다. 우리나라가 월드컵에 나가 우승하는 것과는 또 다른 의미에서의 국위선양이라고나 할까. 묘하게 자랑스럽고 기뻤다.

그렇게 아름다운 기도를 들으며 앉아 있다보니 문득 지금까지 안달복달했던 마음이 사라졌다. 비록 저들은 나를 못 보았지만 나는 이렇게 아름다운 기도를 들었다. 저 아름다운 기도에 모든 것이 담겨 있었다. 그들의 평안, 그들의 행복 그리고 그들의 자유. 그럼 충분하지 않은가. 내가 저들을 만나든, 만나지 못하든 이제 미련이 없을 듯했다.

어쩌면 이 자리가 진정으로 카미노를 끝내는 자리이자 완성하는 자리라는 생각도 들었다. 더이상 아쉬움도, 후회도 없다. 산토스 신부님을 우연히 만난 건 그리고 기어이 이곳까지 온 건 바로 이 자리에 참석하기 위해서였으리라. 진정한 평화와 진정한 감사가 어떤 것인지 체험할 수 있는 곳으로 산토스 신부님은 나를 보낸 것이다. 그리고 나의 카미노는 이렇게 특별한 모습으로 완결되는 것이었다.

"나갑시다."

리사의 말에 정신을 차리고 보니 어느새 기도가 끝났고 수사들은 단상 위의 다른 통로로 나가기 시작했다. 나는 이미 포기했기에 애써 그들을 시선으로 좇지도 않았다. 그런데 리사가 복도에서 누군가를 붙잡고 이야기하기 시작했다. 나이 지긋한 수사였다. 이야기를 마치자 수사는 안으로 들어갔고, 리사는 내게 눈을 찡긋했다.

"둘 다 불러준대요."

"네? 그래도 되나요?"

잠시 후 아까의 그 수사가 다시 리사 옆을 지나갔고 리사가 또 뭔가 묻자 그는 '쉿' 하는 입모양을 하면서 지나갔다. 리사는 개구쟁이처럼 내게 웃었다.

"지금 나오니까 조용히 하라네요."

곧 아까 그 아름다운 목소리로 노래를 하던 수사가 나타났다. 그가 베드로마리아(강동수)였다. 그는 낯선 사람이 자신을 찾은 것에 어리둥절해

가끔씩 되짚어 생각해본다. 인적도 차량도 거의 없는 이 한적한 마을이 나는 왜 그리 좋았을까. 볼 것도 없는 이 곳에서 파리에서 느꼈던 여행자로서의 지겨움이 한 번도 찾아오지 않았던 건 왜일까.

이렇게 결론내릴 수밖에 없다. 내게 가장 필요했던 것을 그때, 그 장소에서 발견했기 때문이라고. 예정에도 없던 그곳에서…….
그래서 삶이 여행인가보다.

했으나, 내가 산토스 신부님 이야기를 하자 금방 얼굴이 환해졌다. 산토스 신부님과는 같은 수도회에서 있었으며 마드리드를 함께 여행한 적도 있었단다. 그가 말했다.

"산토스 신부님이 한국어를 다 잊어버리진 않으셨군요."

또 다른 한국인, 가밀로(정철) 수사도 나왔다. 리사는 특히 이 가밀로 수사가 '나이도 어리고, 연약해 보인다'고 안쓰러워했었다. 그런데 가밀로 수사는 그런 첫인상과 달리 아주 밝고 재미있는 젊은이였다. 리사는 내게 손을 흔들며 먼저 돌아갔고, 우리 셋은 자꾸만 커지는 목소리에 주의하며 1층 페레그리노 회랑으로 내려갔다.

아름다운 목소리의 주인공 베드로마리아 수사는 평화방송에서 주최하는 생활성가 콘테스트에 출전한 적도 있었단다. 스페인에 온 지는 4년 되었고 그가 불러서 가밀로 수사도 이곳으로 오게 되었다고. 가밀로 수사는 산티아고에 살고 있는 한국 여성이 한 번 찾아온 이후로 내가 스페인에 와서 본 두 번째 한국 여성이라고 전했다.

이들의 하루가 궁금했는데 새벽 4시 반에 기상하여 밤 9시 반에 일과가 끝난단다. 그 이후부터가 취침 또는 자유시간이다. 문득 지금이 저녁 식사 시간 아니냐고 물었더니 가밀로 수사가 말했다.

"원래 저녁은 잘 안 먹어요. 지금 먹고 9시 반에 자면 너무 속이 부대껴서요."

내가 미안해할까봐 배려해서 한 말일 수 있는데, 그때 난 그 말을 곧이곧대로 들었다. 이들은 청빈을 강조하는 트라피스트회 소속으로 한국에는 수녀원만 있고 남자 수도원이 없어서 남자 수도원 건립을 위해 여기서 수련을 받는 것이라고 했다.

사실 내가 이들을 꼭 만나야겠다고 생각했던 것은, 어이없게도 이들이 이 낯선 곳에서 불행하거나 힘들게 지내는 건 아닌가 하는 걱정 때문이었다. 비록 이 마을이 그림처럼 아름답고, 자발적으로 들어온 수도원 생활이긴 하지만 혹시 괴로운 점이 있지 않은지 걱정스러웠다. 아니, 스페인이 아니라 한국에서였더라도 나는 같은 질문을 던졌을 것이다. 정확한 나이는 몰라도 내 동생뻘임에 분명한 이들이 왜 그 빛나는 젊음을 누리지 않고 이곳에 들어와 있을까. 그리고 그것이 얼마나 만족스러울까. 정말 잘 지내고 있는 걸까. 친누나도 아닌 주제에 나는 안타깝고 궁금해서 미칠 지경이었다. 빛나는 젊음이라니…… 정작 내 인생에서 가장 우울하고 고통스럽고 번민 많았던 시기가 20대였다는 것을 까맣게 잊은 채 말이다. 일단 원초적인 질문을 던졌다.

"스페인 수사들이 텃세는 안 부려요?"

기도 시간에 유독 인상이 험해 보였던 한 수사의 얼굴이 떠올랐다. 그러자 가밀로 수사가 천진난만하게 말했다.

"처음엔 텃세를 부렸다 해도 우린 눈치채지 못했을 거예요. 말을 못 알아들었으니까. 그런데 지금은 다 친해져서 괜찮아요."

자신 있는 가밀로 수사의 말과 그 표정에 나는 한시름 놓았다. 그렇다면 됐어. (그 험악한 수사가 요리를 맡고 있다는 이야기도 나중에 리사로부터 들었다. 요리사라고 생각하니 딱 어울리는 인상이었다.) 여기 오는 데 가족의 반대가 있지는 않았느냐는 조심스러운 질문도 했다. 말은 '여기 오는 데'라고 했지만 '수도자가 되는 것을 반대하진 않았느냐'는 의미기도 했다.

가밀로 수사는 농담처럼 '말리기는커녕 등 떠밀려서 왔다'고 했는데 베드로마리아 수사는 조금 낮은 목소리로 말했다.

"어머니는 그러지 말고 함께 가게라도 하면서 같이 살자고 하셨는데……"

말끝을 흐리는 그의 모습에서 순간 가슴이 턱 막혀왔다. 저 순박한 얼굴을 보면 누구보다 착한 아들이었을 텐데, 어머니의 손을 조용히 뿌리치고 기도와 순명을 위한 삶을 선택하다니. 그동안 열 번도 넘게 '죽어버리겠다'는 생각은 했어도, 수도자가 되고 싶다는 생각은 한 번도 해본적이 없던 나였기에 그 마음의 뒷전을 헤아리기란 너무 어려웠다. 다만 '세상이 싫다'는 단세포적 생각이 아니라, 오히려 삶을 가장 긍정하는 사람만이 수도자가 될 수 있겠다 싶었다. 자기 안에 소중한 것이 있다는 것을 알고 그 소중한 것을 더 높은 분께 바친다는 생각이 있어야 되는 일이다. 그들로서는 분명히 가장 행복해지기 위한 선택이었을 것이다. 고급 호텔에서 편안한 관광을 즐기는 일보다 카미노를 걷는 일이 더 행복할 수 있는 것처럼. 먹먹해진 가슴을 달래려고 나는 얼른 화제를 돌렸다.

"근데 아침에 카운터에 계시던 수사님은 누군가요? 그분이 미사가 없다고 해서 얼마나 놀랐는지 몰라요."

그러자 가밀로 수사가 말했다.

"아, 페페? 그 〈심슨 가족〉의 아버지 닮은 친구요?"

그러고 보니 그는 정말 명랑만화의 주인공 호머 심슨과 닮았다. 그 말에 우리는 모두 웃음을 터뜨렸다. 그걸 기화로 우리는 계속 웃기 시작했다. 갑자기 나타난 개를 쫓아내면서도 웃고, 알베르게를 기웃거리면서도

"소브라도에 가면 한국 사람이 있어요."
산토스 신부님의 말씀대로 소브라도 수도원에서 맑게 빛나고 있던 한국인, 베드로
마리아 수사(왼쪽)와 가밀로 수사(오른쪽).

웃고, 회랑을 걸으면서도 웃었다. 누군가 입만 열어도 우리는 웃었다. 베드로마리아 수사는 가밀로 수사에게 "너 오늘 왜 이렇게 웃기니?" 하기도 했다. 나는 그렇다치고 수사님들이 이래도 되는 건가 의아해하면서도 나는 웃음을 참을 수 없었다.

그땐 몰랐지만, 우리는 저마다 간직하고 있던 삶의 긴장을 이 순간에 풀어내고 있었다. 오랜만에 마음껏 한국어를 하면서, 또 실없는 농담을 하면서 말이다. 모국어와 농담이란 게 이런 거였다. 이토록 배 아프게 웃은 것은 초등학교 시절 이후 처음 같았다. 이들에게도 낯선 곳에서 전혀 다른 언어를 쓰며 지내는 동안 긴장과 억압이 없지 않았겠지. 예전 로텐부르크에서 만난 한국인 점원과도 이런 즐거운 대화를 나눴더라면 좋았을 것을, 그때의 난 왜 그리 차갑고 무심했을까. 두 수사님들을 보며 이런 결심도 했다. 앞으로 어떤 이유에서든 사람 앞에서 무게 잡거나 잘난 척하지 않으리라고.

내가 조심스럽게 사실 더이상 성당에 나가지 않는다고 하자 베드로마

리아 수사는 이렇게 말했다.

"꼭 성당에 나갈 필요는 없어요. 다만 자기 자신을 위해서는 마음속 신앙을 계속 간직하셨으면 좋겠어요."

가밀로 수사도 말했다.

"무엇을 믿는가는 둘째 문제예요. 이웃에게 잘하고 착하게 사는 불자가 못된 크리스천보다 나을 수도 있는 거예요. 아, 너무 심했나? 하지만 사람들에게 그리고 자신에게 항상 최선을 베푸는 게 가장 중요해요."

외적인 형식보다도 자기 안의 신성을 지키며 사는 것이 가장 중요하다는 그들의 말. 자신의 모든 것을 바쳐 페레그리노들과 교회를 돌보던 에우나테의 장이 성당 사제의 모습으로 내 꿈에 나타난 것은 그런 의미였을까. 내가 성당에 나가지 않는다고 하면 '왜 성당 안 다니세요? 얼른 고해성사하세요!' 라는 이야기를 들을 줄 알았는데, 일반 신자도 아닌 수도자들이 이렇게 말할 줄이야! 이러한 포용력과 이해심이 가톨릭에 있기에 냉담자인 주제에도 나는 늘 '가톨릭이요? 좋아해요' 라고 말하고 다녔나 보다. 큰 잘못을 너무 쉽게 용서받은 기분이다. 나오기 전 나는 물었다.

"한국에는 언제 돌아가시나요?"

베드로마리아 수사가 환한 얼굴로 대답했다.

"우리야 모르죠."

답변과 조화되지 않는 그 환한 얼굴이 의아해서 다시 물었다.

"한국이 그립지 않으세요?"

고작 한 달 만에 향수병에 숨막혀했던 나로서는, 그냥 던진 빈말이 아니었다. 4년이나 이국에서 지냈다면 얼마나 그리울까. 그런데 그는 이렇게 답했다.

"많이 그리워요. 하지만 기다리는 거예요. 제가 결정하는 것보다 더 좋은 때가 올 거예요."

공지영의 《수도원 기행》을 보면 아르정탱 수녀원에 있는 수녀들의 표정이 '좋아 죽겠는' 표정이라는 내용이 나온다. 마치 '방금 거대한 유산을 상속받게 되었다'는 듯한, 그야말로 '좋아 죽겠다'는 표정이라는 것이다. 그리고 나는 방금 그 표정을 본 듯했다. 모든 것을 내놓고 완전한 순명에 이른 자의 완전한 평화를. 하긴 어떤 일이, 내가 의도하고 결정한 대로 되었던가. 내 예상이나 바람과 달라도 언제나 세상은 잘 맞춰진 퍼즐처럼 돌아갔다. 때론 내 기대보다 멋진 일도 종종 일어났다. 내가 이 자리까지 온 것만 봐도 그렇듯이. 직장을 잃었지만 덕분에 카미노에 올 수 있었다. 본의 아니게 아레에서 낙오되었지만 그래서 안토니엘라와 재회했고 에우나테에도 갈 수 있었다. 이후에도 카미노의 기적들은 반복되었다. 그건 모두 내가 '어떻게든 되겠지'라며 기대도, 욕심도 놓아버렸을 때였다. 이 수사들은 숨겨진 섭리를 일찌감치 받아들여 평화를 이루고 있었다. 그거였다. 그저 믿고 편안하게 기다리면 되는 거였다.

귀중한 저녁식사 시간을 내게 온전히 내어준 그들에게 머리 숙여 인사를 하고 수도원을 나오니 어느새 날이 어두워져 있었다. 수도원 앞에서는 이곳 알베르게에 머무는 각국의 페레그리노들이 모여 앉아 이야기를 나누고 있었다. 그들 사이를 걸어가는 동안 왜 그렇게 의기양양한 기분이 들었는지.

'당신들이 카미노를 걸으며 찾고 있는 그것을 나는 이미 찾았다구.'

"스페인의 커피는 왜 그렇게 맛있죠?"
"만드는 사람의 마음 때문이겠지요."

"이 호수는 참 평화롭네요."
"그건 당신의 마음 때문일 거예요."

– 리사와 함께 이야기를 나누며 걷던 라구나 호수.

호텔로 돌아오니 1층 로비의 테이블에서 리사가 목이 빠지게 나를 기다리고 있었다. 내가 수사들과 무슨 이야기를 했는지 그녀는 무척 궁금해했다. 나는 좋은 이야기를 많이 나누었고, 특히 가밀로 수사는 당신 말대로 무척 수줍은 사람이더라고 이야기해주었다. 내가 가밀로 수사에게 '호텔 아주머니는 당신을 아주 여리고 얌전한 사람으로 생각하고 있다'고 하자 그가 '그렇다면 그 환상을 절대로 깨지 말아달라'고 부탁했기 때문이다.

나는 리사의 손을 꼭 잡고 진심으로 감사의 인사를 했다. 정말 고맙다고. 당신이 없었더라면, 나 혼자였더라면 절대로 그 수사들을 만날 수 없었을 거라고. 그러자 리사는 말했다.

"내가 영국에서 살아봐서 당신 기분을 알거든요. 영국에서 지낼 땐 어쩌다가 스페인에서 온 차만 봐도 너무 반가워서 따라가곤 했답니다. 그래서 당신도 그 한국인 수사들을 보고 싶어할 거라고 생각했어요. 그리고……."

그녀가 말을 이었다.

"그 수사들에게도 생각할 거리를 준 셈이죠. 매일 기도하고 묵상하는 단조로운 삶인데, 모국에서 온 당신을 만나고 나면 그 자체가 또 그들에게는 생각하고 묵상할 수 있는 재료가 될 테니까요."

18년 결혼생활을 끝낸 뒤, 지금은 스페인 북부의 작은 마을에서 외아들의 이름을 딴 '산 마르코스'라는 호텔을 혼자 운영하며 지내는, 작지만 단단한 59세의 여자 리사. 조금은 외롭고 조금은 허전했을 그녀의 삶에도 내가 찾아온 게 다소나마 활력을 주는 계기가 되었다면 좋을 텐데. 그녀는 내게 스페인에서 살고 싶은 생각은 없느냐고도 물었다. 나는 그저 미소로 답했다.

리사는 저녁을 먹으러 가자며 일어섰다. 잠들기 전까지 무엇으로든 배를 꽉꽉 채우던 나였다. 하지만 수사들도 나 때문에 저녁을 굶었는데, 차마 밥 먹을 생각이 들지 않았다. 내가 별로 배가 고프지 않다고 하자 그녀가 말했다.

"이곳의 밤은 추워요. 따뜻한 수프를 먹어야 잠이 잘 와요."

우리는 어제 갔던 그 식당으로 가서 우리나라의 사골우거지국 같은 뜨거운 갈리시아 수프를 나누어 먹었다. 내가 이 수프는 완전 한국식이라고 하자 그녀는 그러니 더 많이 먹으라며 수프를 덜어주었다. 나올 땐 또 재미있는 실랑이가 벌어졌다. 리사는 돈을 내겠다고 하고, 주인 아주머니는 기필코 돈을 안 받겠다고 하고.

호텔 문 앞에서 리사는 아침에 일찍 일어날 자신이 없다며 내게 아침에 할 작별인사를 미리 했다.

"스페인에 꼭 다시 올 거죠? 그리고 카미노 노던 웨이를 걷게 되면 비록 알베르게에 묵더라도 날 보러 이 호텔로 와야 해요. 알았죠?"

나는 고개를 끄덕이며 그녀와 길고 긴 포옹을 했다.

다음날 아침, 나는 늦지 않게 버스를 탔다. 배웅하는 사람 없이 혼자 떠나는 길이었지만, 서운하지도 쓸쓸하지도 않았다. 수도원 성당에서는 언제나처럼 평온하게 미사가 올려지고 있을 것이고, 리사는 따뜻한 꿈나라에 있을 테니까. 다만 영어가 짧아 리사에게 미처 하지 못한 말이 생각나 아쉬웠을 뿐이다.

소브라도 도스 몬세스의 전경.

그녀는 알까. 리사 같은 사람이 소브라도에서 온전히 나 하나만을 기다려준 것이 얼마나 기적 같은 일이었는지를. 아무런 준비도 기대도 없이 마을에 들이닥친 내 가슴 속에 그녀는 이 작고 소박한 마을을 통째로 옮겨 놓아주었다. 그리고 내 카미노의 마지막을 아름다운 꽃다발로 장식해 주었다. 친절과 배려, 넓은 의미에서의 사랑으로 말이다.

'고마워요. 리사. 당신이야말로 내 카미노의 마지막 호스피탈레로랍니다!'

이제 비로소 내 마음에서 배낭을 내려놓아도 좋을 때였다.

27 기적의 론도
돌아오는 길

나 자신을 깊이 사랑하게 되면서,
나는 삶을 따라다닐 필요가 없다는 것을 알았다.
내가 조용하고 확고할 때, 삶은 내게 온다.
| 킴 맥밀란 |

산티아고 공항에서 뷰엘링 항공을 타고 파리로 날아가서 이틀을 머무르고, 다시 말레이시아 쿠알라룸푸르행 비행기를 탔다. 쿠알라룸푸르에서는 아침 7시부터 밤 9시까지, 무려 14시간을 공항에서 대기해야 했다. 저렴한 항공권을 구입한 대가로 그 길고 긴 시간을 견디어 마침내 인천행 비행기를 타기 직전, 옆자리 벤치에 앉은 여자와 눈이 마주쳤다. 우리는 동시에 "혹시, 한국인?" 하며 반가워했다. 24시간 넘게 그 어디에도 등을 펴고 누워보지 못해 죽도록 피곤한 상태였지만 나는 한국인과 한국어를 나눌 수 있게 되어 무척 기뻤다. 그녀도 나와 같았다. 그녀는 두 달간의 배낭여행을 마치고 로마에서 돌아오는 길이라고 했다. 원래 3개월 예상했던 여행이었는데, 집이 그립고 한국이 그리워서 서둘러 돌아오는 것이라고. 그녀는 내가 카미노를 걸었다고 하자, 카미노를 걸은 분을 만

나게 될 줄은 몰랐다며, 자기도 언젠가는 꼭 가보고 싶다고 했다. 나는 그녀에게 말했다.

"그거 알아요? 카미노에서는 매일 기적이 일어난답니다. 원하는 일이 아주 절묘하게 이루어지는 거죠!"

그러자 그녀도 말했다.

"아, 그래요? 사실 제 여행길도 그랬어요. 나중에는 아무것도 미리 계획할 필요가 없었어요. 내 마음이 바뀌든지, 상황이 바뀌든지 하더군요. 결국 그냥 마음 가는 대로 내버려두면 그게 가장 완벽한 일정이 되었어요. 그리고 우주가 그렇게 흘러가는 이유도 알았어요."

"그 이유가 뭐죠?"

"세상 곳곳에는 세계의 평화를 위해 숨어서 기도하는 분들이 있었어요. 예를 들면 수도원 같은 곳이라고나 할까요. 세상을 위해 사심 없이 기도하는 그런 분들이 계시기에 그나마 세상이 균형을 잡고 잘 돌아가고 있나봐요."

알고보니 그녀는 배낭여행 중에도 주일미사를 빠지지 않았던 성실한 가톨릭 신자였다. 로마와 스페인 남부를 여행한 그녀의 여정도 일종의 카미노였던 것이다. 그녀는 자신이 겪었던 경험과 그밖의 여러 가지 아름답고 현명한 생각을 내게 들려주었다. 이야기를 듣던 나는 무심코 그녀에게 생일이 언제냐고 물었다. 그녀는 대답했다.

"9월 1일이요. 그런데 왜요? 제 생일을 물어본 사람은 여행 중에 처음이에요."

순간, 머리가 쭈뼛 설 정도로 놀랐지만 딱히 이유를 대답할 수도 없었

여행의 끝이란 배낭을 내려놓고 다시 매지 않을 때를 말한다. 그러나 한없는 그리움이 가슴 속에 들끓고 있는 한 진정한 여행의 끝이란 없다.

다. 하고 많은 질문 중에 왜 하필 그녀에게 생일을 물었는지는 나도 몰랐으니까. 이것도 카미노의 조크라고 해야 할까. 하필이면 9월 1일이라는 같은 날, 정확히 12년 후에 태어난 그녀와 12년 전에 태어났던 내가 이렇게 한 비행기를 타고 한국으로 돌아가게 된 것이다.

이건 아마도 카미노가 내게 전하는 메시지였으리라.

우연히 한 다큐멘터리 프로그램을 보면서 시작되었던 내 카미노는 스페인을 떠나면서 끝난 줄 알았다. 하지만 기적은 그렇게 쉽게 끝나는 게 아니라고, 영원히 반복될 거라고, 카미노는 그렇게 내게 말하며 웃고 있었다.

그리운 길의 끝에서

카미노에서 돌아오자 많은 사람들이 내 여행을 궁금해했다.

나는 대답했다.

정말 좋았어요. 좋았어요. 좋았어요.

그러나 정작 내 마음 깊은 곳은 이상하게 허전했고 틈만 나면 눈물이 났다. 사람들 만나기도 싫었다. 이상했다. 왜 이러지. 잘 다녀왔잖아. 뭐가 문제야. 나는 마음속으로 울며 근 한 달을 보냈다. 그러던 어느 해질녘 문득 운동화를 신고 집 근처의 산길을 홀로 걸었다. 바람이 코끝을 스치던, 그때 알았다. 그건 그리움이었다. 나는 카미노가 미치도록 그리웠다.

맛있는 카페 콘 레체, 카미노를 안내하던 조개 모양과 화살표의 표식들, 매일 아침 나를 맞이하던 파란 하늘과 노란 길 그리고 내게 따뜻했던 그 모든 사람들이. 그곳에서 한국을 그리워했던 감정은 인천공항에 내리는 순간 사라졌고, 어떤 것으로도 대체할 수 없는 카미노에 대한 하염없는 그리움만이 나를 휘감았다.

　사실 이 책을 쓰는 일은 내 인생에서 계획된 부분이 아니었다. 그러나 쓰지 않는다면, 내가 만난 친절한 사람들이 그리고 내 소중한 경험들이 공중으로 흩어져 사라질 것만 같아, 그 안타까움을 붙잡는 심정으로 매달릴 수밖에 없었다. 글을 쓰다보면 그리운 얼굴들이 생생히 떠올랐고 카미노를 다시 걷는 기분이 되어 행복했다. 그리고 내 부족한 글에서 장점만 발견해준 황소자리 출판사의 지평님 대표와 김정희 씨를 기적처럼 만나게 되었다. 그 모든 그리움이 모여 이 책이 되었다.

　카미노로 떠나기 전의 나는 작게 구겨진 종잇조각이었다. 구겨진 종이는 그 길을 걸으며 서서히 펴졌고, 이젠 구겨져 있든 펴져 있든 아무 상관이 없음을 믿는다. 모든 것을 잃어버렸어도 나는 언제나 나였다. 그리고 내 뒤에는 세상이 잘 돌아가게끔 지켜보는 누군가의 눈과 따뜻한 손길이 있었다. 그것을 깨닫는 일은, 얼마나 놀라운 경험인지! 이젠 무엇이든 편안히 받아들일 수 있다. 다음 모퉁이를 돌아나가면 다시 또 아름다운 내 인생의 밀밭길이 펼쳐질 테니. 내 앞의 불확실한 미래도 더이상 나는 두렵지 않다. 모든 일은 알맞은 때에, 가장 완전한 모습으로 이루어질 테니. 릴케의 말대로, 삶이 자기 길을 가도록 그냥 맡겨두면 되는 것이다.

　내가 카미노에서 만났던 사람들, 지금 카미노를 걷고 있는 사람들 그리고 곧 그 길에 나서게 될 사람들을 위해서는 매일 이런 기도를 마음으로 바친다.

> 당신을 만나는 길이 활짝 열려 있기를,
> 바람은 항상 당신의 뒤에서 불기를,
> 햇살은 당신의 얼굴을 따뜻이 비추기를,
> 비는 당신의 평원에 부드럽게 내리기를,
> 그리고 우리가 다시 만날 때까지 신께서 당신과 함께하기를.

나를 카미노로 밀어넣으셨던 이주향 교수님께 다시 한 번 이 자리를 빌려 감사드린다. 메신저에 유일한 외국인 친구로 등록되어 있는 안토니엘라, 틈날 때마다 이메일로 소식을 전해오는 수산나에게도 감사의 마음을 전한다. 먼 훗날, 어느 곳에서라도 우리가 한 자리에 모여 카미노 이야기를 나눌 수 있다면……. 그날을 생각하는 것만으로도 나는 세상에서 가장 행복한 사람이다.

부록

카미노에 대해 궁금한 것들

1 | 우리가 산티아고에 가는 이유

카미노는 가톨릭의 오래된 순례길로서 신과 자신을 찾는 정신적인 여정이라고 할 수 있다. 예수의 열두 제자 중 한 분인 성 야고보가 예루살렘에서 순교를 당하자 제자들은 그의 시신을 배에 태워 흘려보냈는데, 그 배가 스페인 서해안인 갈리시아 해변에 도착했다. 어느 수사가 우연히 별빛을 따라 간 들판에서 그의 유골을 발견하면서 이 지역은 산티아고 데 콤포스텔라^{별들의 들판}라고 불리게 되었으며 그의 무덤을 순례하기 위해 전세계에서 많은 사람들이 찾아들었다. 12세기가 순례길로서는 절정이었고 그때보다는 줄었으나 여전히 이 길은 육체적 한계와 정신적 한계를 극복함으로써 새로운 인생과 새로운 자신을 찾으려는 사람들로 가득 차 있다. 단순히 건강을 위해, 심지어 다이어트를 위해 이 길을 걸으려는 사람들도 있지만, 실제로 걸어보면 체력보다는 정신력이 우선되는 길임을 깨닫게 된다.

2 | 가장 좋은 시기

아침저녁으로 쌀쌀하긴 하지만 5월에서 6월 사이, 9월에서 10월 사이가 무난하다. 7~8월에는 휴가 기간을 이용해서 세계 각지에서 몰려오는 사람들 때문에 알베르게 쟁탈전이 치열해진다. 그렇게 되면 알베르게를 차지하는 일이 걷는 일보다 더 중요해질 수 있다. 1~4월이나 11월, 12월은 추위 때문에 힘들기도 하거니와 문을 닫는 알베르게도 많고, 야생화가 흐드러지게 피어 있는 아름다운 경치를 볼 수 없다는 점 때문에 추천하지 않는다.

3 | 필요한 물품들

가벼운 침낭(봄가을용), 방수점퍼, 기능성 의류(상의 2벌 이상, 하의 2벌 이상), 배낭(40리터 내외), 지팡이(현지에서 구입가능), 양말 두 켤레 이상, 스포츠 타올(가볍고 금방 마른다), 속옷, 세면도구, 손전등, 등산화, 판초우비, 선크림, 카메라, 엠피스리, 보조가방, 슬리퍼, 옷핀, 계산기, 선글라스, 비상약, 노트, 펜 등이 필수품. 배낭은 어깨를 짓누르지 않도록 뼈대가 있는 것을 고르도록 한다. 최대한 가벼운 게 좋지만 지팡이를 미리 준비한다면 배낭 무게를 견디는 데에 확실히 도움이 된다. 판초우비는 배낭까지 쉽게 덮어쓸 수 있는 크고 넉넉한 것을 구입할 것. 너무 작으면 급하게 입고 벗기가 불편하다. 겉옷인 기능성 의류는 자기 이미지를 만드는 가장 중요한 것이기 때문에 이왕이면 매일 입어도 싫증나지 않을 만큼 예쁘고 튼튼한 것을 장만하도록 한다. 샤워, 머리감기, 간단한 빨래는 '바디샴푸' 한 가지로 해결하는 것이 편하다.

무거운 여행가이드북보다는 꼭 필요한 내용을 A4 종이에 발췌, 정리하여 가지고 가면 훨씬 짐이 가벼워진다. 어차피 생장에서 앞으로 가야 할 마을과 알베르게, 거리, 바나 레스토랑의 유무, 기타 여러 정보가 담긴 한 장의 표를 나누어준다. 그것이 가장 중요한 안내서가 되어줄 것이다. 마지막으로 페레그리노의 상징은 가리비조개이므로 생장피에드포르에 도착한 다음 가리비조개 하나를 구입해서 배낭에 매는 것을 잊지 말 것.

생장피에드포르에서 출발한다면 파리로 입국해야 한다. 파리까지의 왕복항 공료, 산티아고에서 다시 파리로 들어오는 편도항공료, TGV를 타고 생장피에 드포르까지 가는 기차비(10만원 내외), 그리고 30여 일 간의 숙박비로 매일 3~10유로, 식비로 매일 10~20유로가 든다.

● 준비물 구입

관광을 떠나는 것이 아니므로 기본적인 장비를 갖춰야 한다. 가격이 적당하고 가벼운 것들로 고르는 게 좋다.

배낭(오스프리 40L): 13만 원
침낭(그라나이트 기어 알파인 300D): 12만 8,000원
등산화: 11만 원
판초우비: 3만 원

● 교통비

파리에 도착해서 곧바로 TGV 열차를 타는 일정이 아니라면 파리에서 1박 하는 비용이 발생한다. 내 경우엔 이렇게 마음의 준비를 하며 시차 적응하는 시간을 갖는 편이 더 좋았다. 호텔, TGV열차료, 저가항공료 등은 모두 서울에서 미리 예약하고 떠났는데 예약을 하면 비용이 저렴해지는 이점은 있으나 시간과 일정에 너무 매이는 단점도 있다.

파리 왕복항공료^{www.tourexpress.com}: 130만 원 내외(세금 포함)

파리 체류비(호텔 1박)^{www.hotelpass.com}: 127유로

TGV열차료(파리-바욘-생장피에드포르)^{www.voyages-sncf.com}: 96유로

산티아고에서 파리행 저가항공료^{www.vueling.com}: 77유로

현지에서 탔던 버스비용은 다음과 같다.

부르고스 → 산토 도밍고 데 실로스: 5.30유로

산토 도밍고 데 실로스 → 부르고스: 5.30유로

부르고스 → 레온: 13.50유로

레온 → 아스토르가: 3유로

폰페라다 → 루고: 12.57유로(실수로 슈프림급 버스를 탔다!)

루고 → 사리아: 3.5유로

산티아고 데 콤포스텔라 → 소브라도 도스 몬세스: 3.85유로

소브라도 도스 몬세스 → 산티아고 공항: 3.85유로

● 숙박비

기본 숙박시설인 알베르게의 비용은 대체로 저렴하며 서쪽으로 갈수록 점점 더 값이 내려간다. 그러나 시설이 깨끗한 사립 알베르게의 경우는 10유로를 넘게 받기도 한다. 에우나테, 그라뇽, 폰페라다 등의 알베르게는 도네이션^{기부금제}으로 재량껏 요금을 도네이션통에 넣어야 한다.

생장피에드포르: 8유로

론세스바예스: 6유로

아레: 6유로

우테르가: 10유로

시라퀴: 9유로

로자르코스: 7유로

비아나: 5유로

아이렉스: 3유로

포르토마린: 3유로

하루 평균: 6유로 내외

● **식비**

나의 경우 주로 아침에는 카페 콘 레체와 크루아상을, 점심에는 보카디요를, 저녁으로는 페레그리노 메뉴를 먹었는데 슈퍼마켓에서 파스타 재료나 샌드위치 재료를 사서 직접 만들어먹으면 훨씬 비용이 절감된다.

카페 솔로, 카페 콘 레체: 1.5유로~2유로

크루아상: 1.5유로

바게트 샌드위치^{보카디요}: 3유로

페레그리노 메뉴: 10유로

하루 평균: 20유로 내외

● **기타**

세탁기 사용료: 3~5유로

건조기 사용료: 1유로

따라서 준비물을 뺀 총 비용은 30일 예정일 경우 최소 300만 원에서 400만 원 사이로 예상하면 된다.

5 | 현지에서의 식사

커피를 파는 바^{Bar}에서는 간단한 보카디요^{바게트로 만든 샌드위치}나 케이크 종류만 먹을 수 있고, 레스토랑에 가야 정식 식사를 할 수 있다. 레스토랑은 대개 시간을 정확히 지켜서 식사가 나오므로 꼭 언제 오픈하는지 시간을 확인해야 한다. 메뉴 델 디아^{오늘의 메뉴}나 페레그리노 메뉴^{순례자를 위한 저렴한 메뉴}를 고르게 되면 퍼스트 디시^{First dish}와 세컨드 디시^{Second dish}, 빵, 물 또는 와인 그리고 디저트가 포함되는데 보통 퍼스트 디시^{First dish}에서는 밥, 파스타, 수프, 샐러드 중 한 가지를 고르고, 세컨드 디시^{Second dish}에서는 고기류나 생선류에서 한 가지를 고를 수 있다. 디저트는 플란^{푸딩}, 케이크, 아이스크림 중에서 하나를 고른다. 커피는 디저트에 포함되지 않으므로 마시면 비용이 추가된다. 이렇게 정식 메뉴를 매일 섭취하다 보면 카미노에 와서 오히려 체중이 늘기도 하므로 배가 많이 고프지 않다면 메뉴 델 디아를 주문하지 말고, 샐러드와 빵, 또는 빵과 수프 정도만 주문해서 먹는 방법도 있다.

6 | 의사소통의 문제

카미노에 온 외국인들은 영어를 공통적으로 쓰지만 스페인 시골의 바, 레스토랑, 호텔 등에서는 영어가 거의 통하지 않는다. 그래서인지 유럽인들은 대체로 사전에 스페인어를 공부하고 카미노에 온다. 안녕^{올라}, 화장실^{세르비시오}, 테이크아웃^{빠라 예바르}, 계산서^{라꾸엔따} 같은 기본적인 인사말과 최소한의 단어들은 들어서 이해할 정도로 알고 가는 편이 좋겠다.

● **인사말**

안녕! ¡Hola! [올라]

네 Si [씨]

아니오 No [노]

오전 인사 Buenos dias [부에노스 디아스]

오후 인사 Buenas tardes [부에나스 따르데스]

밤 인사 Buenas noches [부에나스 노체스]

또 봐요 Hasta Luego [아스딸 루에고]

즐거운 카미노 되십시오 Buen Camino [부엔 카미노]

감사해요 Gracias [그라시아스]

실례해요, 뭐라고요? Perdon [뻬르돈]

죄송해요 Lo siento [로 시엔토]

스페인어를 못해요 No Hablo espanol [노 아블로 에스빠뇰]

이름이 어떻게 되시나요? ¿Como se llama? [꼬모 세야마?]

내 이름은 EK입니다 Me llamo E,K [메 야모 E.K]

어느 나라에서 오셨나요? ¿De donde es usted? [데 돈데 에스 우스뗏?]

한국에서 왔습니다 Soy de Corea [쏘이 데 꼬레아]

잠깐 기다려주세요 Un momento, por favor [운 모멘또, 뽀르 파보르]

이것이 무엇입니까? ¿Que es esto? [께 에스 에스토?]

얼마요? ¿Cuanto Cuesta? [콴토 쿠에스타?]

화장실이 어딥니까? ¿Donde esta el servicio? [돈데 에스타 엘 세르비시오?]

몸이 아파요 Me siento mal [메 시엔또 말]

● **호텔 잡을 때**

이 근처에 싸고 깨끗한 호텔 있나요?

¿Hay algun hotel barato y limpio por aqui? [아이 알군 오뗄 바라또 이 림
삐오 뽀르 아끼]

1박에 얼마입니까? ¿Cuanto cuesta la noche? [꾸안또 꾸에스타 라 노체]

아침식사가 포함되어 있나요?

¿Esta incluido el desayuno? [에스따 인끌루이도 엘 데사유노]

신용카드로 지불할 수 있나요?

¿Puedo usar con la tarjeta de credito? [뿌에도 우사를 라 따르헤따 데 끄레디또]

아침식사는 몇시에 합니까?

¿A que hora puedo tomar el desayuno? [아 께 오라 뿌에도 또마르 엘 데사유노]

택시좀 불러주세요 Llame un taxi, por favor [야메 운 딱시 뽀르 파보르]

- 식당에서

점심식사 el almuerzo [엘 알무에르쏘]

저녁식사 la cena [라 쎄나]

지금 점심식사를 할 수 있습니까?

¿Sirven el almuerzo ahora? [시르벤 엘 알무에르쏘 아오라?]

저녁식사는 몇시부터입니까?

¿A que hora empieza la cena? [아께 오라 엠삐에쌀 라 쎄나?]

혼자 왔어요 Uno [우노]

물 좀 주세요 Agua, por favor [아구아, 뽀르 파보르]

메뉴 주세요 La carta, por favor [라 까르따, 뽀르 파보르]

계산서 주세요 La cuenta, por favor [라 꾸엔따, 뽀르 파보르]

전채요리 Primer Plato(전채entremeses/수프Sopa/계란요리Tortilia/샐러드
Ensalada 중 택일)

메인디시 Segundo Plato(고기: Escalope de Ternera(커틀렛), Filete de Ternera
(스테이크)/생선: Merluza en salsa(대구요리) 중 택일)

디저트 Postre [뽀스뜨레](아이스크림/푸딩 중 택일)

음료 Parabeber [빠라베베]

물 Agua sin gas [아구아 신 가스](탄산 없는 물)

토스트 Tostada [토스타다]

요구르트 yogur [요구르]

주스 el zumo [엘 쑤모]

에스프레소 cafe solo [카페 솔로]

카페라테 cafe con leche [카페 콘 레체]

오늘의 메뉴 Menu del dia [메뉴 델 디아]

이집의 메뉴 Menu de la Casa [메뉴 델라 까사]

테이크아웃 para llevar [빠라 예바르]

● 위급할 때

도와주세요! Socorro! [소꼬로]

급합니다! 빨리! tengo Prisa! [땡고 쁘리사]

병원 Hospital [오스삐딸]

약국 Farmacia [파르마시아]

감기에 걸렸습니다 Estoy resfriado [에스토이 레스프리아도]

두통이 있어요 Tengo dolor de cabeza [땡고 돌로르 데 카베싸]

● 기차역

매표소가 어딥니까? ¿Donde esta la taquilla? [돈데 에스따 라 따끼아]

저는 레온에 가고 싶습니다 Quiero ir a Leon [끼에로 이르 아 레온]

이 기차를 타고 싶습니다 Quiero tomar este tren [끼에로 또마르 에스테 트렌]

편도승차권 el billete de ida [엘 빌예떼 데 이다]

왕복승차권 el billete de ida y vuelta [엘 빌예떼 데 이다 이 부엘따]

- **버스매표소**

  버스터미널은 어디입니까?

  ¿Donde esta la terminal de autobus? [돈데 에스따 라 떼르미날 데 아우또 부스]

  부르고스행 한 장 주세요

  Un billete para Burgos, por favor [운 빌예떼 빠라 부르고스, 뽀르 파보르]

- **사진촬영**

  사진 좀 찍어주세요 ¿Podria sacarme una foto? [뽀드리아 사까르메 우나 포또]

- **요일**

  월 Lunes [루네스]

  화 martes [마르떼스]

  수 miercoles [미에르꼴레스]

  목 Jueves [후에베스]

  금 viernes [비에르네스]

  토 Sabado [사바도]

  일 domingo [도밍고]

- **숫자**

  0 cero [세로]

  1 uno [우노]　　　　　primero [쁘리메로]

  2 dos [도스]　　　　　segundo [세군도]

  3 tres [뜨레스]　　　　tercero [떼르세로]

  4 cuatro [꾸아뜨로]　　cuatro [꾸아르토]

5 cinco [싱코]

6 seis [쎄이스]

7 siete [시에떼]

8 ocho [오초]

9 nueve [누에베]

10 diez [디에스]

7 | 알베르게 이용법

알베르게는 보통 2시 이후에 문을 열기 때문에 그 전에 도착했다면 그 앞에서 또는 주변의 바에서 기다린다. 사람이 많은 경우엔 배낭을 늘어놓아 줄을 서기도 한다. 문이 열리면 들어가서 장부에 국적과 이름, 출발한 곳 등을 쓰고 자신의 크레덴시알에 스탬프를 받은 뒤, 숙박비를 내고 침대를 배정받는다. 방으로 들어갈 때 등산화를 벗어야 하는 곳도 있고, 지팡이를 모두 한 곳에 모아놓는 곳도 있다.

대부분은 샤워실과 화장실이 남녀 분리되어 있으나, 남녀공용인 곳도 있다 (아조프라, 폰페라다, 폰세바돈 등). 당황스럽더라도 어차피 하루만 묵을 곳이므로 너무 걱정하지 말고 당당하게 이용할 것.

세탁기와 건조기는 유료로 이용할 수 있는데, 다른 페레그리노와 함께 이용하고 요금을 나누어 내는 것이 비용을 절감하는 방법이다. 대부분의 알베르게에서는 인터넷도 사용할 수 있는데, 간혹 한글이 깔려 있지 않은 컴퓨터도 있으니 유료인 경우엔 그 점을 유의해야 한다.

귀중품 관리는 언제 어디서나 신경을 써야 한다. 특히 여권 및 비상금은 샤워할 때에도 비닐봉투에 담아서 항상 상비하고, 잘 때에는 침낭 속 깊숙이 넣은 채 발을 올려두고 자면 안심이다. 두통약이나 해열제 같은 비상약은 알베르게에도 있고 다른 페레그리노들에게서 얻을 수도 있으니 최소한의 분량만

순례자들의 여권, 크레덴시알. 작은 팸플릿처럼 여러 번 접힌 하얀 크레덴시알에 알베르게나 카미노 곳곳에서 스탬프를 받을 수 있다.

준비해도 괜찮다.

알베르게 부엌의 식기는 사용 후엔 반드시 씻어놓고, 남은 식재료는 다른 사람들을 위해 냉장고에 넣어두는 것도 나쁘지 않다. 아침에는 침대 주변의 쓰레기를 모아서 쓰레기통에 버리고 깔끔하게 정리를 하고 나오도록 한다. 피치 못할 사정이 없는 한 알베르게는 1박이 원칙이다.

8 | 화장실 문제

가까운 바^{bar}에 들어가는 게 최상이며 손님이 바글거리는 바라면 그냥 나와도 괜찮지만 한산한 바라면 화장실을 이용한 후 커피나 콜라 한 잔 정도는 마셔주는 것이 매너다. 그런 바도 없는 벌판이나 산길에서 급해졌다면? 앞뒤를 잘 살핀 후 가장 편안한 장소를 고르는 수밖에.

9 | 하루 걷는 거리

생장피에드포르의 순례자 사무실에 도착하면 카미노를 걸으며 만나게 될 모든 마을과 모든 알베르게가 정리된 표를 나누어준다. 그 표를 보며 자신의 일정과 컨디션에 따라 '오늘은 어디까지 갈 것인지'를 스스로 정할 수 있다. 통상 하루 20킬로미터 내외를 걷는 것을 기준으로 삼고, 상황에 따라 조절해 나갈 것을 권한다. 꼭 가고 싶은 곳이 있다면 일부러 15킬로미터 미만으로 걸을 수도 있고, 30킬로미터에 육박하게 걸을 수도 있는 것이다. 자신이 한 시간에 얼마나 걸을 수 있는지를 알고 있다면 거리 가늠하기가 훨씬 용이하다.

많은 젊은 페레그리노들이 이 길에서 굉장히 빠르게 걷는다. 그러나 절대로 그런 사람들을 기준으로 삼지 말아야 한다. 오히려 항상 '나는 가장 천천히 걷는 사람'이라는 생각으로 여유 있게 걷도록 한다. 한 번 무릎이나 발목을 다치고 나면 그동안 빨리 걸었던 것이 다 무의미해진다.

10 | 카미노의 시작점

카미노에는 프렌치 웨이, 노던 웨이, 실버 루트 웨이, 오리지널 웨이, 포르투갈 웨이, 아루사 리아 루트, 잉글리시 루트, 피스테라 루트, 발렌시안 루트 등 여러 길이 있는데 가장 대중적인 길은 역시 생장피에드포르에서 시작하는 프렌치 웨이다. 하지만 생장피에드포르에서 피레네 산맥을 넘는 것은 생각보다 꽤 힘들었다. 그러므로 피레네 산맥을 피해 론세스바예스에서부터 카미노를 시작하는 것도 한 방법이다.

그래도 피레네 산맥의 정경을 꼭 보고 싶은 사람이라면 사전에 등산이나 운동으로 기초체력을 단련하기를 바란다. 생장피에드포르에서도 이왕이면 알베르게가 아닌 보다 편안한 숙소에서 컨디션을 최상으로 조절한 후, 든든한 도시락과 충분한 물과 지팡이를 꼭 준비하여 떠날 것!

11 | 시에스타

스페인 어디에서나 1시 반부터 5시, 또는 2시부터 4시 사이는 대부분의 상점들이 문을 닫고 쉰다. 처음엔 '한창 손님 많은 시간에 왜 문을 닫고 쉬냐'의아해했지만, 아무래도 해가 긴 나라라서 밤의 활동을 위해 에너지를 비축하는듯싶다. 약간의 시간차를 두고 레스토랑이나 바도 대부분 문을 닫으므로 시에스타 시간을 항상 염두에 둘 것.

12 | 카미노의 의미

카미노를 다녀온 사람들의 여행기에서 행복하고 좋은 것만을 발견하고 기대했던 사람들은 실제로 갔을 때 실망하거나 상처받을 수도 있다. 모두가 나를반겨주고, 모두가 한국에 대해 호의를 갖는 것은 아니다. 여전히 남쪽이냐 북쪽이냐를 묻는 경우도 있고, 아예 한국이 어디에 있는지 모르기도 한다. 사람사는 곳이 다 그렇듯, 카미노에도 더럽거나 추하거나 불편한 것들이 반드시 있다. 카미노는 자기 스스로를 발견하는 길이라는 것을 잊지 말고 스스로에 대한신뢰를 바탕으로 자기만의 목표를 정해야 한다. 즐거운 날이 있으면, 쓸쓸하고 고독한 날도 있다. 그 모든 것을 견뎌내는 자에게만이 그 무엇과도 비교할수 없는 카미노 완주의 기쁨이 올 것이다.

카미노의 평균 기온

	Pamplona	Logrono	Burgos	Leon	Ponferrada	Santiago
1월	5.0	5.8	2.7	3.1	4.5	7.4
2월	6.5	7.5	4.1	4.9	6.8	8.2
3월	8.6	9.8	6.3	7.1	9.4	9.5
4월	10.2	11.4	7.8	8.6	11.1	10.6
5월	14.0	15.3	11.4	12.1	14.4	12.9
6월	17.5	19.0	15.2	16.4	18.6	16.0
7월	20.7	22.2	18.7	19.6	21.5	18.5
8월	20.9	22.3	18.9	19.3	21.0	18.6
9월	18.0	19.1	15.7	16.4	17.9	17.0
10월	13.6	14.1	10.9	11.4	12.9	13.4
11월	8.6	9.2	6.2	7.0	8.2	10.2
12월	6.0	6.6	3.9	4.3	5.5	8.4

프렌치 웨이의 도시와 숙소

도시	숙소(알베르게)	침대수	운영시기
1. [00km] Saint-Jean-Pied-de-Port	Ref. municipal	24	연중무휴
(Valcarlos)	Ref. municipal	8	연중무휴
2. [27km] Roncesvalles	Collegiale	120	연중무휴
	Auberge de Jeunesse	35	연중무휴
3. [3.0km] Burguete	×		
4. [3.4km] Camping Urrobi-Espinal	Auberge privée	42	4월~11월
5. [4.7km] Viscarret	×		
6. [2.1km] Linzoain	×		
7. [3.0km] Erro	×		
8. [5.3km] Zubiri	Ref. municipal	46	4월~11월
	Auberge privée Zaldiko	24	3월~10월
9. [5.5km] Larrasoana	Ref. municipal	80	연중무휴
10. [1.0km] Akerreta	×		
11. [3.2km] Zuriain	×		
12. [2.0km] Iroz	×		
13. [1.5km] Zabaldika	×		
14. [4.8km] Arre-villava	Ref.des Frères Maristes	36	연중무휴
15. [0.5km] Burlada	×		
16. [3.2km] Pamplona	Ref.Jesus et Maria	114	4월~11월
	Ref. privé Paderborn	24	4월~11월
17. [4.7km] Cizur Menor	Ref. privé Roncal	56	연중무휴
	Ordre de Malte	27	6월~9월
18. [6.0km] Zariquiegui	×		

19. [6.0km] Uterga	Ref. privé Ana Calvo	24	연중무휴
20. [2.8km] Muruzabal / [4km] Eunate	Ermita de Eunate	7	연중무휴
21. [1.7km] Obanos	USDA privé	36	5월~9월
22. [2.3km] Puente la Reina	Ref. Padres Reparadores	100	연중무휴
	Ref. privé Santiago Apostol	100	부활절~10월
	Ref. privé Jakué	38	3월~10월
23. [5.0km] Maneru	×		
24. [2.5km] Cirauqui	Ref. privé Maralotx	28	4월~10월
	Ref. paroissial	14	4월~10월
25. [5.5km] Lorca	Ref. privé Ramon	14	3월~10월
	RP La Bodega del camino	30	연중무휴
26. [5.0km] Villatuerta	Ref. privé Arandigoyen	40	연중무휴
27. [4.0km] Estella	Ref. Asso.Estella	114	연중무휴
	Ref. Asso. Anfas	30	6월~9월
28. [2.1km] Ayegui	Ref.Mun.San Cipriano	70	연중무휴
29. [0.4km] Monasterio de Irache	×		
30. [5.0km] Azqueta	×		
31. [1.9km] Villamayor de Monjardin	Ref. paroissial	20	부활절~10월
	Ref. privé Hollandais	25	5월~10월
32. [12.4km] Los Arcos	Ref. municipal	60	4월~10월
	Ref. privé Alberdi	20	연중무휴
	Ref. privé La Fuente	48	연중무휴
33. [6.9km] Sansol	Ref. privé Arcadi y Nines	10	4월~11월
34. [0.8km] Torres del Rio	Ref. privé Casa Mari	22	연중무휴
35. [10.9km] Viana	Ref. mun. Munoz	54	연중무휴
36. [9.4km] Logrono	Ref. Ass. La Rioja	88	연중무휴
37. [13.0km] Navarrete	Ref.mun.Munoz	36	4월~11월
	Ref. privé El Cantaro	12	3월~10월
38. [4.0km] Ventosa	Ref. privé San Saturnino	52	연중무휴
39. [12.0km] Najera	Ref. La Juderia	19	연중무휴
	Ref. Ass. Najera	92	연중무휴
40. [5.8km] Azofra	Ref. municipal	30	연중무휴

41. [9.3km] Ciruena	×		
42. [5.9km] Santo Domingo de la Calzada	Ref. Casa. Del Santo	125	연중무휴
	Ref. abbave cisterienne	32	5월~9월
43. [6.5km] Granon	Ref. paroissial	40	연중무휴
44. [3.8km] Redecilla del Camino	Ref. mun. San Lazaro	40	연중무휴
45. [2.0km] Castildelgado	×		
46. [2.4km] Viloria de Rioja	Ref. privé Acacia y Orieta	16	3월~10월
47. [3.5km] Villamayor del Rio	Ref. privé San Luis	26	4월~11월
48. [4.7km] Belorado	Ref. paroissial	24	4월~11월
	Refugio mun. El Corro	40	연중무휴
	Ref. privé 4 cantons	60	연중무휴
	Ref. privé caminante	22	
	Ref. privé A Santiago	100	
49. [4.8km] Tosantos	Ref. paroissial	30	4월~11월
50. [1.9km] Villambistia	×		
51. [1.6km] Espinosa del Camino	Ref. privé La Campana	10	연중무휴
52. [3.7km] Villafranca-Montes de Oca	Ref. municipal	36	연중무휴
53. [12.0km] San Juan de Ortega	Ref. paroissial San Juan	58	연중무휴
54. [3.7km] Ages	Ref. mun. San Rafael	36	연중무휴
	Ref. privé El Pajar	38	3월~11월
55. [2.5km] Atapuerca	Ref. privé La Hutte	22	연중무휴
	Ref. privé Rocio Garcia	36	3월~10월
56. [5.0km] Villalval	×		
57. [1.4km] Cardenuela Riopico	Ref. municipal	16	연중무휴
58. [2.1km] Orbaneja Riopico	×		
59. [2.8km] Villafria	×		
60. [4.1km] Gamonal	×		
61. [6.0km] Burgos	Ref. Asso Burgos	96	연중무휴
	Ref. privé Emmaus	18	3월~10월
	Ref. Santa Catalina	18	연중무휴
62. [5.2km] Villalbilla de Burgos	Ref. municipal	8	연중무휴
63. [3.6km] Tardajos	Ref. municipal	12	연중무휴

64. [2.0km] Rabe de las Calzadas	×		
65. [8.0km] Hornillos del Camino	Ref. municipal	32	연중무휴
66. [5.7km] San Bol	×		
67. [4.9km] Hontanas	Ref. municipal	50	연중무휴
	Ref. privé Puntido	40	3월~10월
68. [9.7km] Castrojeriz	Ref. mun. San Esteban	25	3월~10월
	Ref. municipal	35	3월~11월
	Ref. prive Casa Nostra	20	연중무휴
69. [10.5km] Puente de Fitero	Ref. San Nicolas	12	6월~9월
70. [0.3km] Itero de la Vega	Ref. municipal	20	연중무휴
	Ref. privé Itero	18	연중무휴
71. [8.1km] Boadilla del Camino	Ref. municipal	12	연중무휴
	Centre Tourisme rural	48	4월~9월
72. [6.0km] Fromista	Ref. municipal	55	연중무휴
73. [3.8km] Poblacion de Campos	Ref. municipal	18	5월~9월
74. [3.7km] Revenga de Campos	×		
75. [2.0km] Villarmentero de Campos	×		
76. [4.0km] Villalcazar de Sirga	Ref. paroissial	20	6월~10월
	Ref. privé Aurea	22	4월~11월
77. [5.8km] Carrion de los Condes	Ref. paroissial	58	4월~10월
	Ref. privé Clarisses	31	3월~11월
	Ref. privé Espiritu Santo	70	연중무휴
	Monastere de Belen	110	
78. [17.2km] Calzadilla de la Cueza	Ref. privé Camino Real	60	연중무휴
79. [6.2km] Ledigos	Ref. privé El Palomar	40	연중무휴
80. [2.8km] Terradillo de los Templarios	Ref. privé J. de Molay	50	연중무휴
	Ref. privé Los Templarios	52	연중무휴
81. [3.3km] Moratinos	×		
82. [2.6km] San Nicolas del Real Camino	Ref. privé Laganares	22	3월~10월
83. [7.4km] Sahagun	Ref. municipal Cluny	65	연중무휴
	Ref. privé Viatoris	60	4월~10월
	Ref. Monas. Santa cruz	14	6월~10월

84. [3.0km] Calzada del Coto	Ref. municipal	20	연중무휴
85. [7.2km] Bercianos del Real Camino	Ref. par. Casa redtoral	40	연중무휴
86. [13.8km] El Burgo Ranero	Ref. ass. Leon	26	연중무휴
	Centre Turismo rural	32	
	Ref. privé El Nogal	30	3월~11월
87. [7.0km] Reliegos	Ref. municipal	56	연중무휴
88. [6.0km] Mansilla de las Mulas	Ref. municipal	70	연중무휴
89. [4.0km] Villamoros de Mansilla	×		
90. [2.0km] Puente Villarente	Ref. privé San Pelayo	64	연중무휴
91. [5.0km] Arcahueja	Ref. privé La Torre	12	연중무휴
92. [2.0km] Valdelafuente	×		
93. [7.0km] Leon	Ref. municipal	120	연중무휴
	Ref. Benedictines	150	연중무휴
94. [4.6km] Trobajo del Camino	×		
95. [2.7km] La Virgen del Camino	Ref. municipal	40	4월~10월
96. [3.7km] Valverde de la Virgen	×		
97. [3.0km] San Miguel del Camino	×		
98. [7.8km] Villadangos del Paramo	Ref. municipal	80	연중무휴
99. [4.3km] San Martin del Camino	Ref. municipal	46	연중무휴
	Ref. privé Ana	38	
100. [7.8km] Hospital del Orbigo	Ref. mun. El camping	30	3월~10월
	Ref. paroissial	75	3월~10월
	Ref. privé San Miguel	40	2월~11월
101. [2.8km] Villares del Orbigo	×		
102. [2.3km] Santibanez de Valdeiglesias	Ref. paroissial	50	3월~11월
103. [8.0km] San Justo de la Vega	×		
104. [3.4km] Astorga	Ref. privé San Javier	100	연중무휴
	Ref. Siervas de Maria	145	연중무휴
105. [4.6km] Murias de Rechivaldo	Ref. municipal	15	연중무휴
	Ref. privé Las Aguedas	40	3월~11월
106. [4.9km] Santa Catalina de Somoza	Ref. municipal	36	연중무휴

107. [4.2km] El Ganso	Ref. municipal	15	연중무휴
108. [7.0km] Rabanal del Camino	Ref. Asso. Gaucelmo	42	4월~10월
	Ref. privé N.S del Pilar	38	연중무휴
	Ref. municipal	22	5월~10월
	Ref. privé El Tesin	34	부활절~10월
109. [5.6km] Foncebadon	Ref. paroissial	18	6월~10월
	RP Monte Irago	35	연중무휴
	Centre tourisme rural	70	3월~10월
110. [4.2km] Manjarin	Ref. privé Martinez	20	연중무휴
111. [6.8km] El Acebo	Ref. privé Florez		연중무휴
112. [3.7km] Riego de Ambros	Ref. privé	25	4월~10월
113. [4.7km] Molinaseca	Ref. municipal	30	연중무휴
	RP Santa Marina	50	연중무휴
114. [4.4km] Campo	×		
115. [3.6km] Ponferrada	Ref. paroissial	180	연중무휴
116. [4.8km] Columbrianos	×		
117. [2.8km] Fuentes Nuevas	×		
118. [2.1km] Camponaraya	×		
119. [5.8km] Cacabelos	Ref. municipal	70	4월~10월
120. [7.2km] Villafranca del Bierzo	Ref. municipal	62	부활절~10월
	Ref. privé Jato	80	연중무휴
121. [5.8km] Pereje	Ref. municipal	30	연중무휴
122. [5.2km] Trabadelo	Ref. municipal	28	연중무휴
123. [3.4km] La Portela de Valcarce	Centre tourisme rural	40	연중무휴
124. [1.3km] Ambasmestas	Ref. privé Das animas	20	4월~10월
125. [2.4km] Vega del Valcarce	Ref. municipal	60	부활절~10월
	RP NS do Brazil	50	부활절~10월
126. [1.7km] Ruitelan	Ref. privé Potala	34	연중무휴
127. [1.3km] Las Herrerias	×		
128. [3.5km] La Faba	Ref. Ass. Allemande	35	3월~만성절 (11월 1일)
130. [2.3km] Laguna de Castilla	Ref. privé	15	여름

위치	숙소	인원	운영
131. [2.6km] O'Cebreiro	Ref. ACAG	80	연중무휴
132. [3.2km] Linares	×		
133. [2.3km] Hospital de la Condesa	Ref. ACAG	20	연중무휴
134. [3.0km] Alto do Poio	×		
135. [3.3km] Fonfria	Ref. privé Reboleria	28	연중무휴
136. [2.3km] Viduedo	×		
137. [6.4km] Triacastela	Ref. ACAG	82	연중무휴
138. [9.0km] Samos	Monastere Benedictins	70	연중무휴
139. [12.4km] Sarria	Ref. ACAG	40	연중무휴
140. [5.2km] Barbadelo	Ref. ACAG	18	연중무휴
	Ref. privé Casa Carmen	14	연중무휴
141. [6.1km] Brea	×		
142. [1.7km] Ferreiros	Ref. ACAG	22	연중무휴
143. [1.8km] Rozas	×		
144. [5.0km] Vilacha	×		
145. [1.8km] Portomarin	Ref. municipal	110	연중무휴
	Ref. privé Ferramanteiro	110	3월~10월
	Ref. mun. El Caminante	30	3월~10월
146. [7.7km] Gonzar	Ref. ACAG	20	연중무휴
147. [1.2km] Castromayor	×		
148. [2.4km] Hospital de la Cruz	Ref. ACAG	22	연중무휴
149. [1.4km] Ventas de Naron	Ref. privé Casa Molar	18	연중무휴
	Ref. privé O Cruceiro	22	연중무휴
150. [3.1km] Ligonde	Ref. ACAG	20	연중무휴
151. [1.3km] Eireixe	Ref. ACAG	18	연중무휴
152. [5.2km] Avenostre	Ref. ACAG	110	
153. [2.2km] Palas de Rei	Ref. ACAG	60	연중무휴
	Ref. privé Buen Camino	52	부활절~10월
154. [5.8km] Casanova Mato	Ref. ACAG	20	연중무휴
155. [3.4km] Leboreiro	Ref. municipal		연중무휴
156. [4.0km] Furelos	×		

157. [1.9km] Melide	Ref. ACAG	130	연중무휴
158. [5.6km] Boente	×		
159. [2.2km] Castaneda	×		
160. [3.1km] Ribadiso da Baixo	Ref. ACAG	62	연중무휴
161. [2.7km] Arzua	Ref. ACAG	46	연중무휴
162. [11.0km] Salceda	×		
163. [4.6km] Santa Irene	Ref. ACAG	36	연중무휴
	Ref. privé Calvo	15	부활절~10월
164. [2.0km] Rua	×		
165. [1.2km] Arca O Pino	Ref. ACAG	120	연중무휴
166. [15.8km] Monte del Gozo	Ref. ACAG	800	연중무휴
167. [3.5km] Entrée de Santiago	Ref. ACAG	80	연중무휴
168. [1km] Santiago de Compostella	Seminaire Menor	60	연중무휴
	Ref. privé Acuario	50	동계휴무
169. [22km] De Santiago à Negreira	Ref. municipal	22	연중무휴
170. [12km] Vilaserio	Ref. municipal		
171. 33km] Olveiroa	Ref. municipal	32	연중무휴
172. [18km] Cee	Protection Civile	30	연중무휴
173. [4km] Corcubion Redonda	Ref.Ass.Galega	20	연중무휴
174. [12km] Fisterra	Ref. municipal	24	연중무휴

● ACAG: Auberge de la communaute autonome galicienne(갈리시아 지방 관할의 공립 알베르게)
● 빈 칸은 자료가 없는 것.

생장피에드포르의 순례자 사무실 약도

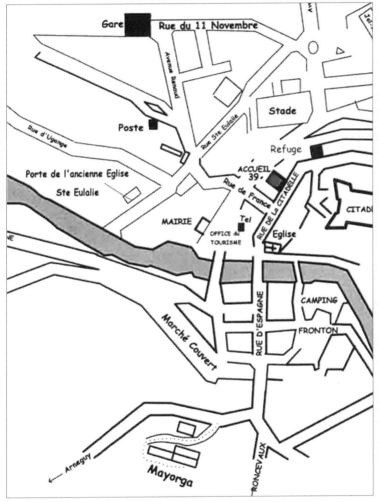

상단 검은색의 기차역^{gare}에서 내려 빨간색 표시부분^{39, rue de la citadelle}까지 가면 되는데 'Eglise'라고 표시된 교회를 먼저 찾으면 쉽다. 교회를 마주 보고 왼쪽 골목으로 올라가면 왼쪽에 순례자 사무소가 있다. 교회의 오른쪽 방면은 강을 건너는 다리이다.

그 길 끝을 기억해

첫판 1쇄 펴낸날 2009년 6월 15일

지은이 | 조은강
펴낸이 | 지평님
기획 · 마케팅 | 김재균
기획 · 편집 | 김정희
본문 조판 | 성인기획 (02)360-4567
필름 출력 | 삼화전산 (02)2263-2651
종이 공급 | 화인페이퍼 (031)955-0135
인쇄 · 제본 | 한영문화사 (031)903-1101

펴낸곳 | 황소자리 출판사
출판등록 | 2003년 7월 4일 제2003-123호
주소 | 서울시 종로구 누상동 10 웰빙하우스 101호 (110-041)
대표전화 | (02)720-7542 팩시밀리 (02)723-5467
E-mail: candide1968@hanmail.net

ISBN 978-89-91508-57-6 03800

*잘못된 책은 교환해드립니다.
*이 책의 반품 기한은 2012년 6월 14일까지입니다.